みすてりい

城　昌幸

終電間近の駅で目撃した空中遊行術の奇蹟。退屈病患者がある夜出会った猟奇商人の奇妙な提案。果知れぬ曠野を埋め尽くす赤ン坊の群れ。高い高い絶壁の上から見下ろす異形の怪物。自分の生涯を完璧に計画した男の最後のたくらみ。江戸川乱歩が「人生の怪奇を宝石のように拾い歩く詩人」と評した異才、城昌幸の珠玉の傑作を集めた自選集『みすてりい』全篇を完全収録。秘密結社に追われる男たちの運命を描いたデビュー作「脱走人に絡る話」とその続篇「仮面舞踏会」、城左門名義の散文詩的作品等を増補した。

みすてりい

城　昌幸

創元推理文庫

MYSTERY

Best Stories of Masayuki Jyo

by

Masayuki Jyo

目次

みすてりい

I　みすてりい

艶隠者

Z・Z氏殺人事件の真相を了解し易く語る為には、彼の異様な性格を説くに若《し》くものはないのだが、Z・Z氏の異様なる性格を全面的に把握することは、これ亦《また》、難事中の難事である。Z・Z氏は、余りにも多岐に渉る数奇者《すきもの》であったから。それ故、ここでは、彼の性癖の一端を示して、その全貌を推すという方法を取ろうと思う。それには、彼の住居、及びその所在する建物を語るのが、最も捷径《しょうけい》であろう。

実は本文の目的は、その建物の珍奇性を詳細に誌《しる》すことにある。が、と同時に、この方法が、却って逆に、Z・Z氏殺人事件の真相を、その背後に於て髣髴《ほうふつ》させ得て、効果的ではあるまいかと信ずる。

さて、その建物の所在を知るに、最も良い方法は、その繁華な表通りの或る著名な百貨店の屋上庭園から見下ろすのが一番だ。何故なら、こうして鳥瞰図的に見下ろす以外には、たとえ、どれほどその番地と略図とを精細に説明されようとも、遂に、人はそれと覚しい町々を唯《ただ》むなしく経巡るに止まり、その建物の片鱗をさえも見かけないで終るのが常であるからだ。

では、その建物は、そんなにも小さいのかというと、決してそうではない。堂々、四階建のビルディングである。では、そんなにも大きいものが何故都会の殷賑《いんしん》なる唯中に於て、人目に触れないで隠されて存在し得られるのか。

だが、その回答をする前に、人が如何に空《むな》しく、その建物を求めながら、遂によく尋ね当てることが出来ないかということを述べよう。この秘密性が又本文の目的でもある。


或人が、或晴れた日（あるいは雨の降らない程度に曇った日）、その、前出の百貨店の屋上庭園から、都会という集団——この無意味にも等しい、錯雑と混乱に淫した、鉛色の、而《し》かも不逞に磅礴《ほうはく》として、脚下に轟々たる大集団を眺め渡している時、不図《ふと》、かなり手近な処——眼分量で凡《およ》そ半丁足らずの遠さに、奇妙にその周囲とは不調和な、ぽかりと唐突に屹立《きつりつ》する、一個の古びた四階建ての焼けビルに気付いたとする。そして、この場合多分に不必要かも知れない好奇心の持合わせがあって、この焼け四階ビルを尋ねようとする。

その人は先ず、こう行動するだろう。

その建物が、表通りよりも裏通り側に寄っているので、彼は多分、百貨店の裏口から出てやっと自動車が二台並行出来るか、どうかと思われる狭い裏通りを——その建物に通ずる筈の横丁か乃至《ないし》は露地の一つを見つけ出せよう、と、向って右手の側を、注意しながら、ぶらぶら歩き出すだろう。

ところが、随分気を付けて歩いて来た積《つも》りであるにも拘《かかわ》らず、これはどうしたことだろう。彼は、遂にそれらしい横丁も、又、露地の類を一つも見つけ出さないうちにその繁華な表通りと十字路を作る、これは相当に幅員のある街路に、何時《いつ》か出てしまった自分に気がつくのだ。

おや？　すると、この通りからではないのだな？　では、多分コッちだろう、と、今度は、今の相当に幅員のある街路の右側を、充分に注意しながら歩き出す。

すると、ある。たった一つ、横丁というよりも露地と名付けられる種類のやつがあるのを発見する。それは、そこはもう表通りに出切ってしまおうとする、つまり、角《かど》の銀行について曲るみち、だから一方はその角の銀行で片側の角はこの街路に店を張る、見たところ余り流行りそうもないような、小さな煙草屋との、その間にあるのがそれだ。

ははア、これだな、と、彼は合点する。

で、別に用もないのに、その私設路に這入《はい》ろうとする自分に、一寸《ちよつと》、躊躇した後、折好くも煙草屋に誰も店番する者のないのに勇を鼓して、その露地に押し入る。

その露地は、全く思ったよりも狭い路なので、いや、それも路なんぞというよりは、寧《むし》ろ溝《どぶ》板《いた》の連《つらな》りで、人が一人、やっと通れるのが精々という代物である。

この露地の右側には、最初、今の煙草屋の台所口があって、次ぎへ直ぐ、初めは一寸気が付かないが、考え合わせて、うん、これは先ほどの裏通りにあった餅菓子屋の台所口だな、と気付く。又、左側は、初めが今も云った表通りの銀行の裏口、続いて、これも矢張り表の電車通りに店を構える唐物屋の台所……と、思って進むと、だが、この路はハタと行き止まる。その突き当りは、ごたごたと廃物を積み重ねた後に、粗末にトタン板を打ちつけた、これも亦、表の電車通りに店を張る食器屋の羽目が立っているのだ。

はてな?

彼は、大いに狼狽する。通行人なぞは、どう考えても這入る必要のない露地へ、通り抜けられず逆戻りする自分の不体裁な立場を考えて、無暗《むやみ》に当惑しながら、急いで廻れ右をすると、どの台所口からも人が出ない内にと大急ぎで元の街路へ飛び出す。

だとすると、と、表の電車通りの方へ歩き出しながら、彼は再度、思案する。こいつはこの表の電車通りの何処《どこ》かに、人目につかない横丁があるンだな、と。

それで、彼は今度は、人通りの極めて激しい電車通りの舗道を、気を落ちつけて、角の銀行、次ぎなる唐物屋、さて食器屋といったように、その家と家との境目を、如何なる隙間をも見逃がさじ、と厳重に検査して歩く。

だが、地代の高い当節、一寸、五分の空地でもあけられて堪《たま》るものかとばかりに、一店は一店と水も洩らさじとばかり櫛比《しつぴ》していて、どうも横丁はないな、と思ううちに、彼は何時か元の百貨店の表玄関の前まで来てしまった自分に気付くのだ。

これは可笑《おか》しい。

すると、あの四階建てのうちには這入る路がないわけになる。通路のないうち! そんな法はあるまい。とすれば、やはり通路は、さっき一ばん最初に探し歩いた裏通りになければならぬ訳だ、と、こう断案を下して、彼はもう一度、その裏通りを歩く。

今度は、いとも綿密にそれこそ鵜《う》の目鷹の目で、まるで手品のからくりを見つけ出そうとするような心構えで、一軒、一軒の絡りを入念に見てゆく。

だが、甚だ残念なことには、やはり、それらしい横丁も露地も見つけないうちに、この裏通りを出外れてしまうのがおちである。

はてな、これは妙だ！

彼は、真剣に疑う。一体、あの建物に住んでいる人は何処から出入するンだろう？

若《も》しかすると、こう幾ら探しても、一の横丁、一の露地もないとすれば、多分あの四階建ては表裏いずれかの通りに在る家に属するべきか、乃至はその一部に相違ない。

この考えも、だが、しっくりしないな、と未だ半分は思い切れないものの、他に手段もないので、この程度で探査打切りとしてしまうのが、まず百の九十九までの通例なのである。

このように、今まで、縷々《るる》とくどい程説明した通り、寔《まこと》に、一見この建物には通路と呼ばれるものが絶無であるらしく思われる。（この故に、この建物は、擾々《じょうじょう》の大都会中に在って、寂然とその個人主義的存在を保持し得たのだが）

通路が無い？ 果して通路がないものならば、勢いこれは今考えたように何処かの商店に属すべきものであろうか。いやいや、この建物は、他の何ものにも制せられない、独立闊歩《かっぽ》の存在である。

では、全体、何処から這入るのだ？ それには秘伝があるのだ。秘伝——これから、その通路を説こう。

それは先き程も既に云ったように、例の、自動車が二台並行出来る裏側の通りからである。この裏通りに、自転車屋が一軒ある。これが曲者《くせもの》である。この自転車屋が隣りの薄汚ない石造二階建ての事務所と接する境を、凝然と見極めると、機械油や塵埃の為に、甚だしく汚れて、腐ったような板の連続するのに気付く。これ即ち溝板である。溝板の連続は下町の常として、多くの場合通路を意味する。

へえ？　これが道かい？

だが、人は二度、疑うであろう。これが通路か？　と。

何故なら、唯、溝板が行儀よく連続しているのなら、いざ知らず、実に、その溝板の上には、タイヤの無い赤錆びた自転車が屯《たむ》ろし、並列しているのだから、大概の人は、それ故に、これは自転車屋の一部をなすものだ、とこう速断してしまうのは無理からぬ話なのである。それに、その上には、雨露を凌《しの》ぐ、トタンながら屋根の設けさえあるに至っては！

然《しか》し、これはそもそも自転車屋の僭越至極なる振舞いで、この歴然とした道路を、都合に依《よ》り暫時、私用に供した迄なので、これが天下の道路であることは些《いささ》かも紛れのない事実なのだ。

その証拠には、ここを出入りする用のある人は、その自転車の並列する方でない側、つまり、より空間の多い側を、自転車の赤錆びで衣服の汚れるのを注意しながら、身体を、やや斜めに通過するのが慣例である。この方法を敢然と取ることは一向に差支えないことで、若しも、そんな場合に、自転車屋の主人公が居合わせれば、彼は、きっとこういって挨拶する。

「やア、どうも御邪魔さまで」

果然、これは自他共に認める、天下の道路であったのだ。これが、謂《い》うところの秘伝の一である。

道路ではあるまい、と、猶《なお》強く思われがちなのは夜間である。それは、夜になると、自転車屋は、戸板大の焼けトタンを一枚持ち出して、自家の赤錆び商品を行人の眼から避ける為に、例の仮設トタン屋根へ立てかけ、併せて、この溝板露地をも亦、全然、隠蔽してしまうからだ。だが、馴れた人は、こんなことには些かも驚かず、その立てかけられた焼けトタンを、ちょいとずらせて中へ這入り、又、元の通りに立て掛けて置く。これが秘伝の二である。

かくして、如上説いたように、我々は、やっと此の建物へ通ずる路を発見した。如何にこれを発見し難いかという困難をも亦味わった。

実に、この建物は、かくの如き場所——都会という大洋の孤島の位置を、よく守る場所に存在するのである。然り、この建物の孤独性は、絶海の無人島、先人未到の深山幽谷とその趣きを等しうするものだ。

では、愈々《いよいよ》この溝板道を進んで、我々が最初、百貨店の屋上庭園より眺めた時、見出した四階建てのそのうちを訪問することにしよう。

さて、この道路へ踏みこむと、右側の最初に自転車屋の台所口がある。左手は、事務所の裏口、そして目ざすその建物は、この事務所の真後部、自転車屋とは反対の側にある。見上げれば、四階建て故に相当高く、空間を細く、その頭上に劃している。

ところで、この建物を、つらつら見ると、一階から凡そ三階の中ほどあたり迄は煉瓦仕立で、その上層は半ば、木造であることに気付く。尤も、この線は、区々として、四階まで煉瓦の残っているところもある。つまり、戦災でやられたのに、応急の処置をほどこした、というやつで、その手際はあまりよろしくなく、見場の悪い継ぎ剝ぎ細工だ。人が住んでいるのだろうか?

まア何はともあれ、内部へ這入ってみよう。

建物の向って右寄りに扉がある。これを排して入り込むと、直ぐ、眼の前に、相当手のこんだ唐草模様仕立の鉄製の階段がある。だが、これは遺憾ながら七段目ぐらいまでしかなくて、その先きは、ひん曲って壊れ失われている。登るわけにはいかない。では、何処から上層へ行くのだろう?

一巡して見ると、この一階は、境というもののない一間ぶッ通しの部屋である。そしてこの部屋全体が、表の電車通りに在る、ある乾物商の倉庫代りに使用されているんだな、ということを知るだろう。至るところ、籠、箱等の大小雑多な類が、堆高《うずたか》く、処狭しとばかり押し合い、へし合いして、辛うじて人一人が通れるほどの余地しか残されていないのを見る。中には、天井にとどきそうな位、積み重なっている。

天井は、可なり高い。

見上げると、丁度その真ン中あたりのところが四角く切り取られてある。そして、その四角の隅々にこの建物全体を支える、相当しっかりした鉄骨が、むき出しに、各々佇立《ちょりつ》している。

見ると、そのぶっきら棒に切り取った四角の天井際に、そこらによくある奴の梯子が一つ掛っている。それで、他に階段らしいものも見当らないところから、多分それを伝って二階へ行くのであろう、と思う。二階へ登ろう。

だが、ここも矢張り、下の部屋と同じように、何等遮るもののない、ぶッ通しの一間である。其処《そこ》に、あっちに一かたまり、こっちに一かたまり、と云ったように、不規則に、乱雑に、普段は余り使わないような、どうでもよい古道具類が、思い思いに屯ろしている。どれも、表面は塵埃で真白だ。その上に、鼠糞が点々としているくらいなもので、ここもこれといって取り立てて云うがものはない部屋である。ガラン洞に近い。唯、此処は下と違って、眼界を遮る程のものがないので、四方の窓々から射しこむ光線で、非常に明るい。明る過ぎるかも知れない。だから、妙にこう白々と物佗《わ》びし気な部屋だ。

二階は、これ位にして三階へ行こう。

だが三階へは何処から登るンだろう？　というのは、いくら見廻しても、階段は愚か二階にあったような梯子の類一つ見当らないからだ。

ここで、おしまいなのか？

此処でも亦、初めての者は間誤《まご》つくのが常である。そして又、ここでも例の秘伝が要るのだ。

実際三階への昇降は、中々以て気付かれないところに存在するからだ。ちょッとやそッと考えても、探しても解らないところに在るからだ……いやはや、そう焦《じ》らさずと、全体、何処に在るのだ？　というと、三階への昇降は、実に非常梯子を以て、これに宛てるのである。

非常梯子？

多分、こう教わると、人は慌てて手近の窓から顔を出すだろう。そうだ、顔を出すがよろしい。それも、表の電車通りに面した方の、向って左寄りの窓から顔を出すと、猶、都合がよい。注意深い人なら、その窓が元は扉だったという痕跡を見出すだろう。その窓わくを跨《また》いで鉄製の尋常な非常梯子が、一曲りして三階へ通じている。

戦災後二階家さえ稀になった街々は、この非常梯子から見ると、はるか下になって、人は大概足下を眺め廻して、改めて混乱の巷《ちまた》の鳥瞰図に珍奇の眼を見張るであろう。割りに風当りが強い。

非常梯子の終る三階への入口——はこれ亦窓である。今時の汽車にでも、乗るような具合で、その窓から這入りこむと、

「これアいい香だ！」

と、誰しも叫ぶと共に、高い温度と、眼を射る紅紫とりどりの彩色に、一瞬、どうしたことかと途惑うであろう。

その三階の部屋全体が、思いがけない装置になっているからだ。温室なのだ。南の方一面が、壁の崩れ去った後をガラス張りにし、中に六条ほどの細長い木箱を並べ、それに、薔薇を主にして、その折々の季節の花が、撩乱と咲きほこっているのだ。この温室の強いて特長を挙げれば、所謂家庭菜園的な、食う為の草木は一つもなく、凡べてが美しい、或は香高い花に限られているということだ。喧騒と擾々の大都会裡、忘れ去られたこの建物の三階に、誰が、かかる

温室などを想像出来よう。これが、Z・Z氏の好みなのだ。

この三階の部屋の、例の裏通りに面した方の左隅に、今度は、堂々と階段が設けられてある。堂々――とは云うが、それは直ぐ気が付くという意味で、階段そのものは、手すりのない、踏み段に過ぎない。登ると、右へ曲って三段目、扉がある。初めて、人の気配を感ずる。

この四階の部屋がZ・Z氏の住居なのである。ノックして、若し氏が在宅ならば、濃紺の寛衣を纏《まと》い、歳よりは早く白髪となった肩幅のがっしりした初老の紳士が、きまって咥《くわ》え煙草で扉を開けるだろう。この人が、Z・Z氏である。

氏の部屋の模様を更に細かく誌すには及ぶまい。それは第一失礼でもあり、又、本文の目的以外でもある。唯、洗練された趣味に依って装飾された欧風居室と云えば事足りるであろう。


以上に依って、筆者は一応、目的を遂げたわけである。Z・Z氏の性格を語る為の、その住居の異様を説き終ったのだから。

それ故、更に遡ってZ・Z氏殺人事件の概略を簡単に附記するとしよう。

晩春の或日――その三階の温室に真紅の牡丹が巨大な花弁を誇っていた日、Z・Z氏はその四階の居室に於て、安楽椅子に腰掛けたまま死んでいた。死因は胸部に二発受けた短銃弾である。発見者は、その日、氏を訪れた客の一人である。

犯人は、間もなく逮捕された。例のこの建物を見下ろす位置にある百貨店の地下室に最近開かれたダンスホールの踊子、当年十八歳の女の子が犯人だった。

この踊子は、たぐい稀なる美貌の持ち主であったが、常識に於て、危険なる近代人であった。寧ろ、現在この瞬間に於ての時代の子であった。警察の言明するところに従えば、浮浪児上がりの不良少女だった。

Z・Z氏は、この踊子を愛した。氏は独身であったから、妻と呼ぶべきかも知れない。事実、踊子は妻の心構えだった。

何故殺したのか？　犯行の原因は何に由来するのか？

踊子が、警察に於て、自白したことは次のような言葉であった。しかも、彼女は、何等悔ゆる色なく、昂然と頭を上げて、寧ろ当然なる行為ではないか、という態度を以て云ったという。

「あの、お爺イちゃん、女房のあたいを馬鹿にしたンだもの。あの人の日記を見たら、あたいのことを、美しい奴隷よ、と書いてあるの。美しい、はいいわよ。だけど、奴隷ッて何サ！　そんな自分の女房を奴隷だなンて、あんた、そんな古くさい封建性ッてあると思う？　あたい、一遍に、頭に来ちゃったわ。馬鹿にしやがッて！　見てろッと思ったから、パチンコ借りてきて……」

その夜

……空虚を感ずる頭脳と、疲れた——とは云うものの、別の種類の快い気だるさを覚える身体とを、未だ仰向いて、しどけない姿体に横《よこた》わる女の傍から、やおら起こすと、私は円卓上のシガレット・ケースの中から、物倦《ものう》い仕草で、煙草を一本、つまみ出して口に銜《くわ》えた。が、直ぐに火を点けようとはせず、そのまま、唇《くち》先きで何気なく弄しながら、先刻から開け放った儘《まま》の窓へ歩み寄った。

——「ねえ、あんたア……」

此処は著名なる大都会の、商業中心地帯に在る八階建の、恐らくは一流と呼ばれるであろうホテルの最上階の一室。時刻は深夜の十二時に近く、季節はもう直ぐ夏になろうとする六月中旬。……卓子の上に飾られた白百合の剪《き》り花が、その白い匂いに放埒を夢みている夜。

——「ねえ、あんたッてばア……」

見下ろす夜の大都会は、底知れぬ隠沼《こもりぬ》のように、か黒くうずくまり、——それは云いようのない巨大な力と、故知らぬ夢魔のような不吉な意志とを併せ示し、その黒い衣を縫うネオン・サインの電燈のまたたきは、彼が衣装の経緯《たてぬき》かとも見えた。

風が出たらしく、屋上に掲げてある旗が、ぱたぱたと鳴る。

「よウ、なに見てンのさア、そこで？」

「風が出て来たようだ」

「かぜエ？」

振り返ると、私は、卓子に近寄ってマッチを取り上げた。

「何時ごろなの、今？」

「十二時……そろそろ」

卓子の端に軽く腰掛けて、私は、思い切り強く煙草を吸った。

「閉めようか、窓を？」

「うん？」

「そんな、なりじァ寒いだろう」

「いいわ……変にむすじァない、今夜」

「雨かな、明日は……」

「煙草……」

くるりと横向きになると、肘枕をして、女は右手を差し延ばした。その腕が莫迦《ばか》に白く見えた。

私は、吸いさしを渡すと、女の傍へ腰掛けた。女は、上半身を起こして唇を求めた。

その時だった。

颯《さ》ッと、それはまるで、強風に、いきなり見舞われた時のような感じだったが、確かに鍵を掛けて置いた筈の此の部屋に、突然、異様な闖入者《ちんにゅうしゃ》が一人、現われた。

「あッ！」

「あらッ！」

二人は、思わず、この異口同音に叫んだ。——私は、立ち上がっていた。女は、布を引ッ摑《つか》んで身体を掩《おお》った。

「誰だ、君は？」

だが、この詰問には答えようともせず、その人は悠々とした足取りで、部屋を横切り卓子の向い側に在るアーム・チェアに腰を下ろすと、物珍らしそうに、部屋の中を、私と女を見廻すのだった。

その人は、如何にも合点のゆかぬ、見なれぬいでたちである。白い布を寛やかに身体に纏《まと》い、頭髪は豊に頸まで流れ、一方の肩先きからは腕も露わに現わし、その逞しい足にはサンダルを穿《は》いているのだ。長身で、眼光あく迄鋭く、その高い、立派な鼻筋は、秀でた額と共に高貴、加えて優雅でさえあった。

その偉容に、私は暫時黙したまま——というよりはむしろ、その人から、この世ならぬものを覚えて、惻々《そくそく》と襲いかかる、鬼気とでも云う感じに威圧され、再度、誰何《すいか》する勇気も失い、凝然と、その人の一挙手、一投足を唯《ただ》、見守っているばかりだった。

彼は、幾分、愁わし気にさえ見えた。

「すこしも、変ってはいない……」

そして、暫時、こうした奇妙な睨み合いの後に、彼が発した言葉は、こんな、まるでこの場に取っては無意味極まることだった。

「すこしも、変ってはいない……。全ては、同じ意志の下に、同じ慾望の下に同じ結果を追って同じき愚をただ繰り返している。それだけだ！　余は無だ……」

低い嗄れた、だが何処か荘重な響を含む堂々たる声音《こわね》だった。

「おんみは……」

そして次ぎに、彼は私にこう呼びかけると露出している方の手を差し延べた。その動作は、非常に優美で雅致に富み、その形は、大層好ましいものに見られた。

「おんみは、今の、この現世代に於て、その生命のいとなみを行う者だ。だが、今、おんみが経《へ》つつある、その一瞬一瞬の思考は、……ああ！　今を去る二千年の昔、古代人が経来たったものと些かも変らないのだ！　そのあらゆる意味に於て！　そのあらゆる現象に於て！」

その語調は極めて静かだった。すこしも激している様子は見えなかった。だが、私にはそう語る彼の内奥に、焔と燃え上がるものがあることが察しられた。

「……大多数は凡庸であった。少数の賢者が真理への道を教え訓《さと》した。にも拘らず、人は曾《かつ》て在った如く、その二千年の昔と同様に今も猶、その凡庸を墨守して、賢者の教えに耳を借そうとはしない。全ては、同じことの繰り返しに過ぎない……止《や》ンぬる哉《かな》じゃ」

その人は、こう云った時、思わず、その椅子から立ち上がったが、かかる、はしたない動作を恥じるかのように、直ぐ腰を下ろした。

そして、言葉を続けた。凄々《せいせい》と続けた。

「人間は、たとえ三千年生きようとも、乃至一万年の何倍を生きようとも、而《し》かも猶矢張り全ての人間が失うところの生活は、現に彼が送っている生活自体に他ならず、而かも又、その生活するものは、現に彼が失うところの生命であるということを銘記せよ」

その人は、こう朗々とした口調で云うと、ふと口をつぐんで、うつ向いた。己の思考を纏めるかに見えた。が、直ぐ、

「いや、いや、それでは……」

と、その人は、私を指さして、正面から、強く、

「おんみは幸福であるか？　我等古代人の知らざる現代人のおんみは？　……かのセネカが説いた如く？」

と、訊ねた。

だが、又も直ちに、私の返答を待とうともせず、差し延ばした手を、そのまま、激しく打ち振って、我と我が質問を打ち消すように云った。

「いや、そうではあるまい。多分、そうではあるまい。真実の生命の幸福は、煩悩離脱だ、という、この言葉は、遂に言葉だけのものではあるまいか！　人間が、その唇を以て、小賢しく

も発する音の集積に過ぎないのだ。……既に、おんみがそうであろう、二千年の後の、おんみに取っても?」

「…………」

私は、何とか答えようとした。だが、この部屋の空気は、又、私の現在の在り方は、このような高遠な哲学を論じるには余りにも、ふさわしくなかった。私の神経は、裸体に近い女の存在を絶えず意識した。

「すこしも変ってはいない!」

その人は、ぐっと声を落として、一番最初の言葉を、又こう呟いた。やや、うつ向き加減になって繰り返して呟いた。

それから、急に顔を上げると、まじまじと私の背後に、隠れるように、うずくまっている女を見詰めていたが、やがて、こんな物の訊ね方をした。

「その女は、おんみの奴隷か」

私は、慌てて然らざる旨を答えた。この女は自分の愛人である、と。

「そうか。では、おんみが奴隷というわけなのだな、恋の……」

ところが、その人は、こんな冗談を云うと声立てて、いとも闊達《かったつ》に大きく笑った。女が後からくすッと笑いながら、私の尻を突ッついた。

と、又、次ぎに、その人は、まるで覚え込んだせりふを諳誦でもするような口調で、こんなことを云った。

「……各人は、その善と断じ悪と断ずるところのものを、その性の法則に依って、必然に希望し、或は排する……これは、何人《なんぴと》の言葉であったろう？　然し、世に、これほどの言葉があろうか？」

それから、矢庭に立ち上がると、あまり広くもない部屋の中を、あちら、こちらと歩き始めた。すこし首を垂れて、大股に。――その姿は悲しそうでさえあった。

暫《しば》く、窓のところに立ち止まると、凝然と身動き一つしないで、夜の大都会を見下ろしていたが、やがて、低声《こごえ》で、口の中で何か呟き始めたのだ。繰り返して。――その言葉は耳を澄ませば、依然、先刻のものと同じことだった。

「……すこしも変ってはいない」

そして、その独言は、次第に、次の言葉に変って行くのだった。

「羅馬《ローマ》！　神聖なる羅馬よ！」

と。

けれど、いきなり、その人は振り返った。そして例の形――肩先きから露出した手を、すッと差し延べ、心持ち胸を張った、堂々たる、又、優雅でもある態度になると、言葉の調子に、今迄とは違った、悲痛な抑揚を伴う早口で喋り出したものだ。

「アウガスタスの宮廷も妃も、姫も、子孫も、先祖も、姉妹も、アグリッパも、親族も、親しき人々も、友達も、アレェウスも、マイケナスも、多くの医師等も、又、犠牲を捧げる祭司達も、――その、なべての者は、死に赴いた！」

続いて、猶一段と早口で、

「……ルゥキラはヴェルスの死ぬのを見た、やがてルゥキラも死んだ。セクンダはマキシマスの死ぬのを見た、そして次ぎにセクンダは死んだ。エピチンカヌスはジオテマスの死ぬのを見た、そして次ぎにエピチンカヌスも死んだ。アントニヌスはファウスチナの死ぬのを見た、そして、やがて、アントニヌスも死んだ。なべては、かくの如くだ……ケーレルはハドリアヌスの死ぬを見た、そして、やがて、ケーレルは死んだ……」

瞬間、その人は、ぴたりと口をつぐんだ。彫像のように。

私と女とは、茫然として、その人を見守っていた。その瞳を、その口を――いや、その白いトーガを纏った、その人全体を！

その人は、急に、一二歩、我々の方へ進んで来た。そうして叫んだ。まるで、喰い入るような眼《ま》なざしで。

「すこしも変っていないのだ！　すこしも、すこしも！　おんみも、おんみのその女奴隷も！二千年前、我々が生きていた頃の羅馬の人間と、まるで、すこしも変ってはいないのだ！」

そうして、こう云い了《お》わるや否や、その人は風のように、這入って来た時と同様に、颯ッと姿をこの部屋から掻き消した。

私は、途端に、追いかぶせて訊ねた。

「あなたのお名前は？」

「羅馬の皇帝、マァカス・オオ……」

その余の言葉は、風に千切られて、もう、聞き取れなかった。

……久遠の流れに触れた思いで、私は、茫然として、立ちつくしていた。

「何さ、深刻な顔をして……」

悠久二千年の歳月が、凝《こ》って一瞬となり、散って無量の時劫を示した。私は、身辺に果しない大寂寥を覚えた。

「失礼な奴ね。何だッて云ってッたの、自分のこと?」

「羅馬の皇帝、マァカス・オオレリアス」

「ふッふッふ……」

「おいッ」

私は叱りつけるように云うと、急いで、扉口に近寄った。取手を廻した。開かない。

「この扉は、僕が鍵を下ろしたままなんだぞ。それなのに……風のように……」

「馬鹿ねえ、ホテルの鍵なンてインチキなもんよ。何時《いつ》だッたか、あたし、他の部屋を間違えて開けちゃッて、飛ンだ大恥かいたことがあったわ」

「…………」

「やッと今、思い出した。役者よ、新劇の……」

「…………」

「夕方、ロビイで、ちらッと見かけたンだけど……もう随分、会わないから、初めのうち誰かと思っちゃった」

「………」

「あら、怒ったの、あんた?」

私は、卓子の上から煙草を取り上げたが、止めて、今度は、ウイスキイを、コップに注いだ。

「ねえ、あんたア……」

寝台から、するすると下りると、女は、その身体で、大胆に近寄り、肩へ、もたれるように手を掛けた。

「ずッと昔のことよ。あんたを未だ知らない頃よ。いやだ、そんな……」

私は、ぐッと、コップを傾けた。咽喉が焼けるようだ。

「ひとりだと思ったのね。ところが、あんたが居たンで、あんな、テレかくしに……ふッふッふ、あんたが熱心なので図に乗って」

「だが、おい、あの言葉は……」

「せりふよ、演《だ》し物の」

私は、急速に、現実へ引き戻された。哲学も、久遠の光も、羅馬の皇帝も、はるか、はるか遠いところへ走り去って、平凡な、味気ない灰色の毎日が、どッと崩れ落ちるように、その後を充たした。

「シーツなんぞ、ぐるぐる巻いて来たりしてさ。……注いでよ、あたしにも」

椅子に、裸体で腰かける女は、画室のモデルに似ていた。——女よ、汝《なんじ》恐るべきリアリストよ！

ママゴト

その寺の門は、これまで散歩の途次、ちらりと見てはいたが、開いているのはその日が初めてだった。

どんな寺かと入ってみた。

道は、すぐ右へ曲って又左へ行く。その突き当りが白壁の築土塀である。そこへ行くまでの両側に、五六軒ずつぐらいで店屋《みせや》が並んでいる。

煙草も売っている荒物屋、間口の広い、天水桶を店角に置いた呉服屋だの、申し訳みたいに缶詰を乏しく並べた酒屋だの、又は仕舞太屋《しもたや》の玄関だけを作り直した駄菓子屋、ゴタゴタと、こわれかかった品物を雑然と並べた古道具屋、何の商売とも付かないが暖簾《のれん》だけ下げているうち……

右の角には、小旗など下げた土間の広い茶店がある。

それについて曲がると、その右の正面に、今の土塀に続いて寺の門がある。

前のは総門で、この店屋は門前町なのだ。

境内へ入ると、左へ曲って小体《こてい》な本堂が建ち、渡り廊下で左の庫裡《くり》と覚しい方へつながっている。生垣の内塀があってその中の庭は見えない。柿若葉が美しく、鶯《うぐいす》が、しきりに鳴いていた。

裏側は、これも土塀で囲ってあるので抜けられそうもない。引ッ返して、内門から逆に見ると、通りの突き当りには、関西風の造りの長屋門がある。向うへも出られそうもないので、今の道を、ぶらぶらと最初の総門へ戻った。

出たところで、出入りの酒屋の御用聞きが自転車でくるのに擦れ違った。

この辺は、電車にもバスにも遠いので、名称は東京都内なのだが、一向に家が建たない地域だ。だらだら坂を下れば、未だに畑と農家と雑木林である。

歩きながら、あんな門前町で小売り商売など営んで、あれで立ちゆくものか、と、人ごとながら気にしたりした。

いや、とても商売にはなるまい。ずッと以前、何かのことで、あの寺が繁昌したことがあって、参詣人が多かったので成り立ったのだろう。その名残りだろう。

そう云えば、どのうちも、家の作りは明治調である。今でも焼けなかった地方の小さな町なら見かけるものだ。事実上は田舎とは云え、未だ東京に——それも自動車なら銀座から四五十分のところに、あのような古風な門前町があるというのは、今になると、むしろ珍重すべきだろう……

その後、一二度、散歩の折、入ってみようと思ったが、どういうわけか総門が、ぴたりと閉じられていた。

そして、一月近く経った頃か。

うちの下水の掃除をしていると、酒屋の御用聞きが、

「旦那は、平《ひら》さんをご存じなンですか?」

と、好奇的な顔付きで訊くので、平などという人は知らないと答えると、でも、こないだ、あのお屋敷から出てきたからだと云う。

段々、訊いてみると、相手は笑って、

「誰でも初めての人は、そう思ッちまいますね。ところが旦那、あれア別々のうちじァないンですよ。あれがみんな、ひっくるめて平さんのお屋敷なンですよ」

つまり、門前町ではないと云うのだ。あの通りの総門から内側は、平という一個人のうちだというのだ。邸内なのだ。

御用聞きが語るには、あの中の酒屋にしろ呉服屋にしろ、これという主人がいるわけではなく、只、あのような店飾りだけがしてあるに過ぎない。住んでいる人はいない。

映画のセットのようなものだと云う。だがセットのように裏側がないというようなものではなく、きちんとした一軒のうちに造ってある。家財道具は勿論のこと、物干まで、ちゃんと出来ている。あのうちの、どの一軒であろうと、五六人の家族で今日からでも、何ひとつ持たずに直ぐ生活出来るだけの設備がある。

「でも、誰も居ないンですよ」

——そう云えば、人ッ子ひとり歩いていなかったと思い出した。どの店にも、人の気配がしなかった。

「変なものですよ、だから、……妙に薄ッ気味が悪くッてね」

「あの一劃を、平という人は、そっくり買い取ったわけなのだな」

「いいえ、旦那。そうじアないンで。なんでも戦争前に、平さんが、あの土地に、わざわざお寺だのあの店屋などを建てたンですよ。わざわざ。そして、それッきりなンで。なんの為か、よくわからないンですが、一度だって人に貸したことはないンで」

平家《ひらけ》は、平氏《ひらし》と、細君と女中、それに植木屋夫婦の五人ぐらしだという。

「そうそう妙なことを聞いたンですが」

と、御用聞きは、最後に、こんなことを云った。

「時々、平さんは、あの店のどれかひとつで暮らすンだそうです。酒屋になったり、呉服屋になったり。それも、ちゃんと、その商売らしい風体《なり》をするンだそうです。まア、大人のママゴトですね」

「大人のママゴト……」

——人間の日々の暮らしぶりを、いとなみを愛して、それを一種の愛玩物視している、平氏という人間の心が、何とも理由つかず悲しいものに感じられた。

古い長持

秋風が立ちそめた頃の、日暮れの早い宵のくちだった。

桐の葉が、軒に音たてて散るのを聞いていた、お婆さんが、突然こんなことを訊ねた。

「あの、中《ちゅう》二階の奥にござンしたね、古い長持が」

夕刊を眼鏡越しに読んでいたお爺さんは、ちょっと顔を上げただけだった。

「ここへお嫁にきた晩、あなたは、こわい顔なすって、あの長持は決して開けてはいけないとおっしゃいましたね。いえ、これまで一度だッて、お言いつけに、そむいたことはございません」

ひと息ついて、それから思い切って、

「あの中には、一体、何が入っているンですか?」

だが、お爺さんは何とも答えなかった。

「もう、孫がそろそろお嫁さんを貰う時分になったんですから、いくらなんでも、教えて下すッてもよろしいでしょう」

「開けてはいけないのだ」

と、お爺さんは答えた。

「今になっても？」

お婆さんは深い溜息をついた。これほど長い間連れ添ってきた夫が、やはり同じことを云って拒否するのが、なさけなかった。これまで営々と積み上げてきた愛情が、一度に崩れ去って、夫婦の間に越え難い亀裂が生じた思いだった。……わたしは、一生、裏切られてきた。……

その夜、更けてから、お爺さんの寝息を確めてからお婆さんは、そっと起き上がった。台所で燭台を用意すると、みしりみしりと中二階へ登っていった。

そこは細長い板の間で、天井に頭が、つかえそうな低い部屋だった。がらくた道具に混じって、一番奥の羽目板に寄せて、その古い長持は眠むっているように見えた。

蠟燭の揺れる灯影に、お婆さんは暫くの間見つめていた。その古い長持は、古くなったというだけで、別に、これといって変ったところもない。

問題は、中に何が入っているのか、ということだ。

多分、この中には、とお婆さんは、人に知られたくないお爺さんの秘密が隠されてあるのに違いない、四十年以上も暮らしてきた女房にさえ見せたくないものがしまってあるのだ、と推量した。

お婆さんは、今までにない激しい嫉妬を感じた。復讐してやる気持になった。

長持の蓋に手を掛けると、一度は、タブウという気持から躊躇したものの、二度目には勇を鼓して、上へ蓋を持ち上げると、中を覗きこんだ。

その翌日。

お爺さんは朝起きてみると、お婆さんが居ないことを知った。頭を横に振っていたが、中二階へ上がっていった。蠟燭の燃え尽きた燭台が長持の前に置いてあるのを見ると、又頭を横に振った。

その一日、お爺さんは家の内外を綺麗に掃除して、ご先祖様の位牌にお燈明を上げ、長いこと拝んだ。

夜になると、よそ行きの着物に着代えてから、お婆さんが使った燭台を手にして中二階へ上がっていった。古い長持は眠むっているように見えた。お爺さんは、蓋を上げると右腕を支えに、かがみこんで中へ入り、すっぽりと自分から蓋をしめてしまった。

幾月かの後、老夫婦は失踪と判断された。一年ばかり経つと東京から息子がやって来て家財は元より、屋敷も地所も、そっくり売り払ってしまった。長持も、いずれ売られた筈だが、別段、これという話は聞かない。

根の無い話

『ジャックと豆の木』の豆の木は、延びてのびて遂に天へ達したと云う。

そこで、ジャックに、あやかろうと、神さまに祈願を籠め、この夏、朝顔の種を播き、朝夕、水をやるのを怠らないで丹精すると、神さまのお恵みに依り、朝顔は、芽立ちから丈夫に、すくすくと生い育ち、何時《いつ》か垣根を越し、屋根を越し、一本杉の梢《こずえ》を越し、更に更に大空へ延びていった。

それァもう見事なものだった。赤い花の種だったので、赤い花の朝顔が炎のように毎朝数限りなく群れ咲いて、とても勘定など出来る沙汰ではない。見上げると、上の上の上の方まで花は絡《つなが》り咲いて、まるで一本の火柱のように見えた。

それだから、その蔓《つる》ときたら、かいなでの朝顔の蔓などとは違い、太く丸く巨《おお》きく、一抱え以上にもなり、とても草とは思えぬ逞しさだった。

だが、全体、どの位延びたのだろう？　遂に天へとどいてしまったのか、と、或朝、思い立つと朝顔の蔓を攀《よ》じ登り始めた。

朝日が出る頃から登り始めたのだが、午《ひる》になっても、いや、とうとう日が暮れても登りきれず、仰げば蔓は青い星空の中子《なかご》に向って、未だまだ遙かに延び上っている。諦めて降りてしまった。地上に足が付いたのは翌々日の朝だった。

そのうち、この天までとどいた朝顔が小憎らしくなってきた。多分、登りきれなかったからであろう。それに、こんなものを育てたことが人に知れたら、只事では済まないと気が付くと、そら恐ろしくなったので、とうとう思い切って、その太い根本を鋸《のこぎり》で、ごしごしと引き切ってしまった。根を剪《き》られたら、朝顔は倒れるにきまっているのだから……

ところが、事は寔《まこと》に意外だった。朝顔は倒れてきもしなければ枯れもしなかった。それァ、切ったところから上へ上へと、一日に一メートル位は枯れ落ちるのだったが、既に天までとどいて、その蔓の先きを、からませてしまったのであろうから、つまり、引っかかって、ぶら下がって居るのだった。それに、今まで吸い上げた莫大な養分は順次、上方へ吸い上げられていくので、それにつれて、猶《なお》も上の方では、毎朝、美事に花咲き続けているのだ。と共に、下の方は次第に枯れて地面から離れていくのだが。

だから、この頃は、もう随分、上の方へいってしまったが、それでも、仰げば、赤く赤く、一朶《だ》の紅雲となって、朝顔は咲いているのだ。一昼夜かかっても登りつめることが出来なかった高さなのだから、上の上の空で、今後も未だまだ咲き続けるであろう。

毎朝、切株の水溜りの傍に立って大空を見上げる。

はるか、はるか上の方に、茫《ぼう》と赤く朝顔の雲が、たなびいている。美しい眺めだ、枯れ蔓が時々、ばさっと落ちてくる。

波の音

一

その年の秋は、夏の終りから雨ばかり降り続いて、佗びしく憂れたく、滅入るような毎日でしたが、丁度その時分、のっぴきならぬ用事が起こり、東京から、はるばるとN半島のSと云う海沿いの漁村まで出かけたことがあります。

汽車を降りてからバスで一時間あまり、日本海に面した、それはもう辺鄙《へんぴ》な場所で、日が暮れると、そのまま誰も彼も寝静まってしまうのではないか、何しろ外から灯《ともしび》が見える家と云えば、私が泊った宿屋だけと云う寂しさ。その宿屋も、所謂商人宿と云う類で、外通りに向って立てつけの悪いガラス戸が六枚並び、それが秋風に絶えずガタつき、奥へ抜ける土間には、片側へ寄せて、百年も前から一度も片付けたことはあるまいと思われる、がらくたが積んであると云う有様です。

その晩、遠い潮騒と、それから、相も変らず、びしょびしょと降る雨の音を聴きながら、宿の二階座敷――焦茶色をした畳の上に坐っていますと、もう、どうにも、こうにも、やりきれなくなってきました。いやに高く釣った電灯の薄暗さ、そのまま、じッとしていると、何処か遠く、果の果へでも持って行かれそうな心細さです。

で、酒でも飲もうと考えて、手をたたいたのだが、これが誰も上がって参りません。呼鈴などと云う物は元よりあるわけはない。

仕方がないので、狭い梯子段を、ギシギシ云わせて降りると、表の帳場格子を覗いたのですが、ここにも誰もおりません。皆、風呂へでも這入っているのだろうか。

それで、一旦、戻りかけたのですが、見ると、中庭へ向った便所の脇の部屋に人影が動くのです。声を掛けてみますと、返事があったので、ごめんなさいと障子を開けると、中に六十近い老婆が、ちょこんと坐っていましたが、

「はい、お客様かね」と、顔を上げました。

酒を持って来てくれ、と、云いながら、何気なく、ひょいと左の方にある仏壇を見たものです。大きな、金色燦爛とした立派なお厨子《ずし》です。大した代物だな、と、その裡を覗きこんだのですが、その時、おや？　と、怪しみました。慌てて近寄ると、もう一度、よく見て、

「あ、こりゃア！」と、思わず口に出してしまいました。

お厨子の裡に、数多くの位牌と共に、写真が一葉飾ってあるのですが、それは実に、私の女房の姿なのです。四年前に死んだ女房の写真だったのです！　東京の家の庭先きで、普段着のままんしゃがんで、顔をこちらへ向けて微笑しているポーズです。友人のKが確か五年前、遊び

に来た折撮ったものに相違ありません。どうしてこんな物が、この家に在るのだろう?

　この宿屋は、ふでやと云う屋号ですが、生前、女房の口からは一度も聞いたことはなく、又、第一こんな辺鄙な場所のことは、我々夫婦の間では曾《か》つて話題に上ったこととてないのです。ここへ来る迄は、アフリカの海岸も同様な縁もゆかりも無い土地なのです。

「妙なことを伺いますが、この御仏壇の女の方の写真、これは、そのウ、どなたなンですか? 御親類か何か……?」

「ああ、それはな、あんた。わたしの姪でございますわ」

　老婆は、すこし、もつれる舌で、すぐに答えたものです。

「え、姪ごさんですッて? それで、あのお名前は?」

「つると云いますよウ」

「え、つる!」

　同じです。もう紛うかたなく、この写真の主《ぬし》は女房です。けれど、何故、生前に一度もこんな土地に住む伯母のことを話さなかったのだろう? それは、ともかく、誰が死んだことを通知したり、又、この写真を持って来たりしたンだろう?

　すると、老婆は、百出する私の疑惑をよそに、こんなことを云い出したのでした。

「姪はな、あんたさん。それア気立の好い子でしたよ。こまめに、よく働いてくれてな、わたしが病身なもんで、それア親身になって面倒をみてくれましたよ」

「東京へ行ったのは何時《いつ》ですか?」

「さア？　あれは確か、あの子が廿一の年だったと覚えているから、六年前になる勘定かいな。……一年ほどして、間もなく戻ってきましたが」

「え、一年で戻ってきた？」

「はい。……当人も云いたがらないので、精《くわ》しいことはわからないが、どうも男に騙された塩梅でな。それッきり、こりたのか、東京へ行こうとは云わず、それに、嫁に行けと云っても厭がりましてな」

　老婆は、姪を愛していたと見え、そのことを語るのが、寧《むし》ろ、うれしいらしく、こちらが聞きもしないことまで、いろいろと語り、思い出を楽しんでさえいるようでした。そして、最後に、姪のつる女は、四年前の八月廿八日に亡くなったと云ったものです。

「八月廿八日！」

　これも亦《また》、同じなのです。私の女房の命日と同じです。何処で死んだかと訊けば、この家だというのです。

　こんな奇怪な話があるものでしょうか！　同じ人間が、二箇所で生活している、それも汽車で廿四時間以上かかるところで。考えられません。……その時、私は奇妙な記憶が甦ってきました。或は？　（だが、このことは後段で語りましょう）

「おばさん」

　私は、もう一ツ訊きました。

「この写真は、誰が、ここへ持って来たのです？」

すると老婆は急に不機嫌になり、

「誰がッて……そりゃアあんた、持って来た人が持ってきましたさ」

見ず知らずの他人が、余り立ち入ったことを聞くな、と云う表情になりました。よっぽど、これは、私の女房の写真だと云おうと思いましたが、止めました。相手は絶対に信用しないでしょう。それに、私にも、この不思議を納得させる方法がありません。

「そうですか」と、それからもう一度、相手の不機嫌に構わず、私は念を押すように訊ねました。

「死ぬまでの間、ずッと、その、つる……さんは、こちらにいたのですか?」

「そうですとも、あんたさん、何を云われるのやら。……ま、よい人間と云う者は夭逝《わかじに》するものかねえ」

と、後の方は、半分独り言のように、しみじみと云うのでした。

二

二階の座敷に戻ってくると、直きに、酒が運ばれてきました。持ってきたのは、今の老婆で、おひとつ、と、ご愛想のつもりか、一杯注いでいきました、老年の為か、ひどく膳の上に溢《こぼ》したりしました。

一人になると、私は手酌で始めました。今時、東京では滅多に見られない、正味二合は這入ろうと云う大ぶりな徳利です。

飲みながら、思い出したのでした。

それは、死んだ女房の妙な癖――と云っては当らないが、何と云ったらよいのか、不思議な幻想、或は幻聴とでも云うことです。

時折、こんなことを云うのです。しんと静かな夜など、

「ね、波の音がするわ。ざ、ざア……」

「波の音？　馬鹿云っちゃいけないよ。電車の音だろう？」

――我々の家は本郷の奥でした。どう間違っても浪の音などが聞こえるわけはない筈です。

「いいえ。波の音よ……」

ちょッと放心したようになって、

「わたしね、時々……、昼間でも、波の音が聞こえてくるのよ。そうするとね、あの、何処か、こう、自分は遠い北の方の海岸に住んでいて暮らしているンだ、と、そんな気が何時でもするの。不幸な身の上でね。悲しく諦めて、じッとその寂しい生涯に堪えていると云うような気持……。そう云う自分を考えるとね、可哀想で可哀想で、ひとりでに泣けてくるの」

「妙な幻想だなア」

私は、半分からかうように云います。

「時にはね。そうして、海岸の暗いうちで暮らしている自分の方が本当で、ここにいる此の自分は嘘なんだ……そんな気もするわ」

「おいおい、それじゃア俺はどうなるンだ」

「ホホホホ……」

女房は、流石に笑い出すのですが、

「わたし、自分ッてものが、よくわからないのよ。ここにいる、この自分が本当の自分なのか、それとも、北の海辺にいる可哀想な自分の方が本当なのか」

「その北の海辺ッて何処だい？」

「知らない。そんなところ行ったことがないンですもの。わたし、今迄、ろくろく海に行ったことないわ」

「変なこと云うなよ。そのうち連れてッてやる」

「そうじゃないのよ。ただね。……ああ、又、波の音がするわ。今夜は荒れてるのかしら？強いわ何時もより……ね、そりア寂しいところなのよ。いちンち中、人と口を利かないことだッてあるの。そんなところで、自分の生涯を埋もれさせている……ああ、悲しいわ！」

「よせよ、いい加減に」私は、すこし気を悪くしました。

「あら、ごめんなさい。本当は、わたし、こうして、あなたと暮らしているンですものね。……どうしてなンだろう？」

――一年に、二三度は、私に、波の音のことを話すのでした。私が余りいい顔をしないので、口に出して云うのは二三度ですが、女房はしばしばこの幻想に襲われていたようです。私は、妙なことですが、女房のその幻想に嫉妬を覚えたものです。多分、私が留守で、一人でいる時などは、思うさま、女房はその幻想に身をまかせ浸らせ、北の海辺で暮らしていたことでしょう。

このことを、私は、その宿の二階で思い出していたのです。

何とも云いようのない恐怖？　いや、得体の知れぬ絡《つなが》りと云いますか、人間の理性の範囲を乗り超えた暗合に、私は、只々、眼を見張るばかりでした。

女房の根も葉もない幻想は、ここで、怪しく生きていたのです。

――私は、その翌日、一番のバスで、S漁村を出発したので、それ以上、精しく知ることが出来ませんでした。もう一度、ここへ出かけて、老婆のみならず、もっと他の周囲の人々から、その、つる女のことを聞き出したいと思っているのですが、未だに暇がなく果せずにおります。

その後、問題の写真を撮った友人のKに会った折、この話をして、どうして、こんなことになったのだろうと、写真が転々した経路を訊ねたところ、彼は、頭を掻いたりして、こんな明快？　な判断を下しましたが。

Kの知人で、私の女房の写真を見た人が、自分の初恋の女性にそっくりだ。思い出に一枚くれないか、と云われたので、人の細君の写真ながら、もう死んでしまったのだから、差し支えもなかろうと、呉れてやった、と云うのです。多分、それが巡りめぐって、あの老婆の手に渡ったのだろう。精しく聞いてもみないが、その男は、その宿屋と知り合いかも知れない。

それから、Kは、

「君は、婆さんの喋り方は、舌がもつれる、と云ったね。らりるれろ、の音は、しばしば、やいゆえよの音とまぎれるものだ。舌の廻らない子供などに多いね。知らない、を、知やない。

借りる、を、借いゆ……。婆さんの言葉もこの伝じゃアないか。つると、君には聞こえたが、本当は、つゆじゃアないかな。お露さんかも知れないぜ。その写真を見ちまった後だから、余計、つると聞こえたンだよ。それから、死んだ日だが、こりゃア婆さん旧暦で云ったんだろう。旧の八月廿八日は、新だと、十月の初旬ごろだな」

なるほど、こう考えれば、はっきり別人になります。決して同一人ではない。(当り前でしょうが)Kは、最後に、

「婆さん。眼も悪いンじゃないかな。酒を注ぐ時、溢したと云うが……だから、その写真も、よくは見えないンじゃないか。しきりに死んだ姪のことを懐しがるンで、誰かが……あいつかも知れないが、ちょッと似たところがあるかして、東京時代に撮った写真だと云って、渡したンだろう」と、こう推断しました。

多分、この解釈は当っているのでしょう。

けれど……けれども私は、今になっても、女房のあの幻想を、全面的に打ち消してしまう気になれないのです。そして、この私が、女房の幻想通りの土地に行って、その写真を見たということが、何とも云いようのないものを感じさせるのです。

波の音……私も時折、あの波の音を、――もう一人の自分を、この耳に感じるのです。

猟銃

枯葦の叢立《むらだ》ちの中から、ひょいと顔を上げた時、彼は、こちらに背を向けて佇《たたず》む二人の男女を見た。

邪魔だな、と、軽く思っただけで、すぐ視線を移し、同時に自分の位置も変えようと一歩、踏み出そうとして、まるで枯葦の、ざわざわと鳴る音に驚いたように、ふッと、その場に釘付けになった。映画の廻転が、一瞬、止まったように。

視線は――彼は、凝然と見据えるのであった。

「ふむ……」

太い溜息を、肩を波打たせて吐く。

二月も下旬に近い、よく晴れた日の午前、九時ごろでもあろうか。日ざしは、早春という言葉を、そのままに、浅いながら、ぽかッと暖い。気持が、解き放されたような感じがする。

沼沢地帯で、無数の入江がある。うっかり歩くと水へ踏みこむ。楊柳の樹で、葉が青いのがあったりする。だが、まず見る限りでは枯葦の一大群落である。

「ふむ……」

彼は、もう一度、呻《うな》った。今度は、腹立たしさが混っていた。

そこは、彼の前の入江を越した向う側の堤で、このあたりでは一番の高みになっているところだ。その堤の枯芝の上に、二人の男女が立っているのだ。

こちらに、二人とも背を向けている。

男は、廿五六でもあろうか。兵隊ズボンにジャンパァを着込んでいる。割りに身長が高い。女の方は、モンぺとも、ツウ・ピースともつかない着衣だが、年齢の頃は廿歳前後でもあろうか。両方とも、この辺の者であることは云うまでもない。

二人のなりは、云ってみれば、甚だ、お粗末なものである。何等、人眼を惹くに足りない。誰でも、何でもなく看過ごしてしまうであろう。

だが、角度を変えると、その男は、如何にも若々しいのである。男らしいのである。男性としての強さが滲《にじ》み出ているのだ。そして女の方は、何とも、初々しく、可憐で、女性としての美しさが溢れ出ようとしているのだった。

説明するまでもなく、この二人は、恋仲であろう。非常に牧歌的な眺めだ――と鑑賞すべきであるにも拘わらず、今年五十一歳になる彼は、次第に怒りを覚えて来たのだ。

「……畜生ッ」

低く、舌打ちした。

芝居や映画なら、まだしものこと、現実の世界で、こういうことが行われているという事実が、彼には我慢ならなかった。

恥ずかしいことだ、と、思う。

見ると、男の方が、何か云いながら、ぎごちなく、だが、優しく、女の子の肩へ手を廻した。娘は、極く軽い抵抗を示したが、そのまま、自分の方から、ぐッと寄り添った。頬が触れ合う。

「怪《け》しからン」

五十一になる彼は、見ているのに堪えられなかった。視線を外らそうと思う。だが、外らさずに、猶《なお》、飽くなく、灼きつくように見入っている。

彼は、今までの生涯で、こういうことをしたことは一度もなかった。機会がなかったというよりも、彼の性格と云うか、女に親切にする気になれなかった。親切にしたら？　とは思ったけれど、そういうことをする段になると、己れのプライドが許さなかった。求愛などという手段は思いも寄らなかった。そういうことは下劣なことだ。

だが、心の奥の方、底の底では、プラトニックな恋に憧れることがある。そんな折には、彼は甚だしく狼狽して腹を立てた。

彼には、妻がある。子供は五人ある、長男は廿三にもなる。

理論にはならないのだが、彼は、夫婦関係と、所謂、若い者の恋愛というものとを、全然、別なものに区分していた。若い者の恋愛は、不道徳、寧《むし》ろ一ツの犯罪と断じていた。恋愛は、いやらしいものだ、と、排斥するのだった。恋愛至上主義などと云う輩《やから》は、不良少年か無頼漢か、色気違いの沙汰である。

……その二人の頰が、何時か、ぴたりと、くッついた。

彼は、妙な話だが、年甲斐もなく、自分の胸の鼓動が高鳴るのを覚えた。口の中が、乾いてくるのだ。

「怪しからン」

二度、同じ言葉を発した。

思うまいとは思うのだが、実は、もう、嫉妬だった。嫉《や》けてならないのだ。いまいましいのだ。足ずりしたい気持になる。……畜生めッ！

「あッ」

彼は思わず叫ぼうとして、慌て、その時ばかりは、一瞬、臆病から視線を外らせたが、直ぐ、又、見入る。

若い二人は、接吻していた。抱擁の形は、いささか不細工で、ぎごちないものだが、それだけに、至上の陶酔が描かれている。

「あいつ、怪しからン奴だ！」

彼は、その若い男を、わが心身をあげて憎んだ。踏ンづけて、粉々にしてやりたい衝動に駆られた。

彼は、今まで、一度も接吻したことがなかった。妻君とでさえも。

彼は、眩《めま》いしそうに腹が立って来た。その男の首根ッ子を押さえて、ぎゅうぎゅう絞めつけて、絞めつけて……思わず握りしめる右手に、物体を感じた。

見る。

猟銃である。英国製の二連発、グリーナーだ。

彼は、この沼沢地帯へ鴨射ちに、一昨日の晩から来ているのだ。昨日は割りに成績が良かった。今日は未明から、うろうろしているのだが、どうも芳しくない。

「………」

彼は、猟銃を、生れて初めて見る人のように見詰めた。手入れが行きとどいているから細長いスマートな銃身は、にび色に美しく光っている。弾丸は籠めてある。

折敷の姿勢になると、銃を肩に当てて構えた。堤の上までは廿米ぐらいか。照準は、ぴたりと合う。これなら、絶対に外さない距離である。

その若い二人は、こちらへ背を向けたまま何時か、並んで腰を下ろしていた。男の左手が、優しく娘の身体を抱いている。早春のやわらかい日ざしが、祝福するように降りそそいでいる。

「なアに、大丈夫だ」

彼は、自分へ云って聞かせるのだ。

……俺は、近頃、左手が痛んで背後へ廻らなくなった。主治医へ訴えると、なアに、四十腕、五十肩と云いましてね、あなた位のお年配になると有り勝なことです、注射でも打って置きましょう。

だから、誤射ですむ。過失ですむ。思わず手元が狂った、ということになる。

……俺は、あの男にも女にも、何の関係もない。怨恨などは毛頭ない。俺は、会社の重役だ。品行方正で、堅人で通っている。社会的には名士の一人だ。代議士に立たないかと云われたこともある。

誤射、過失……顧問弁護士が、うまくやってくれるに相違ない。これまでも、世間には、猟の過ちは、ちょいちょいあったし……。

「なアに、大丈夫だ」

その時、ひょいと、傍にうずくまっているポインタアと視線が合った。

どきッ、とした。……莫迦な、けだものじゃないか、相手は。

彼は、ぴたりと照準を付けた。

……あいつら二人とも、ふン、何だッて云うンだ、ふッふッふ、喋々喃々か……笑わせるな。ここで、こうして、鉄砲が狙ってるンだぞ。ふン、いい気味だ……

憎悪の眼が、二人の背後に激しく注がれていたが、「よオし！」

ダ、アン！

銃声！

……彼は、枯葦の中から、やっと身体を起した。くたくたに疲れ切っていた。こんな疲れ方というものは生れて初めての経験だ。全身が、綿のようだ。

左手を突いて、やっとこさと、ようようの思いで立ち上がった。よろよろとする。思わず、大事な銃を杖に縋《すが》る。一度に、百年も年を取った感じである。確かに、白髪がふえたに違いない。

のろのろと、足を引きずるように歩く。

……俺は、全く妙なことをした。どうしたと云うのだろう？　ちゃンと照準を合わせ、引金を引く、その一秒の何万分の一ぐらいの遅速で、全く間一髪だ、ぐッ、と、左手が動いたのだ。俺は決して動かそうとは思わなかった。今までだって、あの時、動いたなどというためしはなかった。にも拘わらず、先刻は、我知らず動いた。……いや、動かしたのだが……。何故だろう？

弾丸は、外れた。

堤の上の二人は、銃声で、ちらッと振り向いたが、それっきりで、又、手を取り合って話しに耽っている。この辺は、鴨猟の人が多いので、銃声などは、そんなに珍らしくはないのだ。

「つかれた……」

彼は、疲労しきった身体を、よろよろ、ふらふらと、まるで酔ッ払いのように運んで行くのだった。御自慢の大事な銃を、とうとう杖代りに突きながら。時には、邪魔そうに引きずりながら。

堤の近くの方へ来ると、若い二人が、彼の姿を見た。

「まア、どうしたンでしょう、あの人？」

「身体でも悪いのかね？……鴨射ちに来たンだな」

「あんなに、のめりそうになって歩いてなンか？」

「酔ってるのかなア？」

「あッ、危ない！」

——彼は、木の切株にでも躓《つまず》いたのか、とんとんと前へ泳ぐようになると、ばたり、他愛なくつんのめって前伏せりになった。

「………？」

見ていたが、そのまま、何時まで経っても起き上がらないので、二人は、不安そうに顔を見合わせたが、どちらからともなく立ち上がると、小走りに駆け寄った。

「もしもしッ、もしもし！」

男が、肩を揺すッて、それから片膝ついて上半身を抱き起したが、ひどく重かった。

「どうしたの？」

娘が覗きこむと、

「死んだンじゃないかな？」

「えッ！　急に？」

——男は、そッと身体を横たえると、

「駐在所へ行くから」

そして、すぐ傍の枯葦の中へ横倒しにして置いた自転車を起こすと、後ろへ、娘を横に腰かけさせて、威勢よくペタルを踏んだ。娘は男の肩に両手を掛けて。見るみる小さくなる。

ポインタアが、あたりの葦の中などを嗅いで廻っていた。

その家

一

「…………」

取り次ぎに出て来た女は、軽く頭を下げると、もの静かな身のこなしで、そのまま、奥へ去って行った。

ひんやりと、冷たい玄関だった。駅から廿分近く、汗をかいた者には却って快い冷たさである。

みイん、みイんと蟬時雨《せみしぐれ》が、まるで降るようだ。その他には何の物音もしない。空に、浮雲ひとつ影をとどめない七月下旬の暑い日の午下がり。

冷たいと共に、薄暗い玄関だ。最初、ここへ一足踏み込んだ折には、外光の激しさに馴れた眼が途まどったほどだ。

取り次ぎの女は、どうしたことか、仲々、出て来ない。

式台に腰掛けて、すこし無作法なくらいに頸筋や両腕の汗を拭う。――大通りから、寺の横の細い路を這入《はい》って来た……両側とも、空が見えないほどに老木が生い茂っていた……蝉が鳴くわけだ、などと、こんなことを、取り止めもなく考える。

と、足音が聞こえて来たので、式台から腰を上げると、今の女が、ちょッと廊下へ手を突いて、

「どうぞ」

低い声だった。多分、そう云ったのだろうと思う。後から考えると、聞かなかったようにも思える。

上がると、廊下を、ひと曲りして、十畳ほどの座敷に通された。

中央の大きな紫檀の机の前に、白麻の座布団を敷くと、女は、すぐ出て行ってしまう。

座に直って見廻すと、この部屋は長押《なげし》を使わない凝った数寄屋《すきや》造りで、南に向いた方は深い土庇《どびさし》で濡れ縁さえ設けてない。ここから眺める庭は、赤土の地肌を滑らかに見せ、その先きには楓《かえで》の若樹ばかりが植えてある。真夏の太陽を反射して、濃緑の葉が、キラキラと、ひときわ印象的だ。

煙草を吸う。

一本、吸い終る。……古びた七宝焼の灰皿だ。ところどころ剝げている。

誰も出て来ない。

ひどく待たせるなア……扇子を出して使ってみたが、その時、気が付いた。この部屋も亦《また》、

先刻の玄関と同じように、何処か、ひんやりしているのだ。そして、聞こえてくるものと云えば、やはり、降るような蟬時雨ばかりだ。

奥と思われる方へ耳を澄ませる。コトリとも音がしない。

待ちくたびれて来て、背後の床の間を見やると、掛物は、南画の山水図。うしろ手に、のけぞるような恰好で、顔を近付けると、絵の下方の岨路《そばみち》を、道士が小童を伴って歩いている。上、右肩に、何やら細々と字が書いてあるが、読む気もしない。他には、手の混んだ透し彫りの香炉が一ツ。

元の姿勢に戻って、又、煙草を吸う。

吸い終る。

どうしたンだろう？　何時まで待たせる気なのだろう？

這入って来た廊下の方を見る。廊下の向うは、縁に迫って、竹と、葉の細い木が植えこまれ、茂り過ぎているせいか、暗いほどだ。折々の風に揺れて、竹の影がガラス戸に大きく動く。

そうだ、茶ぐらい持って来てくれても、よさそうなものだ、と思うと、急に咽喉の渇きを覚えて来た。一体、今の女は、取り次いでくれたのだろうか？　あの女は……と、改めて思い返してみた。

廿八九にもなるだろうか。痩せて、すらりと背の高い方だ。五尺四寸はあるか。背が高いので痩せて見えるのかと考えたが、どうも胸など大層平たく、腰の線も細く、玄関で突いた指なども細く、肩など削ぎ取ったように落ちた形だったし……考えているうちに、ますます細ってゆく感じだ。

顔は……、そう云えば、別に気にしていなかった為か、どうも印象が薄い。ほっそりしていたように思う。肉付きなど豊かではなかったようだ。眼は……、これも、はっきり浮んで来ない。鼻も、唇《くち》もとも……思い返してみると、適確には何一ッ覚えていない。思い出そうとして行くと、逆に、いよいよ凡てが朦朧《もうろう》となって消え去っていく。

気を付けていないと、人の第一印象など、実に頼りないものだ。今、会った女の顔さえもう忘れている……いや、どうも忘れたのではないらしい、印象されないのだ。風のような、影のような、すッと通過したというだけのことなのだ。

今度、出て来たら、もっと、よく見覚えて置こう。

腕時計を見る。

既に四十分近く、待っている。

相変らず、降るような蟬時雨である。

二

こちらの勘定で、一時間、経った時、とうとう立ち上がってしまった。

座敷の端れまで行って、突ッ立ったまま、庭の楓の若樹を見る。照り返しの強烈なことは燃え上がるようだ。葉の一枚一枚に温度を感じる。

眩暈《めまい》を覚えたので、左の方へ視線を転ずると、赫《か》ッと、いきなり斬りこまれたような気がした。

紫陽花《あじさい》だ。

その紫が、狂女のように見えた。理由なく危険な聯想を呼ぶ。

虚に突き入られたような具合で、狼狽して眼を伏せると、そッと、気が付かれないように若楓の方を見る。

もう、その緑は燃えていた。こちらへ、どっと襲いかかって来るような圧力を感じる。

振り払うように、くるりと背を向けると、座敷の反対側、廊下の方へ部屋を横切る。ガラス戸が、一体に薄暗いながら、時折、キラリと真夏の太陽を誘う。竹の葉が、ガラスを擦過する。しんと静かだ。

その竹の葉の戦《そよ》ぎを見ていると、急に、自分は見られている、覗かれているぞ、という気が起った。

はッ、とした。

竹の葉が、ずッと前から、凝然と、こちらを、細大洩らさず見守っていた。ということに気が付いた。恥ずかしさと不安とが噴き上がって来るのだった。

急いで、元の床の間の前の白麻の座布団に坐りこんだ。

身体が、妙に、ぎごちなくなって、背後が不安な気がするのだ。そうして、じッとしていることが次第に、全体に、落ち着かないものになっていった。

思わず、ふらッと、又、立ち上がってしまった。大袈裟に云えば、思い切り大声を揚げて助けを呼びたいような気持なのだ。ここに、こうして、一人きりでいることに、生理的に堪えられない気持なのだ。

真夏の白昼なのだ。

降るような蟬時雨なのだ。

……だが譬《たと》えようもなく不安で、一人でいるのが怖ろしいのだ。

ああ、誰か、早く出て来てくれないかなア！　誰でもいい、もう一人、来てくれたら助かるンだが……。これアいけない……。

廊下へ出ると、それでも、ぐッと踏みこたえて、必死に我慢した。理性が、礼儀ということを強調する。にも拘らず、遂に、叫ぶように云ってしまった。

「もしもし！　もしもし！」

「…………」

何の返事もない。耳を澄ますと、降るような蟬時雨ばかり。

「もしもし！　もしもし！」

続けて、連呼しながら、泳ぐ恰好で廊下を、玄関のところまで来る。そこで、改めて、茶の間と覚しい方へ向って、もしもしと、可なり大声で呼び立てた。

五分……いや、十分近くも、そこに立っていたろうか。

何の物音もしない。

「もしもし！」

もう一度、探ぐりを入れるように云った後で、今とは逆の方へ——家人の居間と思われる方へ、大胆に突き進んだ。

右側に二タ部屋、いずれも襖《ふすま》が、しんと立てられている。流石に開けて見る勇気はない。左側に空地のような中庭があって、この廊下の突き当りに杉の板戸が閉められてある。

手を掛けて、今一度、強く、もしもしと云ってみた。二度、繰り返した。それから、そッと開けた。開け了《おわ》ったところで、もう一度、もしもしと云った。

一ト眼で、茶の間と知れた。

南が縁側、東に肘掛窓があって、並んで細目に開けはなしたままの開き戸。磨きこまれた長火鉢と、大きな茶簞笥。中ほどに朱塗りの餉台が出されてあって、その上に急須が一ッ。

……泥棒のような、後ろめたい気持で、そうッと這入ると、又、

「もしもし！　どなたか、おいでになりませんか？　ちょッと、お願いしたいンですけど……」

と、妙なことを大声で叫んだ。

他人の家の奥深く、断わりもなしに踏みこむということは、何とも云えず気持の悪いものである。悪事を働く気は毛頭ないのだが、悪事を行っているように不安である。

……いけない！

恥ずかしさと、訳の解らぬ立場の不利とを激しく感じると、矢庭に、大急ぎで引ッ返した。

三

今迄の座敷へ戻ると、だが、その敷居際で、ぐいと突き出されるような気持で、佇《たたず》んでいた。又、ここで、あの白麻の座布団に坐りこんで、待っている気がしなくなった。たまらなく気が重く、息苦しく、云いようのない薄ッ気味悪さなのだ。

……帰ろう。何時まで居たところで仕方がない。いや、居れば居るほど、何か、よくないことが起こる……。

玄関で、靴を穿くと、格子を開けて、出て閉めたのだが、実に、その時は、何とも云えず、恐ろしかった。今、今、背後から襟がみ摑まれて、ぐいと引き戻されるのではないかと。

出ると、一度も振り返らず、駆けンばかりの速足で、とッと、と急いだ。その家から遠ざかれば遠ざかるほど、恐怖の念の方が拡大して来るのだ。

寺の横の、老木が、すくすくと生い茂っている細い道を、もう直ぐ大通りへ出ようとする時だった。

「お帰りですか」

あの、取り次ぎに出た女だった。

「えッ！　え、あの、その、ちょいと急ぎますンで……」

まるで悪事を見つけられた者のように、へどもどして、こう返事をすると、更に速足で歩き出してしまった。本当のところ、声をかけられた時は、息が詰まりそうな気がした。何故だか解らない。

それから三時間ほど後、都会の真ン中で、生ビールを飲んでいるうち、気が変って来たものだ。

つまり、別に、どうという訳はないのだ。何故、あんな何でもないことに、無闇に、こわがったのだろう？　多分、主人は、直ぐ帰るから来たら待たせて置けとでも云って、外出したのだ。それが意外に延びたのだ。あの女は、主人が、もう帰るか、もう帰るかと思いながら、道の角まで出て、それとなく待っていたのだ。それだけのことだ。自分が一人で、あらぬ妄想に捉《とら》われただけの話だ。全く、どうかしていたな、自分は……。

それに、主人には、今日のうちに、どうでも話して置かなければならない重大な用件がある。ぜひとも会わなければならぬ。

ハッハッハ！　と、何となく、ひとりで笑うと、ジョッキを飲み干して立ち上がった。未だ、そんなに遅いという時間ではない。これから、もう一度出直そう。

そして、二度、その駅に降りた時は、長い夏の日も、とっぷりと暮れきって、夜空に、星がキラキラと美しく見えた。

見覚えのある、あの寺の横まで来た。

曲ろうとして、ふッと立ちどまってしまった。止そうかな、と思った。だが、すぐ、何故、止すンだ、という抗議に出会って、そのまま、歩き始めた。

昼猶《なお》暗き細道だったので、暮れると、一層暗い。木の根に、けつまずかないようにと気を付けながら進む。思いなしか、その家の方は、茫《ぼう》と薄ら明るい。虫の音が、うるさいほどである。

その家に辿り着くと、門の引戸に手を掛けた。開かない。もう閉めてしまったのだ。この辺は人気《ひとけ》のないところだから、この用心は当然である。

生垣に沿って、勝手口と覚しい方へ廻って行った。先刻、はしなくも家の中を歩いてしまったから大概の見当は付く。

裏木戸は、幸に未だ開いていた。

這入ると、細い道なりに、勝手元の出入口に突き当る。

取手に、手を掛けて引くと、わけなく開いた。

「今晩は……」

台所は、真ッ暗である。奥の引戸が、五寸ぐらいか、閉め忘れてあって、そこから、茫と光線が洩れてくる。電燈だろうと思うのだが非常に弱い。虫が集まるのを嫌って、シェードでも冠せてあるのか。

「今晩は……」

すこし大きな声で訪う。何の返事もない。いや、コトリとも音がしない。もう寝てしまったのだろうか。だが、夏うちのことだ。未だ宵の口ではないか。現に裏木戸は開いているのだし……

「今晩は……。もしもしッ」

無作法と思われるくらい大きな声で云ってみた。だが、やはり応えはない。地虫の鳴くのがうるさいほどだ。

ぷウんと、線香——蚊遣りの匂いが漂ってくる。

人は、居るのだ。

だが、何故、返事をしないのだろう？　その家全体が、しイんと黙りこくっている。という感じだった。どういうわけか、身ぶるいが出た。

四

十分か、十五分か、もう、これで切り上げようと、最後の「今晩は」を云おうとした時だ。云おうとして、口の端まで出かかったのだが、思わずぐいと呑みこんでしまった。云えないのだ。云えない気持——もう一度言ったら大変なことになる、という正体の解らぬ恐怖を強く覚えた。もう一遍云ってみろ、飛ンでもないことが起こるぞ、という未知の畏怖が、頭の先から足の先きまで、ずンと電気のように伝った。

立ちすくンでしまった。

その折だった。

ポク、ポク、ポク……木魚の音が底を這うように聞こえて来た。

傍に寺があるのだから、木魚の音がするのは、一向に差し支えはないのだが、その瞬間に、何とも云えない、極度の全身的な恐怖に掩《おお》い包まれた。……唇が合わず、膝が妙にガクガクして、指が固くなってしまった。……絶大な勇気を振い起こして、後じさりすると、その勝手口からやっとのことで裏木戸まで辿りついた。

それから先きは半ば夢中だった。駆け出しはしなかったが――駆けることも不可能な気持らしい。ともかく、例の大木の細道へ出ると、木の根に一二度つまずき、ころびつつ逃げた。ころんだ加減で、幾分、我を取り戻したと云ってもよい。

そして、やっとのことで、その細道の尽きるところ、自動車も折々通る大通りへ出た、その時だった。

右側の木の下に、白い姿が佇《た》っている。はッと思った刹那、云われた。

「お帰りですか」

あの女だ。取り次ぎに出た、あの女なのだった。

「うッ！」

――後から思えば、よく気絶しなかったものと思う。気が付いた時は、ガード下の駅の改札口のところに居た。多分、駆け出して来たのだろうと思うが、記憶がない。

今になって、出来るだけ常識的に考え直してみれば、この夜の再度の訪問だって、別に奇怪と云われることではないかも知れない。自分が訪ねた折、折悪しく女は、手のはずせない用か、或は便所にでも居て、客が帰った様子なので、近路を先き廻りして、あの角で挨拶したのだろう。昼間の時だって、前述したように、どうも自分の妄想に過ぎないようだ。

と、こう考えてくると、これは、別段、何でもないことだ。

だが、こととしては何でもないかも知れないが、あの時、昼夜二度受けた自分の感情の激動は絶対に打ち消すことが出来ない。こわかったのだ。外交員としての職業上、これまで知らぬ人の家を訪れたことは無数にあるけれど、あんな目に会ったことは一度もない。何かある、あの家には……。

そうそう、危く忘れるところだったが、番地の一〇を一〇〇と読み違えて、あの家は自分が訪ねる家ではなかった。それ故、今だに、あの家の事情を知らない。一度、それとなく行ってみようかとも思うのだが、得体の知れぬ恐怖が先きだって、よう実行出来ないでいる。

道化役

クリスマスと云うと、思い出す話がある。

……曇った、寒さのきびしい日で、夕方から氷雨が降り始め、とっぷり暮れた頃は、何時《いつ》か雪になった、その年の十二月廿四日、クリスマス・イーヴのことだった。

だが、人々は雪に追われて、街筋も寂しく、徒《いたず》らに飾窓のクリスマスの飾り付けが、明るい電燈に照らし出されているだけだった。

わたしは、とある菓子屋の店先きに立って外套を白く染めた雪を払い落しながら、見るともなく、そこの飾窓の中に、輝くばかりに置かれてある、大きな豪華なデコレェション・ケーキを見ていた。

「おじさま……」

すると、こう声を掛けられたのである。

「えッ?」

見れば、十五六か。赤いセエタア姿の少女が一人、わたしと並んで立っている。瞳のくりくりと可愛い、歯並びの美しい子だ。けれど、わたしの知らない娘だ。

「ね、おじさま、あのお菓子……」

と、少女は、そのデコレェション・ケーキを指さして、

「おいしいでしょうね」

と云うのだった。

「うん、あまいだろうな」

「あれだけ食べたら、おなか一杯になるわね」

「ハッハッハ！　そんなことしたら、おなかこわすよ」

「そうかしら……」

「…………」

わたしは、何ということもなく、この少女が可愛くなった。

「お菓子、御馳走しようか」

すると、少女は、にこッと微笑すると、素直に、悪びれず、こくりとうなずいた。

そして、二人は、その喫茶店に這入ると、今の菓子を小さく切ったのを註文した。暖い飲み物を取った。

少女は、どこかうれしそうに、上眼づかいに、わたしを見て、視線が会うと、頰を綻《ほころ》ばせるのだった。その邪気のない、こちらを信用しきった態度は、わたしには寧《むし》ろ不思議に思われる

ほどのものだった。

「おいしい？」

「うん……とても」

「これも上げよう」

わたしは、自分の皿を押しやった。

「あら、いいの？」

「どうぞ。おじさんは、あまいものは駄目なんだ」

「まア！　……そうオ」

少女は、これも亦《また》、素直に、わたしの分も食べるのだった。

わたしは、奇妙な幸福感を覚えて、心楽しく煙草を吸っていた。……この自分も、世間の人人と同じような生活をしていたのなら、今の年齢なら、この少女ぐらいの子供を持っていたろう、などと考えた。

「おじさま」

するとお菓子を二ツ片付けた少女が、何を思ったか、こう改まったように呼びかけると、持っていた風呂敷包みの中から、ハトロン紙に包んだ薄い物を出した。

「これを見て下さいな」

「え、何？」

わたしは、何気なく、そのハトロン紙の包みから——一葉の写真を引き出した。

背広姿の男が立って、和服姿の女が腰かけて、その前に、セエラア服姿の四歳ぐらいの女の子が立っている。平凡な、或る家庭風景である。だが、

「あッ」

と、叫ぼうとして、わたしは、危く口をつぐみ、すこし狼狽しながら云った。

「あの、この子供さんが、あんたなの!」

「ええ……おかしいでしょう」

と、少女は、返事をすると、次ぎに、

「その男の人、おじさまでしょう?」

と、駄目を押すように云った。

「うん? ……いや……ハッハッハ! これアどうも……なるほど、よく似ているなア、この人は僕と……だが、違うよ……うん、違う、僕じアない」

「あらッ?」

くりくりと大きく眼を見開いて、

「おじさまじゃないの、違うの?」

必死に、取り逃がすまいとするような語調だった。

「うん、違うね。他人の空似というやつだね。……本人の僕も驚くね……それはそうと此の女の人は、あんたのお母さんだね」

「ええ……」

少女は、急に寂びしそうに答えた。

「そう……おじさまじゃなかったの……」

「お母さんは……お達者？」

「ううん……」と、少女は、頭を振ると「死んだわ、一昨年《おととし》……」

「えッ？　死んだ！」

わたしは眼を伏せた。

「ね、おじさま、どうしても違うの？」

少女は、もう一度、繰り返して訊くのだった。身体を乗り出して。

「うん……」

正直のところ、わたしは辛かった。だが、敢て押し切った。

「あのねえ、あたし……」

すると、少女は、視線を伏せたままで、こんなことを低く云うのだった。

「はじめ、お父さま、と、お呼びしようと思ったのよ。……でも……でも……」

ほろり、と涙が落ちたのを見ると、わたしは、一層、狼狽した。いっそのこと、本当のことを話そうか、とさえ思ったが、彼女の母のことを考えて、わたしは踏みこたえた。

それから――

わたしは、少女を省線の駅まで送った。道々、いろいろ、お菓子だの装身具だのをクリスマスのプレゼントに買ってやった。

少女は、最後まで、別れる時まで、わたしを疑わしそうに見るのだった。そして、母には死に別れ、父は知らず、今は祖母のところに居るのだと語った。住所さえ、わたしに知らせるのだった。

わたしは、最後まで、他人の空似だと頑張った。良心の苛責を一大勇猛心を以て踏みにじりながら。

雪は益々、降りつのるのだった。

大きな牡丹雪だった。

多分、気の早い読者は、わたしが、その少女の実の父でありながら、そうではないと白を切ったものであろう、と既に推測されているだろう。

ノオ!

ところが、そうではないのだ。

話は、ずッと昔に遡る。わたしが、今、見るように頭髪に未だ白きを交じえない頃、やっと三十になったたか、ならずかの時だ。

わたしは一人の女と、ねんごろになった。彼女は或る酒場に働いていた。

或る日の逢瀬に、意外なことには、女は、子供を一人連れて来た。その折、やっと四ツになるのだという。わたしは、すくなからず面喰ったのであるが、女は、猶《なお》も、

「ねえ、後生一生のお願い、訊いて下さッてね」

と、こう切り出したものだ。

何だ、と、訊けば、

「三人で、写真が撮りたいの」

と、いうではないか。

えッ？　わたしは、いよいよ面喰って、

「この三人で、写真など撮れば、まるで我々は一つの家庭のように見られるぜ」

と、抗議したのだが、

「そうなの、円満な家庭の写真が欲しいのよ。ね、御迷惑は決してかけないから、うんと云って頂戴」

と、口説かれたのである。

若い時分というものは仕方のないもので、一種の好奇心から、わたしは、承知したのだった。

いや、もう一つ、実は、わたしは、こんなことを頼む、女が、哀れに思えたからでもある。

内満なる家庭！

そして、わたしは、さもさも立派な亭主であるかの如く、又、模範的な父親であるかの如く、その写真のモデルとなったのだ。思えば、わたしは何という道化だったのであろう！

ところが、奇怪なことには、女のその後の振る舞いだった。彼女は翌日から、酒場は元より、わたしの前から姿を消した。わたしに取っては行方不明になってしまったのだ。

その写真の目的の為には、わたしの存在が不都合であったのか知れない。

そして――時が経った。長い歳月が過ぎた。女は、聞けば死んだそうだ。そして、あの子供が大きくなった！

多分、あの少女は、このわたしを、自分の父だと信じているに違いない。わたしの言葉は嘘だと思っているだろう。

可愛そうに！

だが、わたしは、こんな冗談みたいな真実をどうして、あの純真な少女に告げる必要があろうか？ その後少女には会わない。

あの少女は、わたしを、卑怯な父として恨んでいるだろう。構わない。恨まれよう。わたしが出来る善事は、たった一ツ、あの少女に恨まれることだけしかない。

少女の母への美しい思い出の為にも。

スタイリスト

或る、夏の暑い日だった。

松葉牡丹の赤い花を見た時、わたしは、わが友、R・R氏を思い出した。

R・R氏は、三年ほど前に、自殺して既に此の世の人ではない。自殺の理由は明らかにされていない。それについての遺書が、無かったからだ。唯《ただ》、一通残された書面に、R氏は、自分の墓場の設計だけを、至極、入念に認《したた》めて置いた。

それに依ると、R氏は、或る共同墓地の一劃に、百坪ほどの地面を購《あがな》い、くちなしの花で四方の垣根を作り、中の空地には、十文字の鋪石路を設け、余の全ては挙げて、松葉牡丹の花を植えこんだものだ。

右の隅、鋪石路に、石作りのベンチが一ツある。

R氏の墓は、こういうものだった。つまり何処にも墓石はなかった。墓の無い墓地である。

では、亡骸は、何処へどうしたのか、というと、焼いて灰にして、それを松葉牡丹の地面へ撒いてしまったのだ。

「おれの命日は……」

R氏は、生前、云ったものだ。

「この墓場へやって来て、ベンチに腰掛けて、何となくおれのことでも思い出してくれればいいよ」

R氏は、夏に死んだ。

生垣の、くちなしの花も、松葉牡丹の小さな花も、夏咲く。それ故、彼の命日の頃は、その墓場は美しい装いに包まれる。

行って見よう――墓参しよう、と、わたしは、不図《ふと》、思い付いた。もう暫く、行ったことがない。たまには、この風変りな亡友を思い出すのも悪くはない。

R氏は、既に記した通り、理由を余人に明かさないで自殺するほどだから、その為人《ひととなり》も世の常の人間とは非常に変っていた。――だが、こういう風に、非常に変っていた、などという言葉を用いると、人は、R氏が、エクセントリックなのだろう、と思いたがるだろうが、そうではなかった。

彼は、却って、驚くべき規帳面だった。彼の家は、その書斎は、何時《いつ》、行って見ても、きちんと整頓されていた。机の上は、綺麗に片付けられ、本棚は、図書館以上に整理されて、右から何番目には何時でも同じ本が指摘されるほどだった。

生活は、模範的だった。朝の起床時間から就寝まで、一年中、些かの狂いもなかった。そうだ。こういうことが云える。R氏の人生は、全て計画されたものだ、ということが。それは、人造人間のように、歯車のように、進行した。

この、狂いの無い規帳面ということは、逆に、彼をして風変りに思わせるのだった。彼は世間から離れて、孤独な暮らしをしていたので、この態度は、偏屈にさえ思われた。

R氏は、生涯、独身だった。

女ぎらい、というわけではなかったが、妻を持つ気はなかった。妻を持つことは、自分の生活が乱される——その規帳面さに、ひびが入るという懸念らしかった。

彼は、或時、こんなことを、わたしに語ったものだ。

「おれは、自分の生涯を、自由に送って来た。万事、予定通りに運んだ。もう、そろそろ、人生を、すませてもよい頃だと思う。生きて来たことを自由に扱ったのだから、死ぬことも亦《また》、計画通りの、自分の自由にしてもよいだろうと思う」

或は、彼の自殺の原因は、朧気《おぼろげ》ながら、こんなところに伏在しているかも知れない。こうした気質の男だから、彼は、有数のロマンチストだった。夢を見て、夢の果に死んだのであろう。

この気質のせいか、彼には、多分にダンデイな傾向があった。お洒落で、芝居気があった。つまり、彼は、自分の性向の赴くままに人生のディレッタントとして、その生涯を消費したのだ。抜群の気取り屋なのだ。

死も亦、彼に取っては、一つのスタイルであったらしい。自殺は、一つの気取りだ。

こんなことを考えながら、その暑い日、わたしは、R・R氏の墓参りに出かけた。自分の生涯を計画した男の墓地を訪れた。

……近づくと、白い、くちなしの花の芳香が、もの懐かしく鼻をつく。生垣を廻って、入口から、彼の「墓地」へ足を踏み入れると、一面に、鋪石を除いた地面一杯に、赤に、黄に、白に、紫に、松葉牡丹が、今を盛りと咲き乱れていた。

「綺麗だなア！」

わたしは、思わず見とれた。自分も死んだら、こんな墓が欲しいとさえ思った。

と、わたしは、例の石のベンチに、水色の洋装で、日傘をさした女が一人、物思わし気に腰かけているのを発見した。

誰だろう？　R・R氏には恋人はなかった筈だが？　それとも、秘密の恋人があって、彼女はこの墓地を、昔を回想しつつ彷徨しているのであろうか？——美しい幻想だ、と、わたしは、こんなことを考えながら、ともかく、失礼を顧みず、好奇心から、その女に訊ねた。

「御親類の方ですか、R・R氏の？」

「いいえ」

「どうして、ここに来られたのですか？　ご散歩ですか？」

「いいえ。わたしは、Rさんの家から頼まれて、御命日には、このベンチに腰かけて居てくれと云われて……何でも死んだRさんの遺言なんだそうです」

「頼まれて？　このベンチに？」

「この洋装も、今日一日、借していただいているのです」

「あッ!」

途端に、わたしは、R・R氏の計画を、その夢を理解した。

くちなしと松葉牡丹の花園のベンチに、日傘をさした、この水色の洋装の女がいる姿は——実に、美しい一幅の名画だった。

ロマンチスト、R・R氏は、自分の死後の墓の舞台装置まで予め考えていたのだ。

R氏よ、君の思いつきは成功したぞ! と、わたしは心の中で叫んだものだ。

雇われた点景人物の、その女は、ちらり、と腕時計を見て、低声《こごえ》で、後一時間、と、呟くと、ハンカチで鼻の汗を押さえた。

幻想唐艸

第一劫

その蒼穹《そら》は、果があるように思われた。有限であるかに感ぜられた。

それは、うら寂しい、ある年の十一月の末つ方、いや、――若《も》しかしたら、それは？――私には今俄かにそれと断定し得ぬ。というのは、その時が、あるいは此の地上の暦算で、曾《かつ》て呼んだことのなかった一季節であろうかも知れぬのだから。

その蒼穹は、唯《ただ》見る、鉛白色の鈍重な気配に抱かれていた。それはまるで人工の空のようにさえ見えた。何故か非常に不調和であった。雲と、その光彩の配置には、露骨に、不自然さが著しく指摘された。明らかに破綻が認められた。

だが、それら不自然な存在は、それ故に、奇妙な暗鬱な影を鮮かに浮き彫りして、この曠茫《こうぼう》とした、うら寂しさを、より一層、効果づけるかに見えた。

あわれ、見まじき蒼穹である。これは、断じて神の創りなせる業ではない。……地獄の季節かも知れない。

その蒼穹の下に、一すじ坦々と砂の路が走っていた。草ひとつ生えていない、何物の跫跡《あしあと》もない、砂のみの、極めて単調な、一すじの曲がらぬ路が、一直線に何処までも延びていた。

その両側は切通しである。赭《あか》ちゃけた、脆《もろ》い岩石から成り立つ、やはり草も木も一本もない、単一な、唯それだけの背の低い切通しである。

其処《そこ》を――その切通しの砂路を、この私がたった一人、古風な型の二頭立の馬車に乗って、何故か、ひた走りに走っていたのであった。何にも他のことは些《すこ》しも考えず、一生懸命に、御者台に中腰になって、その二頭の世にも逞しい馬に鞭をくれて、唯もう急がせることに専念していたのである。

――はいよう！

物声と云えば、この沈黙の統御する不自然な宇宙に於ては、我が二頭の八ツの蹄と、車輪の響と、かく、血を吐くように叫ぶ私の懸け声だけであった。

そうして、唯、私は焦《あせ》り苛立ち、不自然な大空の下、単調な切通しに仕切られた砂路を我が馬車を急《せ》かせに急かせて、ひたすら走りつづけていた……。

と、そのうち、私は、此の路の尽きるところが、この鉛白色の空を限る、それも矢張り不自然な光彩に澱《よど》んだ、海であろう、ということに思い至った。何故かというに、地軸《じだ》から響き来るような唸り声と、波の砕け散るすさまじい叫喚が、次第に、徐々と、私の耳朶に迫って来たからだ。

この路のつきるところは、海なのだ、そうに違いない。

それでは、このように馬車を急がせては、軈《やが》て自分は、その海へ突入してしまいはせぬであろうか。私は、このことを、明らかに一の疑念として抱いていた。然るに、私は馬車を急がせている。このように急がせているではないか！

——はいよう！　と。

何故であろう？

呼ぶ声がするからである。私を呼ぶ声がするからだ。

「速《と》く来よ！」と、私に一刻も、一瞬も速く来よ！　と叫ぶ、あの切々たる、呼び声がするからである。

空虚な、谺《こだま》のように力無い、だが大きな、絶対な、覆いつくす、引力ある、あの呼び声が、絶え間なく私を駆り立てたからである。

「では？……」

誰が、私を、かくまでに性急に呼び寄せるのであろう？　私は鞭を振る手を一寸《ちょっと》とめて、御者台に伸び上がると、はるかな、はるかな遠くを見はるかした。

その、私を呼び寄せる者は、海の彼方からであった。それは暗い、それと覚しい水平線の果に踞《かが》んで、その上の空一面に、頼りなく拡がっている人間の貌《かお》だった。

その巨《おお》きな、茫と捕えどころのない貌が、何故か、しきりに私を、速く来い！　と呼び寄せて止まないのだ。

——はいよう！

私は又、馬を急がせる。

ひた走りに、その路を海へ走らせ、乗り入れる。鞭を振り、手綱をかいぐり。

だが、その海の果に居る巨きな貌を、私は明瞭に知っている。昔から、記憶にもない遠い昔から、私は、ちゃんと見知っているのだった。何故というに、かく性急に私を呼び叫ぶ、悲し気な、その巨きな顔は、私の、私達の、古い世々の祖先達の貌なのだから……

——はいよう！

私は馬車を急がせる。

ひた走りに、その路を海へ走らせる。不自然な鉛白色の空の下、切通しの単調な砂路を唯、鞭を振り、馬を急がせ！

ともすれば、はいよう、と叫ぶ私の懸け声は何故か泪《なみだ》ぐんでいた。

第二　曠野

あれは、何日《いつ》の夜の、いかなる夢魔が指し示した企みなのであろうか？

いやいや、あれは夢ではない。私は、まざまざとこの両の瞳に、曾てあのことを見たことがある。

それでは、あれは絵画なのでもあったのだろうか？　雨汚《じ》みの怪しい模様の壁に、忘れられたように残された、燻《くす》んだ金の額縁に、私は曾て、あの光景を見たことがある。

いやいや、あのことは、そのような絵画でもなかったようだ。私はあの光景から遠くへ、猶《なお》も遠くへと移動して行く運動のあったことを明瞭に記憶している。

それでは、或は、あのことは、曾ての日、映写幕にその影を投じた、映画なのではなかろうか？

いやいや、あれは映画ではない。私は、あの時の空気と、風とを、この肌身にふれて、まざまざと覚えている。

それでは、あのことは、此の世に曾て在った事実でなくてはならぬ。

然し、わたしは危惧する。あのようなことが、曾て存在した事実であろうか？　と。


それは、唯見る、一望の曠野《こうや》であった。果しない、起伏のない、前後左右とも、山の片影すら見えぬ、一本の樹立さえない、眼路の及ぶ限り、唯、茫々と、広い、広い荒野であった。

いや、草が生えていた。

草の背高いのは、三尺近くもあった。ところどころ、それは夥しく群生していた。

然し、全てそれらの草は青くなかった。もはや枯れがれになって、半ばは黄に染まった穂をゆれなびかせていた。

そうだ。草の穂が黄に染まっていることは、秋の末を示すものだ。時節は、もう肌寒い晩秋に相違ない。

その黄の穂の先きが揺れ靡《なび》いていた。だから、風が吹いていたのだ。

風は、その曠野のあらゆる草の穂さきを、唯一方に靡かせる、強い激しい風であった。ほうほうと、又、ほうほうと、風は吠え立てて止まなかった。

晩秋の、強い烈しい風……その空の雲の流れは荒涼たるものだった。

その雲は、晦《くら》く仄《ほの》白み、何故か不吉な赤さを含んで、そうして後から後からと、曠野の一方の果から他の果へ、速く、而《し》かも地平線低く垂れ下り、流れて行った。

雲が晦く、仄白み……日の暮れ時なのだ。

要約すれば、晩秋の日の暮れつ方、野分すさまじい、雲の往き来の速い、一望千里の、唯、草のみが生《お》う曠野なのだ。

そこを今、その曠野のほぼ中程と思われる路なき路を今、それらの草を押し分けて、黒くかたまった、ひとつの大集団が、横ぎりつつあるのだ。

その大集団とは、――人間である。しかもやっと四歳を数えようという、無数の赤ン坊の大集団なのである。

赤ン坊!

彼等は、果知れぬ曠野の中を、延々と一里以上の一大行列を作って、果知れぬ果へ進んで行く。

見れば、彼等は皆、裸身である、野分が吹きすさぶという頃なのに。

彼等は、両手を唯無性に振っている。指をしゃぶっている。彼等の或者は無心に草と遊んでる、又或者は喧嘩をし、泣いている。又ある者は、——いや、その大多数は、何ごとか、泣き叫んでいる。母を呼ぶのか、乳を欲するのであろうか？

だが、ここには、曠野と、枯れがれの草と、ほうほうと吠え立てる速い風と……。

日は暮れかかっている。

そして、この裸身の赤ン坊の大集団が、手を振り、泣き叫びつつ、よちよちと曠野にその前進を続けている！

これだけのことなのだが……。

私は、躊躇する。

これは曾て在った事実であろうか、と。

絶壁

高い、高い、高い、……それはもう天までとどくかと思われる、高い、高い、高い絶壁があった。切り削いだ、一枚岩の大絶壁であった。

その上に、大きな、大きな、それはもう、とても大きな変化《へんげ》が居た。

だが、唯《ただ》こう、変化と云ったばかりでは想像に困難であろうが、一口に云うと、あの「ノートルダム寺院屋上の怪物」と云う、つまり、あれによく似た奴だった。

長い耳が先きで二ツに裂け、瞳が眼蓋からぎょろりと突き出、眼《ま》なじりが、ぐいと吊るし上がり、口の馬鹿でかい、歯並びの悪い、それへもって来て奇体な団子ッ鼻と云う、とも角、恐ろしく道具立ての拙《まず》い上に、その顔全体が、変に、ひょろりと長い馬面と来ているのだから、これは大した変化だった。

そいつが、今云った、高い、高い、高い絶壁の縁に頰杖ついて、はるかな、はるかな、下を熱心に見下ろしていた。

さて、その、はるかな、はるかな、はるかな下には、一体、何が、どうしているのかと云うと、これが奇妙だった。ふと見た最初のうちは、何か、こう、三角形なりの、ポツンとした点のような、苔《こけ》のようなものが、くっついているんだろう、としか思われないのだが、よくよく瞳を凝らして見ると、苔でも、ゴミでもなく、その絶壁を、人が攀《よ》じ登ろうとしているのだということが解る。

人? 人だって?

そうなのだ。

それも、一人や二人ではない。もう、何万とも、何億とも、数え切れない夥しい人が、押し合い、へし合い、我先きにと、いやもう大変な騒ぎで、その絶壁を何とかして攀じ登ろうと、ひしめいているのだ。

だが、何とも悲しいことには、その、とても数え切れぬ夥しい人達の大部分は、絶壁を少しばかり攀じ登ったな、と思うと直ぐ落ちてしまうのだった。

それでも、その中の少数の人達だけは、どうやら、うまく、落ちないで、少し上までやって来る。と、又、その中の極く少数の人達だけが、更にその上方へ攀じ登ると云った塩梅で、——で、これが見たところ、ちょっと鈍角二等辺三角形のような、黒い苔のように思われるのだった。遠くから見ると苔が、もぞもぞと蠢動《しゅんどう》しているのだった。

これだ。

この有様を、例の変化が、高い、高い、高い絶壁の縁に頬杖ついて、じっと飽きずに見下ろしているのだ。

——此処まで、この崖の縁まで人が攀じ登って来るのは何時《いつ》だろう？　それは非常に長い時間がかかるだろう。

だが、何時かは、必ず、ここ迄、やって来るのに相違ない、と、変化は固く信じて疑わなかった。楽しみに思いながら。

だが、現実の事態は、この変化が考えているような、楽観を許されるような状態ではなかった。いや、寧《むし》ろ、その反対だった。なるほど、時としては、その鈍角が、随分、鋭角に近くなることがないではない。つまり、全体として苔の形が上へ伸びる。だが、結局、それも大したことではなく、……それに、それが、この高い、高い、高い絶壁の何万分の一に当ると云うのか？　で、やはり事実としては、唯一片の極小の苔に過ぎないという計算になる。

もっとも、一度、こんなことがあった、けれども、それは、後にも前にも、それ一度きりだったが。

それは、たった一人、ひどく絶壁攀じ登り術に長《た》けた奴がいて、そいつが、よくよく注意しないことには、見たところ、ゴミとしか思えないが、それがその三角形の頂点を離れて、猶《なお》も上へ上へと躍進し始めたことである。

それを見た時、変化の喜びようと云ったらなかった。途方もなく有頂天になって、

——やア、凄いぞ！　待った甲斐があったなア、とうとう偉い奴が出たぞ！　さ、おいで、おいで、この縁まで！　そうして、この絶壁全体を征服しろ！　この上に立て！　皆が皆、来

るといいのだが……まア仕方がないさ、一人でも。誰も来ないよりはな……。と云ったように、変化は、その、たった一人の攀じ登りぶりに、ひどく望みを懸けたものだ。心から声援したものだ。

だが、ところが、どうだ！

やっとこさ、その一人が、三角形の頂点から、変化の爪の先きほども離れたか、と思った時、力がないのか運がないのか、やっぱり果敢《はか》なくも、ポロリと落ちて行ってしまったのである。

——ああ、やれやれ！

その時の、変化の失望落胆というものは、眼も当てられないほどだった。あんまり悲しかったので、変化は、その御面相にも似ず、不覚にも、つい涙を、ほろほろとこぼした。

と、これが、大変なことになった。

何故なら、その、はるかな、はるかな、はるかな下の苔のような三角形は、今の変化のポロポロ涙の一滴で、一たまりもなく、一度に、ぺちゃんこになり、鈍角にも何にも、そもそもその苔の形さえもが見当らなくなってしまったものだ。

この言語に絶した惨状を見るに及んで、いやもう、変化の驚いたこと！　びっくりすると共に涙などは何処かへけし飛んでしまって、ああ、悪いことをしたなア、いけなかったなア、と、心から、はるか下の人間達に謝まったものだ。

そして、苔が、昔日の盛大さを取り戻すのを、唯ひたすらに待ち侘びた。

……やがて、……量る可《べ》からざる莫大な時間が経過した後に、やっと鈍三角形が、又形作られた。そして、それが鋭角になり、崩れて鈍角になり、という例の現象を示し初めた。

だが、その三角の頂点は、どう考えてみても、変化の居る縁まではとどきそうもなく思われた。

けれども、変化は見限らなかった、何時かは必ず此処まで辿り着く日があるに違いない、と、高い、高い高い絶壁の縁に、絶大な期待と希望とを、その苔に懸けて、頬杖ついて見下ろしていた。

その、はるかな、はるかな、はるかな下では、相変らず、苔が鈍角になったり、鋭角になったりしていた。

花結び

「ああ！」

溜息を思わず声に出して、孝作は、低く叫ぶように唸った。姪の誕生日に贈ろうと、綺麗なチョコレートの筥《はこ》に掛けた、真紅のリボンを結んでいた時だった。

結び方が、ちょッと変っていて、十文字に四片、花のように見えるやり方である。孝作は、この結び方を、別れた女房――はっきり云えば逃げられた、ミサエから教わったのだ。女は、百貨店に勤めていたので、こんなことを知っていた。

孝作が、溜息をついたのは、そんな結び方をするうちに、油然と、切なく、ミサエのことを思い出したからである。その時、廿歳の、微笑すると余計に愁いを感じさせるような、指の細い、小柄な若妻のことが、思いもかけず生々と浮き上がってきたからである。

会いたい！　矢も盾も堪らず、無性に会いたいと考えた。焦立《いらだ》たしい、泣き出したいような感情だった。……だが、もう不可能なことになってしまった。もう……。

「ああ！」

孝作は、年甲斐もない感傷的な溜息を、花結びのリボンを見詰めながら、もう一度、くりかえした。

ミサエを知ったのは、今から十五六年も前のこと、未だ戦争が起こらない好い時代だった。孝作の勤め先きの近くにある、その百貨店の売子だったミサエを知って、偶然の機会から話を交わすようになり、次第に恋にすすんで、二人は結婚することになった。

孝作は、その時卅《さんじゆう》を一ツか二ツ出た年で既に両親は亡く、ミサエは、この東京に、たった一人の身寄りの伯母が、目黒に住んでいるきりだった。二人が、アパートの四畳半に暮らすことに故障を申し出る者は一人も居なかった。

孝作は、幸福だった。ミサエも、幸福そうに見えた。

それが、その生活が凡そ八ケ月も続いた頃であろうか。その年の秋の初めだった。何時《いつ》もの時刻に勤め先きから孝作が戻って来ると必ず、その時分には居る筈のミサエの姿が見えなかった。

そうして、それッきり、ミサエは、忽然と孝作の前から姿を消したのである。彼は、物狂おしい気持になって、目黒の伯母を訪ねたが、心当りはないと云う。以前の百貨店の同僚たちにも恥を忍んで訊ね廻ったが、まるで知らないという。ミサエに関する限り、あらゆる手蔓は切れてしまった。

何故、ミサエは逃げたのだろう？　俺は、あんなに愛してやったのに！　孝作は、怒りと悲しみに苛められ、さいなまれ、身を揉むのだった。ミサエが逃げた理由が解らないことが、彼を途方に暮れさせた。

そうして、一年経ち、二年経つうちに、孝作は怒りの感情よりも、もう一度、一度だけでいい、ミサエに会いたいという愛慕の心だけが強くなった。

仕事の合い間で、ふッと暇になった時、又は、夜半に眼覚めた折など、孝作は、廿歳のミサエのことを昨日の日のように思い出し、乙女のように涙ぐむのだった。

時間が経つに従って、許すという気持が強くなればなるほど、孝作は、ミサエを、もう一度愛してやりたいと思うのだった。もう自分は何にも云わない。会ってさえくれたら！　そして、その時、ミサエが唯《ただ》一言、ごめんなさい、と云ってくれれば、もうそれで、その後の一生を共に暮らそう、と、孝作はこんな風に思うのだった。

そのうち、戦争が始まり、疎開だの空襲だの、応召だの戦後の混乱だのと、目先きのことに追われているうちに、何時か、孝作は老いてきた。五十に近い年齢になった。

そうして、日常の生活が、ようやく戦争の影響から脱して来ると、孝作は、又もや逃げたミサエのことが思い出されてくるのであった。

未だ生きているだろうか。もう死んだろうか。

……ミサエから習ったリボンの花むすびを結んだ時、孝作が、溜息をついたのは、こんな思いだったのだが、

「そうだッ」

と、彼は、その時、妙な決心をした。それは、唯こうしているだけでは、もう生涯、死ぬまで、ミサエには会えまい。探しに行こう、という気持だった。

探しに行こう、と、いう気持は、これまでも、ちょいちょい彼の脳裡に浮ばないではなかった。だが、それは、雲を摑むような話なので、何時でも諦めていた。手掛りというのは、ミサエは生れてから十二三の年まで京都に居た、というのである。それ故、京都を探してみたら或は？　というのだが、そんな頼りないことを、今までは、孝作には、する気がなかった。

だが、今度は、それをやる気になったのである。というのは、自分も年を取ってしまった、ミサエも三十五六になるだろう、という何か追い詰められたような焦りだった。ぐずぐずしていたら、もう、この世では会えなくなる。

それから三日の後、孝作は、十二月にはいって世間はもう何処かあわただしい頃だというのに、会社から二十日間の賜暇を取って、下りの汽車に乗ったものである。

孝作には、京都は、西も東も解らない、生れて初めての土地だった。会社の同僚から紹介された三条木屋町の宿屋に着くと、翌日から案内記片手に、ともかく名所見物を始めた。見物かたがた、ミサエを探し出そうと云うのである。

孝作は、誰でもがやるように、東西の本願寺から、清水寺、円山公園、知恩院、銀閣寺といったところを巡った。

十二月の京都は寒かった。宿屋で、夜、坐りこんでいると、腰の廻りが引き込まれるように冷たかった。これが、所謂底冷えというやつだな、と改めて感心したりした。

ミサエは、この土地に十二三の頃までは居たんだな、と思うと、何でもない町家の屋並も懐かしく、孝作は、別に見るところもない、室町筋の通りや、仏光寺の裏通りなどを、とぼとぼと歩いた。

京極の盛り場や、四条通りは、よく歩いた。それらしい女房が来ると、無遠慮なほど傍へ近寄ったりした。そして、何時でも、彼が苦笑することは、その女たちが、廿歳ごろであることだ。孝作には、三十五六のミサエという者が想像出来なかった。

下鴨あたりで時雨に逢い、とある家の軒下に佇《たたず》んでいた折など、若《も》しかして、この家の女房がミサエだったら、どうだろう？　などと考えながら、狭い格子戸から中を覗きこんだが、家内はひっそりとして、中庭の石蕗《つわぶき》の花が雨に濡れているだけだった。

やはり、そうした日の或る夕方——昨日、初雪が降って、一段と寒気の募る頃、孝作はもう大概の名所は見て廻ったので、京都のはずれに近い壬生寺《みぶでら》へ出かけた。寺は、他の京都のそうした名ある寺と違ってひどく荒廃していた。そして、そのあたりも、場末の町らしく、小さな工場や、今にも倒れそうな、ひしゃげた小汚ない長屋が、雑然と続いていたが、その通りの小さな駄菓子屋の前まで来た時、

「あッ！」

と、孝作は、思わず立ちどまると、自分でも無意識に、傍に立てかけてある大八車の蔭に隠れた。

そして見た。

駄菓子屋の隣りの剝げちょろけた紅殻塗りの千本格子の窓の前に、赤ン坊を背負い、やはり近所の者と見える婆さんと、あたり構わぬ高声で話し合っている女を。云うまでもない、それが、ミサエだった。

「人違い？　いや、人違いではない、あの笑い方、あの顎の具合……」

孝作は人違いと思いたかった。

もんぺとスカートの合の子のような、青黒い布を穿《は》き、色褪せた半纏《はんてん》で赤子を背負い……すると家の中から九ツか十ぐらいの男の子が出て来て、母親の腰に絡みつくと、ミサエは荒々しい言葉で突きのけ……。

孝作は、そッと——だが、大いそぎで、その露地から去った。見ているのに忍びなかった。名乗り出ることは、ミサエを恥ずかしめるだけだ。いや、この自分が堪えられない。

それから、孝作は、一時間近くも、京都駅の待合室に腰かけていた。

外へ出ると、すっかり夜になっていた。彼は、駅前の百貨店へはいった。店内は美しく、クリスマス・セールの飾り付けが施されている。……そうだ、今日は十二月二十四日、クリスマス・イーブだ。

怒ったような顔付きで、孝作は買物をすると、もう一度、さっきの路を、壬生の方へ歩いて行った。雨が降り出していた。

その長屋のあたりは、もう真ッ暗になっていたが、孝作は迷わずに、ミサエの家の前へ来た。中は薄黄く暗く、赤ン坊の泣き声が聞こえる。

孝作は、そッと狭い格子を開けると、式台の端に、今買って来た品物を置いた。そして閉めたのだが、気がせいたものか、格子戸が思わず、がたッと音たてた。彼は、どきンとして駆け出すように立ち去った。

……格子の音で、入口の方を見ていた、女房は、誰も人が這入ってくる気配もないので不審そうに立ち上がると、破れ障子を開け、式台の上の品物に気が付いた。

「何やろ?」首を傾げながら包みを開くと、一ッは、大きな熊の玩具だった。一ッは綺麗なチョコレートの筥だった。

「誰やろな?」

すこし気味悪そうに、その二品を見ているうち、女房は、

「あッ」

と、云って、チョコレートの筥に結ばれた真紅のリボンの結び方に気付いた。珍らしい十文字の花結びである。それも不器用に。

女房は、化石したような顔付きになると、ふらりと立ち上がって、大いそぎで、下駄を片ッぽだけ穿いて格子戸を開け、外へ出た。

「どうおしたんえ、母ちゃん?」

男の子が、叫ぶように訊いた。

外は、真ッ暗だった、顔に雨が当った。いや、雪になっていた。

猟奇商人

一

「今晩は……」

探るような眼付きで、だが、相手に無用な警戒心を抱かせないようにと気を使い乍《なが》ら、その男は私の卓子《テーブル》に近寄ると、こう云った。

「あの御同席させていただけませんか、少しお話したいことがあるンですが……」

そして、私が未だ、よいとも悪いとも返事をしないうちに、もう、その男は、私が坐して居た長椅子に並んで、腰を下ろしたのだった。年の頃は三十前後、どっちかと云えば、痩せ気味な身体で、神経質らしい顔貌《かおつき》に、強度の近視眼鏡を掛けて居る。黒の背広を着て、額に垂れかかる長髪を折々、左手で掻き上げる癖がある。

或年の晩秋、処は銀座裏の、割に広い喫茶店の一隅。時刻は夜の十一時を廻った時分。

すると、その男は、次に、私に向って、もう前々からの知己ででもあるような気易気《きやすげ》な口調で、いきなり、こんな事を話し始めたものだ。

「……あの失礼ですが、こうお見受けしたところ、大変御退屈そうですね、何も彼も厭きあきしたという御様子で……」

私は、咄嗟《とっさ》には、何と返答をしてよいやら、呆然として、変に嗄《しわが》れた低声《こごえ》で話す、此の妙な男の顔を見守るばかりだった。

「……それで居ながら、絶えず、何か変った事を、スリル、刺戟と云ったものを求めていらっしゃる、尤《もっと》も、自分自身を危険な目に合わしたくない、と云う範囲内で……」

続けてその男は云うのだった。

「いや、ひょッとすると、あなたは、もうそう云う風に刺戟を求めると云った事にも、退屈した、と云う御様子がありますね。もう大分重態ですな。ハハハ……」

「いや、どうも、ハハハ……」

止むを得ず、私も虚ろな笑いを以て、こう返答に代えた。

——だが、事態はまさに、そうであった。此の妙な男が云うように、その頃の私は退屈の余り、些か他人見《よそみ》には莫迦めいてさえ居たのだ。確かに、スリルを求める、新しい珍奇、猟異と云う事自身に就いてさえも既に退屈して居たかも知れなかったのだ。

実に日がな毎日、何か面白い事は無いか無いかと、私は少し云い憎い事だが、不道徳な、あらぬ事さえ空想して居た仕末だ。現に、その夜も、もうかれこれ一週間の余も家へ帰らず、所謂《いわゆる》、流連荒亡、不摂生と乱酒の為に、顔の色艶は不健康に蒼褪めて、瞳は赤く濁り、おろかしき蕩児として乃至《ないし》は無用に疲れた世紀末人種としての様相を具《そな》えて居たに違いなかったのだ。だから、多分、その男ならずとも、その時の私は、一目で、何か変った事を、面白い事、つまり刺戟を求めているな、という事は、直ぐに判断出来たに相違なかろう。

「如何です。僕の診断は当ったでしょう？」

その男は覗き込むような表情で、こう云ったのだった。

「まア、そんな処でしょうかな……」

と私も相槌を打った。

すると、ぐいと、一膝乗り出して、その男が今迄よりも尚更、低い声で、四辺に憚《はばか》る様に云うのだった。

「そこで、どうです？　一つ、面白い事を経験なさる気はありませんか？」と。

私は返事の代りに唇を一寸《ちょつと》歪めた。と、それを、私は馬鹿にでもしたとでも取ったのか、その男は、もっと真剣な表情になると、

「いや、僕が云う面白い経験は決して世間にありふれたもンじアありません。断じてインチキじアないンです。つまり、これは、言葉を変えて云うと、一種の優れたアイディアなンです。思い掛けない狙い処とでも云う奴で、……それに、刺戟と云う点から云ったら、実に此の上も無いスリルなんです！」

その男は、非常に自信有り気に、こう断言するのだった。それに、私が、次第に興味を持ち始めたのは、その男が、所謂、「旦那、面白いところへ御案内しましょう」と云う種類の男と

違ってインテリである事だった。

「それでお値段は？」私は、その男の顔を正面から見据えて、こう訊いた。

「〇〇円です」

その男も亦《また》、平然として答えた。

「尤も只今はその半額でいいンです。後で半分いただきましょう」

そうして、その事務がすむと、男は変に、私より緊張した顔付きになって、無言で席を先に立った。

二

「歩いて行きましょう……」

その喫茶店を出ると、彼は円タクを呼ぼうとする私を制してこう云った。

「近いンですか」

「いや、可なりあります。だが、時間が少し早いのです。だから今から歩いていって丁度、よい時分、向うへ着くでしょう……」

——深夜の十二時近い銀座裏は、酔漢と、帰宅を急ぐ女給たちとで、変な賑わいを呈する。彼は、私を新橋の方へ導いて行く。月の無い、よく晴れた夜空は、初冬の、ひんやりと冷たい空気を酔い醒めの私の頰へ吹きつける。

「だいぶ寒くなりましたね」

私は外套の襟を立てた。――だが、此の男は、全体何処へ案内して何を経験させようと云うのだろう？　口幅ったい云草で、少し恐縮だが、私は或意味で云う人生の裏面の快楽と呼ばれるものは、大概、経験したつもりだ。そして、そのどれも、今の私にはもう、それ程の魅力を、刺戟を与えなくなって了《しま》った。此の、云わば擦《す》れッからしの極道者を驚かせるに足るスリルとは一体、何だろう？　それとも、此の男の云う事も案外、今迄に経験した内の一つの、在り来たりの他愛のないものではないだろうか。それだったら馬鹿らしいが。

「多分、貴方は最初、例の源氏《げんじ》屋を想像なすったでしょうね？」

銀座の出外れ、難波橋を二人が渡っている時、その男が、こう口を切った。少し酔っぱらった女給が三人、互いにもつれ合いながら追い越して行く。

「素人を紹介すると云うやつ……ハハハ、詰らない、……全体、淫売と云うことは、そう大した魅力を持つもンじアありませんよ。特に、あなたなぞに取っては、もう、何のスリルも感じられないでしょう……」

「…………」

私は無言で受けた。

「昔からある事です。今後も恐らくは尽きないでしょう。売淫史は有史以前からですからなア。……だから決して新しい刺戟とは云えませんよ。ちッとも猟奇的でもなければ、スリルを感ずると云うものでもない。至極、当り前の事です。……僕はあんな事に深甚な興味を抱いたり、何か素晴しい経験でもしたように云う奴を軽蔑しますね。尠《すくな》くとも、僕やあなたは、もう卒業ずみの事だ……」

——すると、女を売ると云う事ではないらしい。私は急に興味を覚え始めた。女の問題を除《ぬ》いて了った後での、新しい刺戟として足るもの？　何だろう？　私は当てものでもするような、少し面白がる気持になってきた。

その男は新橋駅から右へ、愛宕《あたご》下の方へ向けて、先刻と同じ様な、大して急がない歩調で歩いて行く。

「……と、どう云う事なのです？　その、君の云う新しい刺戟と云う種類は？」

と、私は訊ねた。

「種類はどうでもよいのです。問題は初めて経験する刺戟と云う点です」

彼は大学教授のような権威を以て即座にこう答えた。

「譬えば、年少の者が初めて酒を嗜んだ時とか、隠れて煙草を吸う気持とか、又は、遊里へ最初に足を踏み入れた場合とか……、この処女性が人間に取っては絶大なスリルとなるンです」

「成程、それァそうでしょう……。と云うと、君は今夜、私に何か、私が初めて破る処女性のような事に会わせようと云うのですね」

「そうです……。恐らく、貴方に取っては未経験の感情でしょう」

——何だろう？　此の私に取って未経験なことは？　而《し》かも、それが刺戟に充ちているとは？……。次第に私はその茫漠とした目的に、期待を抱くようになって行った。

「その処女性に、もう一つ、重大な要素を加味した時、それは素晴らしい刺戟として人を撃つに至るのです」

「……もう一つの重大な要素？　ッて何ですか？」

と、その男は悠然とした口調で何事でもなさそうに、こう答えたものだ。

「罪悪観念です」

「罪悪？」私は些《いささ》か驚ろいた。

「そうですよ。これはそんなに珍らしい事じアありません。考えたッてお解りでしょう。初めて女を買う時は、誰でも、幾分の悪を意識している筈ですからねえ……」

道は、何時か、愛宕下から電車通りを越して左へ、増上寺の前から芝公園の方へ進んでいるのだった。十二時を大分廻った頃だし、それに初冬のうすら寒いこの陽気故、行人は殆ど杜絶している。唯《ただ》自動車が、可なりのスピードを出して走って行くのみだ。

「だから、こうなりますよ。人間に取っての刺戟と云うものは、処女性と悪とを加えたものが経験する感情だ、と。……」

——議論はいいが、一体、この男は何処まで私を歩かせるつもりなんだろう。連日の暴酒で、疲労の激しい私には、この散歩は余り有難いもので無い。

「どうです。先刻から大分時間が経ったようですから、もう円タクに乗ろうじゃアありませんか？」と、私は提議した。

「いや、未だいけません」

すると彼はニベもなく、こう答えた。

「円タクなんぞに乗って行ったンでは、その効果を甚だしく削減して了うのですから……」

「そうですか……」それじア、しょうがない。

「だが未だ余ッ程歩くんですか？」

「何、それ程でもありません」

——私が円タクを提議したのは、もう一つ理由があった。それは、とも角、見ず知らずの男と、深夜、芝公園を歩くと云う事だ。正直の処、私はそれを思って多少恐怖した。だが見た処、そう強そうでもなく、兇器などを所持して居そうにも無い。いざ、となったら互格だろう。

「あなたは多分、いろいろと想像していられるでしょう。何を経験させて呉れるンだろう？と。そして恐らくは、あなたのその期待に背かないだけの自信を僕は持っています。絶対に、あなたに取っては初めての経験です。新しい刺戟です！」

三

赤羽橋を渡って我々奇妙なる二人連れは些《さ》して急ぐでも無い歩調で、深夜の三田通りを進んで居た。私には充分な好奇心があった。と同時に不安でもあった。否、こうして歩いているうち、その不安の速度は、先刻よりも次第に増大していくのは否めない事実だった。

と、私の心を見透しでもするように、その男が、次にこう云うのだった。

「それから、これは老婆心から申上げて置きますが、決してあなたは危険な目にはぶつかりませんから御安心なすッて下さい。生命財産の点は絶対に安全です。……但しあなたが僕の云う通りに動かないと、一寸保証出来ませんよ。と云っても、何、恐れることは無いンですから……」

——と云うと、何だろう？

だが、その男は、急に話題を変えて、こんな事を云い始めた。

「ひょッとすると、あなたは阿片窟のようなものを想像していらっしゃるかも知れませんね。阿片……、これは確かに一つの快楽です。ところが僕がこれから御案内する事は、身体には何の被害もないことです。その点も亦御安心下さい……」

——愈々《いよいよ》解らなくなって来た。私は当てずっぽうに訊いて見た。

「——と、何か見せ物の類ですか」

「ハハハハハ」

深夜の町並に、その男の笑い声は不自然に反響していった。

「ハハハ、そんな愚劣なもンじゃありませんよ。ろくろッ首とか、熊娘とか、又は、手足の無い人間とか、絡《つなが》っている双生児とか……成程こうしたものにも、一つのスリルは感じられます。が、これ等は唯、見る、と云うだけの事で、この身自身をして経験する事じゃァありませんね」

——道は、既に伊《い》皿子《さらご》坂を越して、右折、左折の後、広い電車通りの坂を下って居た。見ると左側は、グンと落ちた窪地となっていて、灯が点々と一望の下に美しく、珍らしい眺めを呈している。

「何処です、此所は？」

「此処ですか？　此の坂の下、行きついた処が省線の五反田駅です」

「五反田……随分歩いて来たもンだなア、銀座から……それで未だ、その遠いんですか？」

「いや、もう直《じ》きです」

――だが、このもう直きが当にならないのだ。これに釣られて、とうとう大遠足をして了った。一体何処へ引張って行こうと云うンだろう、この男は？

四

省線のガードを潜って、第二京浜国道を歩いて行くうちに何時か、その男は無言になっていった。歩調も幾分早くなった。それが私に、愈々これア目的地へ近付いて来たンだなと云う予感を抱かせた。無言のせいもあるのか、私は変に緊張したものを覚え始めた。だが、全体、何を私に経験させようと云うのだろう？　けれども、その男は仲々、さあ着きましたとは、云ってくれなかった。幅の広い、自動車だけが疾走する通りを、二人は益々足を早めるのみだった。

二十分近くもそうして歩いた後だろうか。男は急に左折した。道は極く狭くなって、生垣の多い小路になる。と思うと、急に、左右に鈴蘭電燈の点《つ》いた、場末の新開地らしい商店街になる。尤も、深夜の事とて、開いている店もなければ、まして人ッ子一人通っていない寂然とした風景だが。と思っているうち、その一つの小路へ這入って続いて直ぐ、右折左折して、完全に私が方向に盲になった頃、その男が私の耳元へ口を寄せてささやくのだった。

「これから一切無言ですよ。僕がいいと云うまで話したりしちゃアいけませんよ」

「………」頸だけで合点したが、と同時に私は非常に不安になって来た。――何か、この儘《まま》、その男と別れたくなって来た。手付金は惜しいが、そんな物には代えられないような惻々《そくそく》とした恐怖を感じて来た。

すると、その男はスルスルと、片方が未だ原ッぱになっている、その外れにある一軒の二階家の裏口へ廻ると、幾分、躊躇している私に来いと手招ぎした。

無言で近よると、その男は、何故か、四辺へ気兼ねするように、鋭く眼を配ると、細い針金のようなもので器用に、その家の台所口の扉を開けた。寝入っていると見えて、内部からはことりとも音がしない。

這入れ、と眼顔で云う。流石に、すぐには踏み入れないで居ると、その男は、私の背を邪慳に押して、続いて自分も這入ると音のしない様に扉を元通りに、素早く閉めて了った。

内部は真暗だった。と、その男は、懐中電燈を用心深く照らして、ソロリソロリと侵入し始めた。私の右手を握った儘。

私はもう我慢が出来なくなった。私は禁を破っていった。

「君、これあ全体……」

「しッ！　声を立てたりしちゃア家の者が起きる！　起きられて手荒な事になると後が面倒だ。一言も口を訊くな！」

しまッた、泥棒か！　成程、円タクをきらったわけだ。円タクで乗りつける泥棒なぞ、あるわけのものではない。が、その時、私は、とても、そんな、冗談を云うゆとりはなかった。これは飛んでもない奴と同行して了った。まさに新しい刺戟には相違ない。だが、一つ間違ったら？——私はヘタヘタと、その場に坐り込んでしまいたくなった。

「さ、元気を出して！　これ位のスリルで弱るようじゃアしようが無いな」

「君、もう沢山だ、かんべんして呉れ、私にア、とても駄目だ！」

だが、彼は私を引きずるようにして、台所から廊下へ出た。——下手に私が音でも立てたら？　早い話が、私も同罪になる惧《おそ》れがあるわけだ。それア理由が分明すれば私が泥棒するわけは無いものの……。私は、もう、ベッとりと油汗を全身にかいた。何だか咽喉が、変にいがらっぽくなって、唾ばかり飲み込んで、喘ぐような呼吸になって了った。熱病でも患った様に身体の慄《ふる》えが止らない。

廊下へ左側の部屋から障子を透して、ぼおッと灯りが流れている。その男は障子の間からそッと中をのぞいて居たが、私にも見ろ、と云う。そんな事はしたくなかったが命令される儘に私は見た。そして中に、女が一人、白い腕を畳に投げ出して寝ている姿を見て、頭の芯まで、しびれるような刺戟以上の刺戟を感じ、思わず、よろよろとなった。

その男は、ニヤリ、と何とも云えない微笑を湛えると、次に二階へ行こうと云うのだ。廊下の突き当りが玄関で、其所から階段が掛っている。しびれるような何とも云えない不可解な気持になって、私はその男と細心の注意を払って、音のしないように二階へ上った。と彼は外通りへ面した方の部屋へ這入ると、手探りで電燈のスイッチを捻《ひね》った。

「あッ！　き、君！」

私は急に明るくなった部屋の中で、泳ぐような手付で、男に消せと云ったのだが、彼はニヤリと笑って、洋風に飾られた、その座敷に腰を下ろすと、落着いた口調で、

「まあ、お掛けなさい」

と云う。そして左手を延ばすと呼鈴を押した。

「あッ！　馬、馬鹿！」

思わず、私がこう叫んで左手に飛びついたが、既に遅かった。ジ、ジーンと、それは又矢鱈《やたら》に大きく、家中に鳴り渡った。その音に煽られた様に私は退ると、莫迦のようにその男の顔を凝視した。と、階段を上って来る足音だ！

「人が来たじゃないか！」

私は泣くような声で云った。直ぐ、襖が開いて寝巻の上に羽織を引っかけた女が一人現われた。あッ！　下の部屋で寝姿を隙見《すきみ》した女だ！

すると、その男が云うのだった。

「お客様だ。お茶を……。女房です」

私は阿呆の様に突ッ立って居た。

「此処は僕のうちなんですよ、ハハハハ！……少し刺戟が強過ぎましたか知ら？」

そうか、私はぐったりして椅子に腰を落した。

「理論通りでしょう。新しい刺戟は、処女性と悪の観念の混同感情だと云った……然も一つも

危険はなかったでしょう？……ハハハハ、此のアイディアは充分貴方にスリルを与えたと信じますがね、……処で、後の半分の経験料をいただきたいですが、ハハハ！」

その男とはその後、一度も巡り合わさないのだ。第一、その家も覚えて居ない。何故なら、彼は夜の明けぬうちに、私を送って自動車へ乗せてしまったのだから。——尤も、私は時々、彼に会いたいとは思っているのだが。そして、彼の所謂、優れたアイディアに依る、新しい刺戟を買いたい、と思っているのだが。

白い糸杉

一

恐らく、何人《なんぴと》と雖《いえど》も此の秘玩の真の意味を捕捉することは困難であろう。如何なる理由から、私が、あのように惨酷《むごたら》しいことをしたかは！　人間としての愛憐に強い人々にとっては、到底、想像も出来ないような、あんな極道のことを、私がしたかは！

しかも、私はそれを敢て為《な》したのだ。

然し、今、私が、その真の原因とするところを、ここで仔細に説こうとも、だが、恐らく、何人もそれを真実とはしないであろう。

けれども、これから私が語ることは、自身に取っては確とした実在に依る動機であり、又、この結果を齎《もた》らした必然的経路なのだ。されば、よしや人々が、私が記すこの記述に対して、如何なる信を置かれようと置かれまいと、それは遂に私の関知せざる処であり、又、諸君の自由でもある。で、唯《ただ》これから以下の記述は、つまり私が私の他の一人に向って強請的に口を開かしむるものに過ぎない。

そうだ、私は今にして考える。

この私のような宿命を背負って、己れの生涯を、よろぼいつつ歩んだ人間が、曾つて存在していたとは、実に何ということだろう！　と。業なるものに責《せめ》られつつ、それが絶えるであろう日を希《ねが》いつつ、しかもそれは続くとも絶えること無い、無限の繰り返しの下に喘《あえ》ぎながら、猶《なお》、生きて来たとは！

だが、そうであったのだ。その有り得べからざる生涯を送るひとりとして、生贄のひとりとして、それが、私に与えられた私自身の不可解な存在であったのだ。

私は、よろめく。汚れた癩《らい》を疫《や》んだ者のように、両手で戦《おのの》きつつ己が顔を掩《おお》う。そうして、この大地に、空気に、自身に激しく畏怖する。

とまれ！　だが、かくなった今日の自身に導く運命を私に選択したのも亦《また》、己れ自身、この私であったのだ。実に、私にとっては、自分の性癖が、趣好が、その本然のものが、自分の力の平均以上に私を誘惑して、今のこの抜き差しならぬ運命の黄昏に私を投じ去ってしまったのだ。

そうだ、換言すれば私は、自分の蒙昧な自己前提の下に、唯、己れ自らを弄んだだけなのだ。それだけだ。

あの頃、西暦一九……年の春、私は、此の己れ自身は、まあ何という暗い星の下で喘いでいたことであろう。

私の性格が、生活が、全然社会の潮流と相反していた。私の考えること、行うこと、それらが例外なく社会一般の人々に取って、すこしも気に入らなかった。

そして私も亦、社会の人々の行動が、全て一から十迄癪《しゃく》に触った。当然の帰結として、私は人々から遠去かり、己れ自らの裡《うち》に堕ち込んで行った。私は気の毒な、孤独極る寂寥の裡に沈湎《ちんめん》した。そして、その孤独の寂寥は次第に強くなって行き、私は私自身に対してさえも激しい嫌悪を感ずるようになっていった。過った反省癖と、奥底の知れぬ懐疑とが意地悪く私を責め立てた。私は悲哀と名付けられるものの蒼黒いどん底で、無益に呻《うめ》いていた。

既に、その哀れな性格は破産に瀕し、元より些《いささか》の光明も認められなかった。私は、明日という日の休みない接続を極端に恐怖した。

その——そうした灰色の春、私は、ひとりの女を愛したのである。

その恋人は、花のようにやさしかった。ほのぼのと、春のあした籬《まがき》に花咲く、その小さな花のようにいとしかった。異邦の詩人が、シモオヌと呼んだ、彼の愛人よりも美しかった。独断だ、と批難する者に禍あれ！　彼女こそは美の女神だった。そして、その当時の絶対に同情とか愛情とかを知らない、暗い冷い魂とを持って彷徨していた私を、シモオヌは、恋人は、涙と笑でつつんでくれたのであった。

おお！　これは何ということだ！

私は、狂人のように、有頂天の歓喜と幸福との渦の中で躍り上った。

あろうことか！　私——この自分なぞを、かりそめにも愛してくれる者がいたとは！　たった一人でも！　人間という者の中で、この私を理解し、いや、同情してくれる者が居ったとは！　私は、そう思うと、まるで噴水のように勇気を獲た。

私は、口笛を吹いた。舞踏を習った。靴の色を気にし出した。服の型に思案した。自動車の操縦を覚えた。三鞭酒《シャンパン》の種類を知った。エチケットを身につけた。

ああ、そうして五月であった。六月であった。

山査子《さんざし》が白い花を咲かせた。燕《つばめ》が街を陽気に過ぎる。風が海のような匂を含む。太陽は南。私はステッキの握りが快った。そうして私は、及ぶ限りの力で彼女を愛した。彼女は私を、奇蹟のように愛してくれた。もはや、私は、全世界の人々が刃向うとも、何の恐れるところも無かった。

私は、今迄の暗い悲哀と不運とを、忘却の河へ押し流した。

二

だが、これをしも、不幸とは名付けられることであろうか？　いいや……。では、これをしも幸福とは呼ぶのであろうか？　いや、そうとは思われない。では、何であろう？　この事柄は？

左様、それは、或は一つの感情の遊戯であったかも知れぬ。或は判断の錯倒であったかも知れぬ。性格の怪しい軋《きし》り目かも知れぬ。私には今、それを明確に回答することは出来ない。だが、その明確に答えられぬ或ることの為に、私は哀れな傀儡《くぐつ》人形となって、人々が思わず、面を背向けるであろうかも知れぬことを決行してしまったのである。

それは九月の中旬だった。

秋の、冷たさの碧く深い日、私はひとりで疎林の小径を歩いていた。眼に触れる全てが落ち着いて、美しかった。何となく、涙をさえ感ずるような裡に、樹立が、雑草が、しっとりと浸っていた。

その時、ふいと私は、或一つの筋を思いついたのである。

だが、思い返せば、その時、そう思いついた、という気持こそは、それ自身が悪魔であったかも知れない。確にそれは、私にとってスプレンディットな、超と冠りづけられる一の心緒であったのだ。

――その筋とは、自分が愛した女が、死んでしまう。そして、その死んだ女を、恋いかえす、という気持への憧憬だった。嘆きへの希望だった。死んだ、愛する女の墓石に泣きくずれる我身の悲哀――生きていた時の楽しい回想に涙することの悲しい美しさ！

「これは素晴らしい感覚だ！」

と、私は、己れの筋に酔って、こう呟いたことだった。

そして、私は自身の空想ながら、その何とも名付けられぬ、強いて云えば、のすたるじあ――郷愁とでも呼ばれるであろう、苦悩の無い悔恨の甘美な、掻きむしられるような部類の感情に思い至って、思わず、二度、こう讃嘆した。

「ああ、何とも云えず美しい！」

そうして、私は、その筋を、更に精《くわし》く空想して行くのであった。

時に、男は、街で見知らぬ女と擦れ違った場合、香水と頭髪の匂に、わが死んだ恋人の好みと似ているのに気付くことがあろう。男は、その折、油然として湧き起こる回想に依って思わずも、時間的差異を忘れて、わが恋人ではなかったかと、匂に誘われてその見知らぬ女を振り返るであろう。

そして、初めて、恋人は死んだのだ、ということを現実的に、己れ自身には多少不自然のようにも思われながら、思い起して、不図《はからず》も、深淵を覗きこんだ時のような感情に打たれるであろう。そして、身も心も絞られるような何とも云えぬ悲痛なものの裡に在る己れを見出して、男は涙ぐむであろう。

「この気持だ！　この感覚だ！」

……時には、美しい月の晩もあろう。

玻璃《ガラス》窓から、園に降りそそぐ月光を、男は沁々《しみじみ》と見守りながら、曾て在りし日の恋人の笑顔や、時折、拗《す》ねて見せた唇などを思いかえして、追懐の情に堪えかねるものがあるだろう。月光は、玻璃窓を透して、滲《し》み入るように男の心を抱くであろう。

「ああ、おまえは何故死んだのだ……」

と、男は、思い回《か》えす悲哀の甘味に、涙に昏《く》れて浸りきるだろう。

回想することの悲哀は、悲哀のみではないのだ。それは、もう一つのものを含んでいるのだ。それは美しいものだ！　と、私は強く思ったことだった。

三

私は、猶も、その架空の悲哀——回想の甘美という筋を追った。

……時には、嵐のすさまじい夜もあろう。男は、そうした夜、ひとりで、凝然《じっ》と、戸外に狂う風雨の叫びに聴き入りながら、ああ、こんな夜、曾ては女が、この煖炉の前のアームチェアに腰を下ろし、編物でもしながら、

「まア、随分ひどいわね……」

と、呟きながら、男の方を一寸《ちょっ》と見て、視線が合うと、軽く微笑して——つまり、男にわが全感覚を委ねたという表情を、男は今、たったひとりで、稲光りのする玻璃窓ごしに園の樹の激しく揺すれるのを見た時、思い出すであろう……。思い出すであろう。そして記憶は——回想されるということは、矢も盾も堪らぬ、悲しいけれど、甘美な悔恨に似た、郷愁の切なさを掻き立たせるであろう。

「お前は、死んでしまった……」

この、絶対な、とりかえしのつかぬ、という事実の為に、男の気持は、更に、恋いしさを増して死んだ女を想い出す……この回想することの美しさ！

「……ふうん」と、私は溜息をついた。「確に、その男は、その感情に身をゆだねた刹那は幸福だ。これは、世間でよく云うような悲劇ではない。実に、二ツとない快い悲哀の喜びだ。悲哀は一概にいやなことではないのだ。いやなことは煩しいことなのだ。悲哀は此の場合、幸福

でさえある！　ああ、どうして人々はこれまで、この幸福——幸福な悲哀に気が付かないのだろう？」

　私は、すっかり自分が空想した筋の主人公を羨んだ。空想が真だ、実在は無だ。羨むと同時に、いつか私は、自分が半分はその主人公と同じような場合に在るように思いこんでしまった。思いこんだ——とは、私の心の中で、私は現実と空想とのけじめを失って、唯一つの心緒、この筋が送り込んだ感情と同一体にさえなってしまった。

　つまり、男が、私自身になってしまっていたのだ。然し、まだその時には、私はその回想の対象となるものを、確に、明瞭には描いていなかった。否、いなかったのではない、考えなかった。唯、男、私の方だけが存在していたのだ。

　今にして思えば、私の気持が、その感情に対して誘惑される程度を、ここまでで止めていてくれれば、何事も、恐怖することは起こらなかったろうと思う。

　だが、それへ対する魅力は、私を自制心なき阿片吸飲者と同様にしてしまった。

　とは、一体何であるか？

　私は、では何を考え初めたのか？

　云うまでもない。その男の境地に、この己自身が在りたいという願いであった。そうなりたかったのだ。

「こんな美しい感覚！　この感覚の原因を創ろう！」

　そして、私は、うっかり、

「あれは死なないかな……」

と、口走って、遽《あわ》てて、わが口を手で掩った。わが恋人の死を願う、そんな考えを――世界中でたったひとりのいとしい女に対する、そんな考えを、強く、強く私は打ち消したのである。だが、恐ろしいことには、この思いつきはそれから日毎夜毎、加速度的に募って来た。奇怪なことには、私は、己が愛する女と会う度毎に、想い出の影に女を描きたいという、錯倒した憧憬、現実でない現実への希求は、執念《しゅうね》く私の心を襲って止まなかった。それは、恋人の瞳の色に見入る時、その新月のような細い指を弄する時、その怪しい希いは増してゆくとも減ずることは無かった……。

何という考えだ、空想だ。私は次第に、わが抱くその憧憬が恐ろしくなって来た。だがそれは、呪われたもののように、私にこびりついて離れようとしなかった。

思い出すという、胸も裂かれるような、郷愁に似た感情、悲哀の甘味、それを慕う心が私には、恋人に会う度毎に強く、強くなりまさってゆくのだった。

私の理性は、当然、怒り、叱り、尻込みした。だが、その誘惑は、聖者を堕す夜の幻影よりも強力だった。

私は、その考えを追い払う為に、冷静に、理性的に思考した。身をふるわせながら。

「いいか、あの、いとしい恋人が、此の自分から去ってしまえば、私は又以前の、あのみじめな、ひとりぼっちの、まるで追放者か無籍者のような破目に陥って、揚句の果は、自殺を思う身となるのだ。誰も、一人だって話しかけてくれる者のない、寂寥の果に追いやられる身となるのだぞ！」

　私は、こう、嚙んで含めるように、我と自らに訓しきかせた。だが、いくら、こう訓し説こうとも、より強く、その感情は私に激く迫って来た。

厭な、苦悩と暗黒と猜疑の渦の裡にこの身を突き戻すという気持が大きければ大きいほど、その不思議な感情を希望し、願う心は、いよいよ私を盲目にした。

私は悩んだ。畏怖した。一度、そうすれば、もはや如何程、後悔しても駄目なンだぞ！　と、幾ら思っても、より以上、強く、逞しく、その感情に対する憧憬に、私は克ち得なかった。出来なかった。

四

秋も末の、それは水のように潤んだ夕暮れだった。

私は、自分の心裡に葛藤して止まない、二つの相反する心緒に極度に悩みながら、その為、なるべく会うまいと心がけていた恋人に不図《はからず》も、鈴懸《すずかけ》の落葉濃い並木路で、行き会ったのである。

月が、懸っていた。早い夕月が、ひっそりと佇《たたず》んでいた。

すると、何ということなしに、この夕月の光と影との有りようが、まるで奇蹟の世界の出来事のように感ぜられ、私は理由なく、瞳を涙で濡らしたのであった。その、私が涙を浮べた刹那の眼を見ると、女は——恋人は不思議に堪えぬかのように、心持ち首を傾げながら、近寄って、私に訊ねた。

「まア、どうなさったの？」

「………」

「何か、悲しいことでもありまして？」

そうだ、その時の、私の感情を、私は、どのような言葉を以て語ればよいであろう？　私は、いきなり何も云わずに、女を、いとしい恋人を抱き緊《し》めると、涙に濡れた頬を押しつけ何遍も接吻したのである。

接吻！　だが、それは果して殉情の感覚であったろうか？　私は、実に、絶え間なく、有るまじき考えを抱きつづけていたのではなかったか？　若《も》しも私の考えを、女が知ったならば、一刻の猶予もなく、直ぐに私から離別するに相違ないであろう感情を私は持っていたのではなかったか！

だのに、だが、そんな私に対して、余りにも疑うことを知らぬ言葉と表情とを、女が私に示した時に、私は、あろうことか、自責の念以上に、それ故に、私の悪魔の憧憬が逆に募り、いよいよ幸福な悲哀の念に打たれ、そして唯解《わけ》もなく涙の出て止まない感情だけが烈しく齎《もた》らされて来たのである。ああ、何という悪魔の憧憬であることか！

「いや、何でもないンだよ」

そして、こう、言葉を云えば云う程、私は又、一方では悲しくもあり、涙にも咽《むせ》ぶのであるが、と共に、今も云ったように、呪わしいことには、あの空想が、ひしひしと私の心に迫るのであった。

この懐しい恋人を、墓石の下にある、と嘆く気持、切なく思いかえす悲哀の甘美さは、何と素晴らしいものだろう！　と。

「ねえ……」

私は、次穂なく、恋人に呼びかける。

「なアに？」

そして、女が、些の猜疑もなく、剰《あまつさ》え、私の泪《なみだ》に、自分も理由は知らず同情して愁し気な面差しを示す、その可憐な表情を見た時、ああ、実に何ということだろう。それは、私に、増すとも衰えぬ、例の感情へ駆り立てる誘惑の激しい一助であるより他の何物でもなかった、とは！

或る、これも佗びしく燈の影に慕いよった黄昏の、とある珈琲店であった。私は、不図《はからず》も、その女が、ラジオの奏でる円舞曲の調子を、軽く左手で取りながら、邪心なく聞き入っている、その横顔をちらりと見た刹那、私は、我にもあらず、ああッ！　と、叫び出して、自分のその空恐しい企を怒鳴り廻したい、という、何かしら、異常にどきりとした衝動的なものを強く受けたのであった。

結局、私の悪魔の憧憬――工人の悲哀の美しさと呼ぶものは、それに依って、恋人へのいとしさを二倍にしようということである。つまり、存在するものである以上、こちらの感情が自由になるのだから、それを人為的に如何なる手段も及ばざる、即ち存在を否定して後、それを望む――換言すれば、絶対に不可能なるものへの憧憬、出来ない相談となった上でそれを望んで嘆く、それも一度は経験した事柄を――という気持、これが、私に迫った悪魔の憧憬の全貌であった。

女を、――わが恋人を、私自身のあらゆる人間として出来るかも知れない手段から、きっぱりと断絶させて、どうしようもない処に在らしめて、さて、それから、唯、自身の回想の夢壺の裡に美しく封じ込めて、改めて、それを今更に嘆きかえしたい！……。

私は悩んだ。苦しんだ。畏怖した。

一度、そうしてしまったら、もはや、どんなに悔んでも、どうにもならないのだぞ、とこう、幾度も自身を諭した。説いた。だが、どう考えようとも、以上に、より強く、激しく、いや更に、それへ対して進む、その悲しく蒼白い気配と余韻とを持つ、甘美なるこの感情に向っては、私は遂に能《よ》く克ち得る術を所有しなかった。

限りなく、私は女が、恋人が、いとしかった。

だが、その世にも綺矯《ききょう》な感情に対する、極度の憧憬は、私を、途方もない革命家のように激しく煽り立てて止まなかった。

冬近い一夜、私は女の命を断った。

殺人娃楽

此の話は、ドロシイ・バノーアと云うひとりの女が、殺害された事にその端を発する。

その、殺害されたドロシイ・バノーアと云う女は、或る東洋の英国植民地の、ある歌劇場に出演して居た、当年二十歳の歌劇歌手で声量も演技も相当ある上、かなり蠱惑《こわく》的な美貌の持主故、大層人気のある女優であった。

それが、事件のあった当夜、八時半頃、ドロシイ・バノーアが何遍かアンコールされた自分の出演を終って、次の化粧に取懸かろうと、舞台から楽屋へ戻る途中で、実に不可解な男の為に、突然斬殺されたのである。其処は、背景や小道具なぞが乱雑に散らばって居る螺旋階段《まわりばしご》の恰度《ちょうど》下の処に当り、殺害された時には、舞台監督と照明係の二人が、その場に居合わせて居たのであった。

何でも、照明係が後で臨場の警官に陳述した所に依れば、ドロシイがその螺旋階段を二段程登った時に、突然男がひとり現われてドロシイを軽く呼び止めたのだそうである。その男と云うのは、ドレスコートを着てオペラハットを冠《かぶ》り、その上にマントを纏《まと》って、白い手套《てぶくろ》をした、背の不自然に高い、濃い口髭を生やした蒼白い顔で、黒い金縁の色眼鏡を掛けて居たそうである。此れ丈はその両人共に間違なく解ったことであるが、唯《ただ》どうしても解らないのは、その年恰好と、果して何国人に属すべきやと云う事であった。若い様な年寄りの様な、陰鬱そうな派手そうな、と云う様な恰好で見当の付かない、甚だ漠とした複雑な風采なのである。同様にその国籍が又少しも分明せず、察するに余程変な混血児《あいのこ》らしいと思える。と此れは、その照明係のみならず舞台監督迄もが等しく口を揃えて申立てた所であった。

その男が、急に、今階段を登って行こうとするドロシイにむかって、何か低声《こごえ》で話した。すると女は一寸《ちょっと》一段ばかり降り掛けて来たが、直にふら!! と倒れる様な恰好になると、身体全体が、その男の腕の裡に抱かれて了《しま》ったのであった。だが全て此等の出来事は、一瞬間の事であった。で照明係の云うのには、多分男はドロシイの恋人か何かで、大方二人は接吻でもしたんだろう、位に考えて居た。

所が、そう、一寸半分間ばかりしてから、ドロシイの身体が、その男の両腕に抱き擁《かか》えられた儘《まま》、仰向けにされて、二人の眼前に運ばれたのである。見れば、抱き擁えられた女の胸は、左側の乳房の個所が無残にも二寸程切り開かれて、其処から生々しい鮮血が、ぽたり、ぽたりと床へ流れ落ちた。男は、そうなった女を抱いた儘で、猶《なお》も二人の方へ近寄って来たのである。

それを見て、照明係も舞台監督も、事の余りに意外なのに呆然として、佇立した儘暫らくは、殺害されたドロシイ・バノーアと、その奇異なる紳士とを、唯、等分に見比べているばかりでそうである。

あった。するとその紳士の方が先に、こうゆっくりとした、だが力無く響く声で、話を始めた

「おふたり」

「え？　どうしたんです？」

「どうしたんです？　一体？」

で、初めて二人は異口同音に、その椿事に就いて、驚愕を味う時間と、こうした質問とを発することを許された者の様に、前へ進みながらこう訊ねたのであった。

「いや、一体も何もありません。お静かに願います」

紳士は前の様に、そして沈着な口調でこう言うと、極めて落着いた動作でドロシイ・バノーアの死骸を、叮嚀《ていねい》過ぎる位叮嚀に床へ寝かせてから、

「此の婦人が殺されたのです」

「だ、誰？　誰がそんな？」

「騒がないで、私にです」

「君が？」

「君が、殺した？」

「そうです。私が今、ドロシイ・バノーアの命を絶ったのです。此の美しい死体を、どうぞ手厚く葬《とむ》らってやって下さい」

「では、君は犯人だぞ！」

「人を殺したんだな！」

二人が、俄かに気付いて、当《まさ》にその男へ飛び懸かろうとした時、紳士は素早く後へ退ると早くも手には短銃《ピストル》を握って、二人を威《おど》かして近寄らせず、次にこう言ったそうである。

「騒ぐんじゃありません。私は此の上、何も他の人達を殺そうとは云いませんから。静かになすって居らっしゃい。人がひとり、今死んだのですぞ」

それから、紳士の語調が、がらりと変ると、猶次の様に、こう語ったのである。それも例の特殊な響を持った声音で非常に早く、

「私は此処を去る前に、今此の女を殺した動機を誤解の無い様に、少し申上げて置きましょう。私は、実は此の土地には何の縁《ゆか》りも無い唯通りすがりの旅行者に過ぎません。それも可哀想な……。そうして又私は人類の中で、此の地球に生命を享けた人間と呼ばれる者達の中で、一番不幸な通行者《パッセンジャー》でもあろうと思うのです。

だが最初、私はこう云う前提を申上げておくとしましょう。その方が御諒解に便かも知れません故。それは、立場を換えて見たならば、或いは此の私自身がすでに一個の狂人として至当であるのかも知れないと云うことを。然し私はそれを信じませんが。私の理智が、確固として……さあ？　何しろその点を私は自身として明瞭には言い切れません。と云うのは、次のような理由から、その結果として、此のような事を遂行するのですから。

それは、此の私にとって、此の世界の全ての現象が、全ての思索が、全ての企業が、いやあらゆる有形無形を通じての存在が堪えられなく憎く感ぜられる、と云うことです。そうしてそ

の私が憎悪するという感情が、普通の人よりも幾層倍も、否普通人などの想像も付かない程度に、私に取っては高潮点《クライマックス》に達して居ると云うことです。その憎悪観念は、言う所の厭人観、厭世観と云う様な、そんな生ぬるいものじゃ無い。全的な、最大的な、或いはそれ等をも超じた絶対性の憎悪を、此の宇宙全体に仮借なく犇々《ひしひし》と感じて止まないで居るのです。それ故、或は、そうした意味から言うと、私の持つ此の憎悪と云う感情は、更に異なった或る他の名称に依って呼ばれなければならない物であるかも知れないのだ。そうしてその為に、私は其れ等の全てのものから、絶えず逃避し面を背けることを、つとめて居なければならないのです。

　ですがね、唯此れだけのことなら、又敢て何と云う事も無い訳なのです。それが、けれども、不幸な悲惨な、悲劇的な事には、私には、その憎悪観念を出発点として展開した、今一つの、どうにもならない性情が心深く喰い入って居るのを次に見出すのです。その、自分ながら畏怖して止まぬ憎悪観念、厭世を越した或る物、の他の更に、悖徳《はいとく》的な、悪魔的な性格が先天的に賦与されて居るのを見出すのです。実際、私に此れからお話しする、今一つの畏懼《いく》す可き性質さえ無かったら、ああ、全くそれさえ私が所持して居るので無かったら、私は生存的に他人に少しも影響する所なぞはなかったであろうものを!!

　それはです。その私の今一つの悖徳的な性格と云うのは、此の大宇宙間に、適々《たまたま》私に取って非常に好愛する物が出現して来た時に、即《すなわち》私の憎悪感の対照とならず、私の心にぴたりと共鳴点を見出す物が現われた場合に、猛然として起って来る一つの熱情的な愛慕心なのです。いや、お待ちなさい。全く、その愛慕心のみが独立して起って来てそれに副作用が何等伴わないのでしたら、実に此れに越した事はありません。結構なことなのです。何等畏怖す可きことも、苦しむべきことも、ない訳です。処が、私に起って来る愛慕心には、一つの堪えられない末梢神経的な、残忍な副作用が、それには必らず伴って来るのです。必らずです。

その副作用とは、そう、それは平易に解釈して言えば一種の嫉妬なのです。

嫉妬⁉ それは恐怖す可き限定内に定義付けられた嫉妬なのです。それこそが、私に、常に間断無く憂懼《ゆうく》す可き神経病的嫉妬としての、完全な、極度に迄押し詰められた力ある役目を果し了わせるのです。と云うのは、私がその嫉妬を感ずる、次に私は一秒の間もおかずに、すぐさま、その嫉妬に全然支配された、哀れな無力な、唯一介の奴隷となって了うからです。理性？ そんな曖昧な化物はその時は綺麗にけし飛んで了って、私はまるで支えようの無い、自制力は皆無の、怪しい憑き物でもついた狂者となって了います。

で、愛慕心が起る、相呼応して直ちに羨望が？ いやこんな生易しいもんじゃ無い、ねたましさ、此れが起って来るのです。

愛慕心、即嫉妬。此れです。恐らく、私のこうした嫉妬の強さと云うものは、私の前に言った憎悪感以上の或物と、きちんとした、均勢を保持して、私の心の裡に、各々の暴虐な王座を占めているのでしょう。そうして、その嫉妬の烈しい慾望を満たし慰安する為としての、私の手段、その真赤に燃え立つ様な嫉妬の玉盞《さかずき》を一杯に充たすべき方法、ああ、私はその為にのみ、それを完全に遂行する為にのみ斯《か》く寂蓼極まる孤独の流浪者であり、又、最大の恐らくは世界が持った有数の悲惨な不幸者のひとりとなって了ったのです。

さて、その充たす可き方法手段として、毎時《いつも》、私が必らず断行する事は、唯一事です。即、殲滅《せんめつ》すると云う事。その、私の愛慕心即嫉妬羨望となった対象物を、直に絶滅して了うと云う事です。それが、例え人間であろうと動植物であろうと、乃至《ないし》は建築物、庭園の類であろうと、その種類の何たるを問わず、即座に、絶滅して了わねばならぬ、と云う一事なのです。跡形も証左も無く、私の視野から、現実の観念から、さっぱりと綺麗に消滅されて行かねばならぬ、と云う一事です。

それで、若《も》しもそれが、私の理想通り完全に絶滅して了わない時、その時には……、私は思っても畏怖《おそろし》い底知れぬ絶望と憂愁の奈落へ果なく堕ち込んで行って、その当の対象物を見る、又は聞く度毎に、私は激烈な痙攣《ひきつけ》る様なおののきと、絶え間無い恐怖感とを切々として感ずるのが常なのです。

例えて申せば、お笑いになってはいけません。あの月です。私は、月ばかりは途方も無く好きで、あれを静かに想像する時には、何時《いつ》でも絶大な愛着心が湧出して来るのを覚えるのです。だが次の、私の本然の性格たる憎悪的嫉妬心が起った時には、私は果してどうする事が出来ましょう。昔噺の様に、月は箒《ほうき》や棒で叩き落す訳には参りません。現今の悲しい人力を以ってしては、遠い未来は知らず、例え如何様に試みても、思考を巡らそうと、あの月ばかりはどうすることも出来やしません。だが、私は月を思う毎に、狂気の様な愛着と恋慕とを犇々感ずるのです。こう云う詩を御存じですか？

とてもあの星には住まえないと思うと
まるで鳩尾《みずおち》でも、どやされた様だ。

だが私に取っては鳩尾所か、私のあらゆる場所を、心諸共《もろとも》なぐりつけられた様な気がします。

そうです、私は素晴しく月が好きです、と同様に私は素晴しく月を憎みます。

「それを、汝殲滅せよ!!」

その高らかな声が私の心の裡で絶ゆるなく、こうして次に叫ぶのです。

だが、ああ愚な人間である私は、月に対してそも何が出来得るでしょう。私は蹌踉《よろ》めく、甚だしい憂鬱の堆積裡の澱《よど》みに沈湎《ちんめん》して、苦悶して、のた打ち廻る、そうして、ああ耐えられないことにはそれっ切りなのです。

繰り返して言う、私は月を愛します。そうして私は月を憎みます。私は月を見たい、だが決して見ようとはしないのです。月光の、真珠の様に清純な真白い羅綾《うすぎぬ》を、若しも私があやまって浴びた時には、私は恰度、魔宴《サバト》の魔物共が鶏の鳴声を耳にした時の様に、狂気の様に月光の洩れて来ない部屋へ逃げ込んで了うのが常です。

然し、此等は「絶滅し得ない」場合です。多くの場合大概私は我が意志通りその対象物を絶滅為し得ました。曾つて私は大層も無く自分に取って好ましい庭園を見たことがありました。早速、私は狂人の様になると、足許を付け込まれているとは知り乍《なが》らも、莫大も無い額を払ってその庭園を購うと即座に、私は其処へニトログリセリンを仕掛けて、見事にも爆発飛散させ、全然その旧態の一景さえも止めるような事はしませんでした。曾つて私は或る国立美術館に所蔵される花神《フロラ》の像を、非常な好愛心を以て愛慕しました。けれどもそれは、絶対に売却される事を拒絶しましたので、私は非常な報償を賭けて、生命知らずの巧妙な盗賊の一団に頼み込み、首尾よくそれを盗み取らせると、それも、その世にも稀なる花神の崇高美も、私が残酷《むごく》も振う大鉄鎚の下に、砕々に打ち摧《くだ》かれて了ったと云う、暗い運命を荷《にな》わなければならなかったのです。

曾つて私は、女人で一点の非も無い、私の理想と憧憬とにぴったり適った者を見出しました。私は直にそれと知ると、その女を、女を此の様に……」

その奇異なる紳士は、斯く、此処迄語り来ると、気味悪くも白眼に据った瞳付《めつき》をして、三人の前に、影の薄暗く落ちている床上に残酷な疵《きず》を胸に受けて横わっている、此の紳士の奇怪な趣味の恐ろしい犠牲となって殺害された、美しいドロシイ・バノーアの死体を、語を切った儘、指示《ゆびさ》したのであった。

照明係も、舞台監督も、等しく、今更の様にドロシイの死体を見守ってから、此の、自分自身では不幸と云うものの、果してそう言い得る事が至当であるかどうか極めて疑問である紳士を凝視した。

「そうして、それが、そうした私の愛慕心が、次第と此頃は人間……人間にのみ注がれる様に、私自身もそうあることは恐怖《おそろし》いとは思うのだが、なってきた……」

愕然として、次には本能的な露骨な脅威に依って、紳士のぽつりぽつりとした後の言葉を聞

く と等しく二人は思わず、

「え?」

と後へ退ると、手で各々の額を半ばおおい乍ら叫んだ。

「だから、だから私は次の様な名前を以て、呼ばれるのが或いは、今の私としては、当然なのであるかも知れぬ」

と、紳士は言い乍ら、ずっと後退《あとずさ》りして、出口の懸絹《カーテン》に半ばその吸血鬼の様にも暗い身体を隠してから言った。

「殺人婬楽者……」

そうして次の刹那には、最早、天に翔けたか地に潜んだか、男の姿はかき消された様に其の場には見当らなかった。否、その劇場の内にも外にも、今に至る迄も、その紳士の姿は爾来《じらいよう》杳として見当らぬと云うことである。

ドロシイ・バノーア殺害事件と、それに絡む物語は、大要斯くの如くして、終るのである。然し、繰返すが、作者は此の様に穏当を欠いた標題には甚だ自身、懐疑的であることから免かれぬ。

その暴風雨《あらし》

そして夢中の観念はついに確信に変化してしまった——ノディエ——

海の上。定期航路の商船。荒涼《すさま》じい暴風雨の夜。

無明の底から吹上げて来る青暗い風と雨の叫び。波濤は泡立って奔流し、船も、海も、垂れ下った空も、ただ狂乱そのもののように恐ろしい狂おしさに躍《おど》舞って居た。

ざざ、ざあ!! 風に追われる斜雨《あめ》、しぶき。甲板を洗い去る怒濤の叫喚、急傾斜《ピッチング》。急回転《ロオリング》。

この一万噸《トン》級の巨船さえ、今にも、狂瀾の中に捲き込まれるかと疑われ、偉大なる宇宙の黙示的憤怒の魔手が、飽かずに風雨を呼び波を駆って、木の葉のように船を翻弄しつつあった一時。

船橋《ブリッヂ》に立っていた一等運転手は、まるで奈落の底からでも響いて来るかと思われる烈しい風雨と波の悲叫《さけび》を聞き乍《なが》ら、恐ろしい勢で過ぎて行く密雲の流れと、船首に砕ける白波の乱舞と、物怖ろしくも横たわる暗黒の行く手を、しぶきに濡れた玻璃窓《ガラス》を透して、必死となって凝視《みつ》めて居た。

「だが、何という荒れ方だろう?」

長年の経験を持った彼さえ、思わず不安に感じてこう独語《ひとりご》ちた程、暴風雨はすさまじくも吹き募って、何時《いつ》止むべしとも見えなかった。

その時、慌だしく船橋に駆け上って来た者がある、交替にしてはちと早いがと思いつつ、つと振返った時、彼はおやと思った、そこに立った男——それは船橋などに姿を現わすべき人ではなかったからだ。それで叫び狂う暴風雨の中に極度の緊張に包まれて居た彼は、つい気短かな早口でなじるように言った。

「何ですか? あなたは?」

それは一人の船客であった。痩せて背の低い、皮膚の蒼白い鼻の尖がった、何かに魅かれてでも居る様な空虚な瞳をした紳士であった。身体を倒れない様に懸命に支えながら、しかも船の動揺の為では無く、何故か絶えず全身を顫《ふる》わしつつ、肩で小刻みに息をして間断《たえま》なく唇を病的な程痙攣《ひきつ》らせて居る。その表情は極度の畏怖を現わし、その蒼白さはこの世の者とは思われなかった。彼は蹌踉《そうろう》として近よって来た。その瞬間、船は烈しく左に傾いた。烈しい波と風雨の怒号に交じって、薄気味の悪い推進機の空鳴りがはっきりと響いて来た。その音響を聴くと同時に彼は絶大な恐怖に襲われたらしく、思わず、あ!! と微かな叫声を立てた。そして恰《あたか》も一等運転手に慈悲をでも求めるかの様に身を竦《すく》めて、その傍へにじりよって来た。

「どうしたんです? それに此処はお客さん方の、お出でになる所じゃありませんよ」

「いや、いやその、実は……」

彼は辛うじて、それだけ言った。彼は唇が痙攣して満足な言葉が出なかったのである。

「何ですか？」

「実はその、この嵐で……嵐で、船が沈むような、ような事は万々無いでしょうな」

それは問いと云うよりも寧《むし》ろ哀願すると云った様な口調であった。途切れ勝ち乍ら、それ丈を言うのが彼には精一杯の努力なのである。

「ハハハハハ、いや大丈夫ですよ。御安心なさい。そんな事でわざわざ此処迄いらしたんですか。ハハハハ、大丈夫、沈むような事はありません。私には経験があります。この位のことで沈んで堪るものですか。ハハハハ、御安心なさい」

一等運転手は豪快に高笑いしながら、少々おかしくなった。次には、気の毒にさえなった。これくらいの事で、素人はこんなにも恐怖を感じるのかと可愛想にもなって来た。それに、今時、第一こんな巨船が、そう易々と、暴風雨ぐらいで沈んで堪るものか。彼は少し英雄的な態度にもなって、相手の肩に手をかけると、なだめる様な調子でこう付け加えた。

「大丈夫ですとも！　僕が全責任を負いますよ」

「そうですか。本当に、本当に大丈夫ですか」

一等運転手が、こう気丈に答えた時、客の瞳には涙さえ浮んで居た。いとしい程にその言を信じて感謝した。そうして来た時よりも、幾分か、元気のある足取りで船橋を出て行った。

「気を付けていらっしゃい」

一等運転手はその後姿を見ると、こう好意的な言葉を投げて一寸《ちよつと》微笑した。

晴れがましかったのである。

それから三十分程経った後、否二十分？　或いは十五分、何しろ間も無くであった。猛り狂う暴風雨と闘って居た一等運転手は、又もやつい最前の、青白い顔をして恐怖と憂懼《ゆうく》とに充ち満ちて居る紳士の来訪を受けたのである。だが、蹌踉とした姿を二度も見ようとは、彼に取っては意外であった。

「何です？　又上って来たんですか？」

こうなじる様に問い掛けた。

「いや、その実は……」

辛うじて、最前の紳士はこれだけを言った。極度の畏怖を表わしたその身体を縮め乍ら……

「実は？」

何を今度は訊こうというのだろう。一等運転手はけげんな面持《おももち》をしてこう問い返した。

「実はその、この船は、……暴風雨で沈むような事は無いで、無いでしょうか？」

これはこれは！　何と云う人であろう、たった今、そう云ってやったばかりではなかったか。

「あんたはどうかなさったのですか？　今沈まないって云って上げたばかりじゃありませんか」

如何《どう》とも相手の心を測り兼ねて、それに何と無い馬鹿らしさと腹だたしさとがごっちゃになって一等運転手は刺々《とげとげ》と言い放った。

「そうですか。沈みませんか！」

相手の心持なぞには構わず、奇怪な紳士は、沈まない——と云うそれも先刻耳にしたばかりの言葉を聞くと、非常な安慰を感じたらしく、いくらか恐怖の情を鎮めて答えた。

「そうですとも、先程も申上げた通り、沈むようなことはありませんよ。沈まないと一遍言ったら沈みませんよ。馬鹿らしいじゃありませんか。同じ事を二度も聞いて、一体何になさるんです？」

一等運転手は、今、全力をあげて一生懸命暴風雨と闘っている自分に、同情もせず馬鹿気た問いを幾度も繰返されるので、いい加減腹が立って来た。しかし客は却っていいとしい程その言葉に感謝すると、瞳には涙さえ浮べて、来た時よりも元気のある足取りで船橋を去って行ったのである。

「何だ、馬鹿らしい」

一等運転手はその後姿を見送って悪意的な言葉を投げて、一寸舌打をした。彼の気持は段々といらいらして来たのである。

それから三十分程経った。否二十分？　或いは十五分、何しろ間もなくであった。暴風雨は鎮まる様子もなく、層一層と勢を加えて荒れ狂うばかりであった。

その時、船橋に立って必死となって、暴風雨と闘って居た一等運転手は、又もやつい今し方の、この世の者とも思われぬ恐怖に充ち満ちた、青白い面貌《おもざし》をした例の紳士の来訪を受けた。

蹌踉として進み来るその姿を見ると、彼はハッと思って驚ろいた。と同時に気の短かい一等運転手は、ぐっと腹を立ててしまった。

「又ですか？　失礼ですがあなたは、おちいさい時分、脳膜炎をお病《わずら》いになったことがおありじゃありませんか？」

「いや、そんな、そんな事よりも実は……」

紳士は病的に痙攣する唇で、辛うじてこれだけ言った。すると、すっかり腹を立てた一等運転手はまるで何か汚物でも吐き出す様に呶《ど》鳴《な》った。

「実はこの暴風雨で船が沈まないかって、お聞きなさろうってんでしょう？」

「そ、そうです。この船はこの暴風雨で……暴風雨で沈むような……」

「お止しなさい！　馬鹿らしいじゃありませんか。一体、こうして一生懸命職務に当って居る僕の所へやって来て、何度同じ事をあなたは聞こうとなさるんですか？　そうして僕は又何度同じような愚にもつかんことを言やいいんですか？　若《も》しもですね。僕がこの船は沈んで了《しま》いますと言ったとしたら、あなたは全体どうしようって言うんです？」

「え？　沈みますか？」

その言葉を聞くと等しく、船客の顔色はサッと、変った。青白いと云うよりも生気の無い土色に——恐怖と云おうよりもそれ以上の何物かに。そうして烈しく顫え乍ら、よろよろと倒れかかったと思うと、低い声で呟やいた。

「沈みますか、沈みますか……」

「沈みますよ、そう言った方が……」

途端に、烈しい急回転が船を襲って、思わず一等運転手は倒れそうになった。然るにその船客は不思議にも身を支えて、唇を痙攣的に性急に顫わせ乍ら、軈《やが》て魂を抜き取られでもしたかの様に、恐怖を一杯に纏った足取りで船橋から、一歩一歩遠ざかって行った。

「何てえんだろう？」

一等運転手はその後姿に、怒りとも不思議ともつかない疑問の言葉を投げると、一寸顔をしかめて頭を振った。


慌だしく、交替の運転手が船橋に駈け上って来た。

「君、大変だぜ」

「何が？」

「何がって今、背の低い青白い顔をした一等船客が、急に狂人の様な声を出して、『ああ堪らない、堪らない！　この船は沈むんだそうだ。沈んで了うのだそうだ！』と叫ぶかと思うと、短銃《ピストル》を取出してづどん！　と一発、自分の額を射抜いて了ったんだ！」

ざざ、ざあ！　風に追われる斜雨、しぶき。甲板を洗い去る怒濤の叫喚。急傾斜、急回転。この一万噸級の巨船さえ、今にも、狂瀾の中に捲き込まれるかと疑われ、偉大なる宇宙の黙示的憤怒の魔手が、飽かずに風雨を呼び波を駆って、木の葉の様に船を翻弄して止まない一時。

怪奇製造人

夕暮れ方、薄紫に霞んだ街を散歩して居た私は、何時《いつ》もは絶えて気付かなかった、古風な古本屋へ這入った。古本と云うものは、何時見ても懐かしいものだ。私は恰《まる》で古本を探す為に生れて来た者の様に、年中古本ばかりを漁《あさ》って居る。それも私のは、その内容の如何よりも、寧《むし》ろ装幀の珍奇なものをと、漁るのが常である。

まだ灯も点かない薄暗く寂びれたその店の奥に、私は古ぼけても派手なバニティ・フェアが約一年分程も塵にまみれて堆《つ》まれてあるのを発見した。バニティ・フェア……それは華やかな昔の夢を夢みている。私は一寸心を惹かれて、その一冊一冊を手にとって、一と昔前異国の流行界を賑わした衣装や装身具、それから有名な女優や人物の肖像の美しく印刷されてある頁を一枚一枚めくっていった。そしてそれを全部見終った時、私はその一番下に、すすけては居れ古雅な一冊の、大形の書籍が眠っているのに気が付いた。厚い綴錦《つづれ》の表紙、そして何となく重重しく見えるその古雅な装幀が私を非常に喜こばせた。私はそれを手に取って見ると、これは案外素晴しい掘り出し物かも知れないと思った。だが全体何の本だろう。神学か、若しかしたら占術の本ででもあるのかしら？

……Daily……おや、これは日記帳だ。二月の中頃迄、それも飛び飛びに記されて、その余は真白の頁である。そして贅沢にも渋い青緑色の花模様で縁取られた一年のその日その日が、唯《た》だ黄ばんで寂しくも沈黙を守っているばかりである。

「それにしても、大層立派な装幀だが……」

それに、日記帳であると云うことが、一層私の好奇心を煽った。人の、余人には知らすまいとする秘密を、そっとその人に隠れて窺き込むと云うこと!! 私は本屋の主人に少し因果な値段を吹っかけられても、別にそれを値切りもせずに買いとると、急いで自分の家へ持ち帰った。そして誰にも知れない様に、夜更《よふけ》を待ってそっと机の上に取り出して、読み始めた。

だが、私はその日記帳に記るされてある最後の数日を読むに及んで……

二月十一日　晴

私が昨夜経験したことは夢だろうか？　夢？　そうだ、あれは夢に違い無い。何しろ私が床に入ってからの事だから。それに又夢らしいことには全てが茫《ぼう》としている。何時始まって何時頃了《おわ》ったのかそれも解らないのだから。そうだ。あれは夢に違いない。然しあまりいい夢では無かった。夢占を見たが別にあんな事に当てはまるようなのも見出さなかった。だが、それにしてもいやな夢だ。きっとあれは昨夜寝しなに珈琲へ入れたクリームが祟ったらしい。今夜は入れまい。あのクリームは腐って居たのか知ら？　一応調べる必要がある。だが、あれは確かによくない夢だ。

二月十二日　晴

どうも変だ。昨夜と同じ事を又経験した。同じ夢を、しかもあんないやな夢を二晩続けて見るなんて恐ろしい事だ。今日は烈しい頭痛さえする。あの夢のせいだ。だがクリームの為にあんな夢を見たのではないこと丈は確になった。けれども、それ丈余計不気味だ。クリームのせいの方が私には安心が出来る……何しろ不気味な事だ。然し夢だろうか？　そうだ、夢に違いない。だが、それにしても余り不思議だから、此処へ書いて置こう。先ず最初私は廊下への扉が、鍵を掛けて置いたのに、ごくかすか乍《なが》らそうと開いてゆくのを感じた。感じたのである。見たのでも知ったのでもない。これが夢の様に思える所だ。扉がやっと人一人這入《はい》れる程開かれると、青白い燐の様な光線が部屋の中へ糸のように流れ込んで、それが私の寝台に注がれる。いや、これもそんな気がしたのだ。何故と云って、その間、私は一度も眼を開けていたと云う記憶がないのだから。そうだ、矢張り夢かしら？　それから私は一人の男、――覆面をした片手の男が、跫音《あしおと》を少しも立てないで這入って来るのを感ずる。これも夢の中の出来事らしい。第一、燈火を消した真暗闇の裡で、片手である事や覆面の有無なんぞ解る訳がないのだから。それからその男は私のまくら元に立って、じっと私の寝顔を見つめて居る。大凡《おおよそ》十分間程も……その間の恐ろしさ！　とその男は音もなく、そうと出て行って了《しま》うのだ。物は云わずに……全てはこれだけである。果してこれは、夢であろうか。それとも事実であろうか？　いや、鍵は掛って居る。人の来るわけも無い。或いは一度あんな夢を見て、それが強く頭の底にでも残っていたのかも知れない。どうしてもそうらしく思われる。だが、何にしてもいやな事だ。悪い夢だ、もう見まい。今晩は珈琲にクリームを入れる。クリームの罪は晴れた。

二月十三日

やはり見た!!　昨夜も。これで三晩続けて見るのだ。何と云うことだろう？　夢か事実か？　夢は事実よりも奇なりだ。いや呑気な事を言ってる場合でない。私の心は今何とも名状しがたい不安と恐怖を感じている。いやな事だ。いやな事だ！　しかし何にしても事実ではない。あれが本当なら私は飛起きて身構えくらいする筈だ。それをじっとして寝ているのだもの……又闖入者《ちんにゅうしゃ》が実在のものなら、一体何の為に三晩も続けて忍び込んで来る必要があろう？　若しも私に危害を加えるのが目的なら、たった一晩で沢山な筈だ。いくら用意周到にと心懸けるにもせよ、三晩も続けて様子を窺う必要はない。そうだ。やっぱり夢らしい。断じて事実では無い。だが、そうと断言出来ようか？　私にはその自信が無い。らしい、と云う丈だ。不安でならない。一体何だろう？　私をどうしようと云うのだろう？　もし、今晩も又やって来るようなら、友人に来て貰うか、旅行に出るか、引越しをするか、その三つの内のどれかの手段をとろう。

私は烈しい頭痛を今夜も感ずる。そうだ。あんな夢？　におびやかされない為に、私は一思いに今夜はジャアルを飲んで熟睡しよう。それが賢明な策だ。

二月十四日

とうとう来た。あの夢は夢でなかった。事実であった。昨夜も私は襲われた。闖入者は私の頭の所に立って暫時《しばし》の後、私を短刀で殺して了った。私は微かに呻《う》めき乍ら死んで行った。最後の手段を私が取ろうとした前に、私は最後の手段を相手に取られた。そうして死んだ今となると、私は自分に与えられた、尊い直感を信じなかったことを返す返すも悔いて止まぬ。私は人間の愚かな自信と自負とを憎悪する。全く、私は取返しのつかない事をした。私は死んで了ったのだ。そして明晩から、私は日記にも、この世界にも、珈琲のクリームにも、左様ならをしなければならないのだ。悲しいことだ……

と——私は今死んで行った不幸なる人に代って、この親愛なる日記帳に、僭越乍ら物語の終をつけて置こう。何事でも終の無いと云うことは、よくないことだから。

殺した男附記

私はギョッ！　とした。もとより私は最後の十四日の日記を読むに当って、その手蹟が、著しく違っているのに気付いて居た。だが、それが加害者であったろうとは⁉　私は恐怖す可き事実の断面を、かくもまざまざと見せつけられて思わず竦然《ぞっ》とした。そして、次の頁に自分の感想を記そうとして、つと頁をめくった時、私はそこに更に二行程の記述があるのに気付いた。

如何でした？　こんな物語は？　あなたのお気に召しましたかしら？　日記をお買いになったお客様！　作者

都会の神秘

大都会と云うものは常に神秘と隣合っている――オー・ヘンリイ――

「ねえ、君は曾《かつ》てこう云うことを聞いたことが無いか？
――此の大都会と云うものは、恰度《ちょうど》巨大な鎔鉱炉の様なもので、その中には、黄金になる石も鉄になる石も銅になる石も、乃至《ないし》は単に一介の土塊に過ぎない石迄もが数限りも無く雑多に投げ込まれて、そうして何物をも焼き爍《と》かさずには置かない業火に依って、沸々とたぎらされ溶け崩されて、唯《ただ》無目的にその終局への特性へと還元してゆく。その様《さま》と同様に、恰度我等が呼ぶ、此の近代の神秘と正邪とに充満した大集団も、ま何とそれに似たものではあるまいか？
と云うことを」

夜八時少し過ぎた頃。此処はメイン・ストリート八階の屋上、話し手は、近頃知己になったP―b―氏。聞き手は私。食後のスリーキャッスルの煙に、明滅の烈しい広告燈の光線に、何となない都会の雑音に唆かされてか、氏は雄弁にこう説き出した、

「実に、君。又、此の大都会には、あらゆる現象の元素が錯雑として在るのだ。居るのだ。そうして時々刻々にそれ等が烈しく変化してゆくのだ。然し、いいかね。それ等の眩《めま》ぐるしい変化は、断じて善へのでも、真へのでも、美へのでもの追求でも欣求《ごんぐ》でもない。それ等は、単に圧縮されて歪《いびつ》になった、だが又、と同様に悪への、邪への意図された企《くわだて》でもないそれ自体の哀歓に泯《なみ》し崩されてゆく、換言すれば或いは痴呆的であるかも知れない一つの展開であるだけなのだ。そしてそれはかかるが故に、如何の批判をも許されるものではないのだ。

　あらゆる角度、あらゆる傾斜、あらゆる色彩をそれ自身の性質に見せた大いなるメリーゴウラウンドが、軋《きし》りを、夢を、秘密を忍ばせて唯廻りに廻っているそれは姿であるだけなのだ。だけなのだ。何と、そうではあるまいか？」

　氏は一寸語を切ったが、又直ぐにその説明を続けた。

「已《すで》に都会は全ての包蔵者だ。然して、又近代の此の蜂窩《ほうか》建築が生む、物質文明の、機械主義的の集団は、次に、それ自身の思想と道徳と宗教とを生むものであったのだ。此処で問題は一転する。即《すなわち》、近代の都会、君、此の集団に対しては、決して過去の時代に於る都会と云う名を説明した概念と約束とが、最早通用されなくなって了ったのだ、と云うことを知るのが肝要だ。君はそれに恐らく同意せらるるであろうか？

　此処には、曾《か》つて古代人が、私は敢て、十九世紀前半、乃至は極言すれば二十世紀以前の教養をのみ唯一のものと信じて、それを頑なに遵奉している人々を古代人と呼ぶ。その古代人が想像したこともない、全然別種な神秘と運命とを胚《はら》んでいるのだ。新しい神秘と運命とが！」

氏は煙草に火を付けると又続ける。

「では何がそれであるか？　恐らく君はそう質問されるに違いなかろう。其処で私は、先ず私が用いる、近代の都会が生んだと云う、運命と新しい神秘との適当なる定義を示さねばなるまい。それには今迄の要約の下に用いられた神秘の味《あじわ》いを調べる必要がある。それ等は、多くの場合神と結び付けられた。即《すなわち》自然と。果し無い原野とか、海とか、山とか云う自然現象にのみより多く真として考えられて居た。だが、私が用いるミステリィーはそれでは無いのだ。それは、それが此の都会にあるのだ。人間に依って作られた、人間に依ってのみ初めて見出される、神なぞの与り知らぬ、即自然ではない、不自然な、人工的なものの裡の軋りと裂け目に胚胎した所の、あやしさ、神秘だ。故に能く、近代人に依ってのみ、二十世紀以後の人々に依ってのみ、尠《すくな》くとも二十世紀文明を真当《まっとう》から受け入れるに 吝《やぶさか》でない人々に依ってのみ、それは探求さるべき神秘の迷宮であるのだ。

「見るがいい！　あの緑と紫との烈しいスパーク、高架線と電車とモーターとの、機械に依ってのみ初めて起り得た交響、ギャソリンの匂、一日一時間しか陽を知らぬアパートメント人種、いや、もっとそう云った、今迄は決して人類が経験した事の無い感覚が、領土が、此の近代の都会の複雑に織り成した経緯となって居るのだ。故に、その真に、地上に於て新なる異った感覚と現象を、無意識下に次第と習慣化され付けて来る我々、近代人に、又新なる異った思想が、道徳が、哲学が、神秘が、油然として起って来たのは、寔《まこと》に争われない当然な成行ではあるまいか？」

斯く説く氏の頰は、次第に紅潮を呈して来た。

「かかるが故に、従来の我々が着古した規約即、道徳や思想や宗教と云うものが、此の全然別箇な世界の実物現象を批判しようとするに当って、それ等が何と無力であり、且つその様な企は、間違も甚だしいと言われねばならぬ、と云うことも、君は恐らく僕と同様肯定されるであろうと思う。是れを敷衍すれば、或る事柄で、古代人達の思考範囲に於ては、愚にも就かないとしか解釈されないであろうかも知れぬ現象が、原因が、そうしてその発展が、我等近代の都会的文明の洗礼を受けた人間達に取っては、より重大であり、又肝要なことなのだ。其処に価値の移動と、概念の転換錯倒がある。其処に近代の新しい生誕があり、近代性に於てのみ初めて窺窬《きゆ》を許される神秘がある！

「いいか、例えばあの建物だ。いや、あの左側の建物の六階目を見るがいい。あそこに灯を点さない、暗い、窓が二つ並んでいるのが見えるだろう！　何と此等刹那的感覚に対して破調的の美に‼　見給え、あの部屋の上には三色に変って明滅する、華やかな広告燈《ネオン》が輝いて居る。此処迄黄、赤……紫と。あの下の部屋は舞踏場だ。ジャズやシンミーに踊り興じる舞踏場だ。此処迄は聞えて来ないが、あそこでは薄っぺらで陽気な音楽が、唯もう虚飾に疲れ傲慢に食傷した女達を踊らせて居るのだ。そうだ。それ等は真に他愛ない、砂の上に建てられた塔の様なものだ。だが、けれども我々は、次に、あれ等、吹けば飛んで了いそうな近代文明の幽霊達が、次第に創造《つく》り出す事実の、それが堆積してゆく余韻的空気、即運命と、極言すれば、精神的に次の世紀へと不知不識《しらずしらず》の内に運ばれてゆく、今迄以外の異った遺伝、とを軽々の中に看過してはいけない。それ等が、古代人に取っては問題で無いと一顧をも与えられない下らないものが、冥々の内に能く創り出す運命と遺伝的雰囲気だ！　そうして又、それ等の間に介在する此の大都会の奇怪な神秘を！

「左様、あの二つの暗い窓だ。あれをよく見るがいい。あの窓の内こそ、此の都会の神秘の心臓だ。僕は彼処に、何か素晴らしい、……殺人事件でもが起ったのではなかったかと思う。殺人なのだ。最も単的にして而《し》かも能く人間の為す最大の劇！

想像するがいい！　彼処の暗い部屋に、未だ若い女がひとり、今流行のペーパーナイフで左の乳房の下から突き上げられて、けばけばしい赤い安物の絨氈の上に血を浴びて倒れている。部屋は暗いのだ。然し彼処には、あの上の華やかな広告燈《ネオン》の明滅する度毎に、その余光が瞬間あの中へ流れ込み……そうして殺されて居る女の血にまみれた胸を、手足を、顔をその度毎に黄、赤、紫と照り出す。そして、いいか、あの部屋の下では、あの狂気の沙汰とも思えるジャズの囃子《はやし》が鳴りも止まないで続くのだ。あの外の街路には、多数の男女が歩いている。自動車も電車も通る。そうして匂と音と光と彩と……それ等が渾沌として存在して、あの怪奇なる、だが素晴らしいメリーゴウラウンドが、軋りを、夢を、秘密を乗せて唯廻りに廻ってゆくのだ。

「そして、だが君は恐らく、その殺人の原因如何を問われるだろう。然し、その原因こそ、僕が言わんとした全てであるのだ。即、それは都会が生んだ、在来の古代人達に取っては驚異と云うよりも寧ろ狂気の沙汰にちかい、都会人のみに依って味われる神秘の為なのだ。それは都会の蠱惑の為なのだ。それは都会の息吹に魅せられて、その神かくし的な魔法の俘囚《とりこ》となった為なのだ。

　そう、僕は此の様に情熱的、概念的な物の話し方を幾らしようが、それは僕の云わんとする物に大層遠いと云うことに気付く。そうだ。僕はもっと手取早く、僕の感覚、近代の都会が生んだ神秘、古代人達には或いは理由としては肯定出来ぬであろうかも知れぬ理由を、もっと具体的に述べるとしよう。君はその物語から、能く僕の主張の真意を捕捉するに吝ではあるまい。

　……………ひとりの男が、九時近く、あの建物の扉を押して、昇降機を借りずに上へ登ってゆくとする。一段、一段と階段を登ってゆき、暗い闇の多い幾巡りかを曲る。外通りの騒音が次第に間遠になって、しょんぼりと照らす電燈の笠が、何かの秘密におびえたのかの様にその階段を、廊下を、壁間《かべ》を茫《ぼう》と描き出して居る。……此の、都会の騒音と云うものは、その様に間遠になって聞けば聞く程、何となない哀傷と孤独とを弥《いや》が上にも犇々《ひしひし》と感じさせるものだ。ふっと窓から裏通りを見ると、化粧した下浣《つきずえ》の半弦《みかづき》が、四角な家と家との間に懸る。曾て、その月は此の様な場所には現われたことはなかったろう？　だが我々に取っては、此の機械主義的建築の家並にひっそり懸った月が、湖畔とか海とかよりも、一層と立勝って見えるのだ。一番月らしく、如何にも調和して神秘に仰がれるのだ。

　……………階段をぽつりぽつり登ってゆく様な人は殆ど無い。たった、自分一人の影法師に護られて、此の都会の沙漠をさ迷うかの様に歩を運ぶ。其処に、バビロンのものも、アッシリヤのものも、否ダンテもガレリオも決して知ることを得なかった新たな神秘の影がひっそりと衣を纏うて巣喰うて居るのだ。

男は、恰度古代の人間が墓棺の没薬《もつやく》の香に惑うた様に、その声も、形も無い惑い、新たな、其処に初めて創造された香に惑う……

ほと、ほとと其の左側の扉を敲《たた》く。女がひとり訝《いぶ》かしげに現われる。だが彼は、その時、その女の、脂粉を、紅を粧った顔が、多角的に凄艶な、妖魔の如く影多く浮び上っているのを見る。あたりは、都会の沙漠、廊下を照らす電燈、扉ばかりの続く壁の群、寞《ばく》として人は居らぬ。間遠にこの都会の喧囂《けんごう》が賑やかに、飽く迄派手に、光と匂とを煽っている。その刹那、男はくらりと暈《うん》じて自分の理性を失う。

君は、そうした情景を想像することが出来よう……

「男は急にその部屋の裡へ這入る。女と、化粧棚と、紛い物の宝石、安物のけばけばしい絨氈、壁紙の浮ついた模様、それ等を鈍く反射する鏡、だがそれ等、都会の孤児が齎《もたら》した秘密な感覚が其処にひそんで居た。それ等が醸す……感覚が其処にひそんで居る。そうして又、あの部屋は通りに面しているので急に、今迄は間遠に聞えて来た都会の大きな交響と怪奇な顔貌とに真直《まとも》に触れる。……

君は、ゲーテの小曲で、「魔王」と云う好ましい唄を知っていられるか？ そうだ。その時、その男の心にぐっと喰い込んだ名状す可からざる神秘性の感情と云うものは、恰度あの「魔王」の幼児がおびえた故知らぬ畏怖の神秘と遠くないものであった。その窮極の一点に於ては。実に、古代の人間はそれを森林の中から感じた。近代の人間は、だがこうした状況からそれを摂取するのだ。

「突然、その男は卓子《テーブル》の上に置かれてある紙切小刀《ペーパーナイフ》を取上る。そうして、その都会のみが能く知る神秘の哀れな傀儡《くぐつ》人形となって女の乳房を下から突き上げる。同時に、彼の瞬間空虚となった意識の裡へ、流れ込む様に烈しく、下の部屋で起るジャズの馬鹿囃子が踊り込む。女はその儘《まま》、脂粉と香料と血汐とにまみれて倒れる……。

あのジャズの音楽と云うものは、離れて聞いていると決して楽しいものでは無い。何とない悲愁と哀歓とに充ちた物悲しいものだ。それに電車の紫緑のスパーク、広告燈《ネオン》の規則的な明滅、街上の騒音、四角な上の弦月、人工的なものの息吹、とある六階の一部屋に於る人生の終局、実に、それ等のものがよく、その男をしてそうしなければ不安で堪らないような焦燥に、神秘な坩堝《るつぼ》に墜し込んで行ったのだ。それらの存在が能く……

「君、僕にはどうしてもそれ丈しか説明出来ない。その殺人の理由に就いて。それは全然理由にならぬ、と古代人は気負い立って云うかも知れない。だが、それが理由なのだ。そうしてそれを、僕は敢て都会が生んだ近代の神秘だと云うのだ。説明出来得ぬ、即、神秘な世界の為だと云うのだ……」

P―b―の長噺しは漸《よう》く、終局を遂げた。と同時に、事件はその発端を開いた。と云うのは、何時の間にか、氏の背後に立って傾聴して居た一人の紳士が、この時、氏の肩に手を置いてこう、厳とした声で言ったからである。

「私は、貴下を△丁目の売笑婦殺しの容疑者として引致します。何故と申せば、今迄、あるひとりを除いては、当局の者より決して知る筈のない兇器、及殺害の個所が左乳房の下である、と云う二点、それを熟知している、その除かれた或るひとりとして」

氏の殺人を、当局の意見としては痴情の果と断定して居る。だが私は——その原因が、氏の所謂「都会が生んだ近代の神秘」に依るものだと、聢《かた》く、信じて疑わぬのである。

夜の街

其の一

先程、角の生薬屋の時計が、ボン、ボンと恐ろし気に二時を打った。その音が、不気味に、更けた夜の街に響き渡った。行人はひとりも無い。それに、角を曲ってからと云うもの、此の通りは非常に暗い。物の怪の様に、両側の家々が、黒く、ペーブメントの上におおいかぶさっている。

……私は立止まると、そっと四辺《あたり》を見廻した。文目《あやめ》も分らぬ。仰げば空には、星の一つも無い。黒闇々の夜が領し、此の沈黙《しじま》が千年も前から、変ることなく続いている様だ。街全体が夢魔の様に思える。

急に私は何故か、見えぬ恐怖に駆られて首を縮めた。ずっと遠い方に、外燈が薄白く影を忍ばせていた。それ丈で、何処からも灯はもれて来ない。私は、自分の足音にさえ気を付けた。

すると、私は、外燈の光線が時々消えるのに気附いた。

どうしたんだろう？

だが直き、それは消ゆるのではなくて、何かに遮られるのだ、と云うことが明らかになった。何にか？

それは何だろう？　私は立止って見透かした。

人である。外燈の薄白い光線を背に受けて人がひとり、私の方に歩いて来るのだ。私は幾らか安易を感じて歩き初めた。そして二人が、恰《ほと》ど擦れ違いそうになった時、私はその行人に言葉を掛けた。

「あの、すみませんがマッチをお持ちでしょうか？　煙草を吸おうと思って……」

「あ、マッチですか」

「ええ、忘れて了ったので」

「さ、どうぞ」

そして、私は渡されたマッチを受取ると、紙巻に火を点けて、消す前に、ふっとその男の顔を見上げて、私は恰ど息が詰りそうになるのを覚えた。吸った煙草を吹き出すのさえ忘れた。その場に私は釘付けにされた。

「き、き、君は？……」

そしてマッチの軸の短い灯が消えて、又闇がそこを埋めた時、初めて私は己れに還り、わ！と云う意味をなさぬ叫び声を上げると共に、一目散に、それこそ死ぬ程の速さで、その場から、その男からかけ出した。深夜の暗い暗い街を唯《ただ》馳けに馳けた。

その男の顔！

マッチを借して呉れた男の、灯に映し出された顔は、私が、二時前にあの角の生薬屋の二階の一室で、確に私の此の右手で刺し殺した男の顔であった！　左の眼の下の痣《あざ》まで、まざまざと同じ形の!!

其の二

先程、角の生薬屋の時計が、ボンボンと恐ろし気に二時を打った。その音が、不気味に、更けた夜の街に響き渡った。

行人はひとりも無い。それに、角を曲ってからと云うもの、此の通りは非常に暗い。物の怪の様に両側の家々が、黒く、ペーブメントの上におおいかぶさっている。

私は立止まると、そっと四辺を見廻した。文目も分らぬ。仰げば空には、星の一つも無い。黒闇々の夜が領し、此の沈黙が千年も前から、変ることなく続いている様だ。街全体が悪魔の様に思える。

急に、私は何故か、見えぬ恐怖に駆られて首を縮めた。ずっと遠い方に、外燈が薄白く影を忍ばせていた。それだけで、何処からも灯はもれて来ない。私自身の足音にさえ気を付けた。

すると、私は、外燈の光線が時々消ゆるのに気附いた。

どうしたんだろう？

だが直き、それは消ゆるのではなくして、何かに遮られるのだ、と云うことを知った。

何かに？

それは何だろう？　私は立止って闇を見透かした。

人である。外燈の薄白い光線を背に受けて人がひとり、私の方に歩いて来るのだ。私は幾らか安易を感じて歩き初めた。そして二人が、恰ど擦れ違いそうになった時、私はその行人に言葉を掛けた
「あの、すみませんが、マッチをお持ちでしょうか？　煙草を吸おうと思って……」

「あ、マッチですか」

「ええ、忘れて了ったので」

「さ、どうぞ」

そして、私は渡されたマッチを受取ると、紙巻に灯を点けて、消す前に、ふっとその男の顔を見上げた。見上げて、私は恰ど息が詰りそうになるのを覚えた。吸った煙草を吹き出すのさえ忘れた。その場に釘付けにされた。

「き、き、君は？」

そしてマッチの軸の短い灯が消えて、又闇が其処を埋めた時、初めて私は己に還り、わ！と云う意味をなさぬ叫び声を上げると共に、一目散にそれこそ死ぬ程の速さで、その場から、その男から馳け出した。深夜の暗い暗い街を唯馳けに馳けた。

その男の顔！

マッチを借して呉れた男の、灯に映し出された顔は、私、此の私自身の顔であった。寸分の

違いない私自身の！　他人の空似？　断じてそんなことは無い。左の、口端の疵《きず》までも、まざまざと同じ形の!!

死人の手紙

間違いの原因と云うものは、何時《いつ》でもほんの些細な事から始まる。それを、ほんの些細な事だと思って打遣って置くと、——剰《あまつさ》えその上誤魔化そうとすると、——こうして嘘から嘘を重ねて行くと、結局了《しま》いには、何時か、思ってみてもぞっとする様なことになっているものだ。

……その頃、もう今からかれこれ五年の余も前になるが、私は自分の仕事の関係上、G街に在るFと云う喫茶店を、まるで我家同様に心得て、其処で人とも会い、又、大概の書信は此の店宛にして受取る習慣にして居た。

その、或日の事だ、私は例の通り給仕から自分宛の手紙を片ッ端から開封して読んで居たが、唐突に「おや！　これア違う！」と叫んだものだ、何故なら、つい知らずに、他人宛の手紙を開封していたのに気が付いたので。

「これア不可《いか》ン……」表書を見ると相川としてある。所が、私の姓も矢張り相川なのだ。名は違うが、そそッかしい給仕め……。

今にして思えば、直ぐその時、その手紙を給仕に渡して、今一人の相川氏によくお詫びして置いて呉れと頼んで了えば何の事もなかったんだが、私は、つい、例のいらざる好奇心と云う奴のお節介の為に、無礼にもその他人宛の手紙を読んで了ったのだ。心中深く、良心にチクチク咎められ乍《なが》らも。

その手紙には凡そこんな事が書かれてあった。

――先ず貴兄の結婚を心からお祝する。一年余の対世間的に苦しかった恋愛が報いられ首尾よく今日ある事を得て、自分としても限りなく嬉しく思う。所が、生憎《あいにく》君の結婚式と自分のフランスへ立つ日とがかち合って、そのお目出度い席に参列出来ず、又君には見送ってもらう事もならず、甚だ残念である。それに、今後うっかりすると自分は御承知の如くこれから十年の余も海外で暮さねばならぬ身故、余計一入《ひとしお》、残念に思う。が言ってみた処で仕方のない事で、これからは自分も精々出すが君からも忘れずに手紙を呉れ。では君とH子さんとの今後の限りない幸福を切望する。――尚二伸として君の新居の所書を失くして了ったから、一時、我々行きつけの此の喫茶店気付として置く。と記されてある。

差出人は秋山と云う人で、この手紙で見ると、おかみの役人らしい。外交官かも知れぬ。年柄は？　これは私の想像だが、対世間的に苦しい恋愛の後に結婚した友を持つ此の秋山氏もそう年寄りではなさそうに思える。三十前後と云う処ではなかろうか？

消印を見ると、ジャンクの絵の印刷された切手が貼ってあって、これは疑う迄もなく上海から出したものだ。

此処で、少し悖徳《はいとく》的な言葉を弄するのを許して貰えるならば、此の様に、自分が少しも関係しない他人の不用意な私生活と云うものを垣間見ると云う事は仲々興味のある事だ。私は、甚だ怪しからん所業ではあったが、そう大した悪い量見もなく、幾分の反省を押し潰して、此の手紙をその儘《まま》隠匿して了った。

と、続いて、此の未知の友秋山氏から、上海見物の相当長い手紙が配達された。私は、何かこう後暗い思いに脅かされ乍らも、毒を喰らわば皿迄（と云う程の事でもないが）も、そんな気持で、矢張りこれも読んで了った。

かくして、それから次々と、日本からヨーロッパへ行くどの船もが寄港するであろう港々から、香港、新嘉坡《シンガポール》、彼南《ペナン》、コロンボ、スエズ、ポートサイドと云う様に、その土地土地の絵葉書の裏に旅の見聞を書いて送って来た。例えば、香港の夜景の美しい事であるとか、新嘉坡の、土人が船客の海中に投ずる銀貨を潜って拾い上げる芸当とか、コロンボと云う処は物価の高い土地だとか、ポートサイドでは、金属性の棒で鼻を飾り、黒いベエルで顔を隠したクレオパトラの娘達が慎まし気に街を通るとか云ったような事を。それと共に君達（つまり相川夫婦の事だが）の新婚旅行はどうだった？　人の云う程の事はなくとも一寸《ちよつと》いいもんだろうとか、H子さんは少し肋膜の気があると云ったがその後は如何とか？……随分親身な事迄も書いてあった。

そして、で、この度重なって未知の友秋山氏からいろいろと云われて来ると、何時か、私はもう良心の抗議なぞはすっかり忘れ果てて、昔から秋山氏とは親しい友達であったかの様に思い込んで了う迄にさえなった。

さて、それで、秋山氏は四十日の長い航海の後に無事マルセーユに上陸して、巴里《パリー》に落着くと、羅典《ラテン》区の近所に小綺麗なアパルトマンを借り受けたと云う次第なのだが、さ、そうなって、氏から改めて、これから当分は此処で暮す様になるだろうから、是非とも君の手紙を呉れ、とこう云われるに及んで、私はハタと当惑して了った。いよいよ不可ない。……とうとう天一坊の化の皮が剝がれる時が来たぞと、観念した。だが、そう、一応は観念したものの、未だ謝るには早い、露《ば》れたら露れた時だ、その儘そ知らぬ顔をしていれば、誰一人として此の間の事情を知った奴はないんだから、と、私は大胆不敵にも、巴里在住の秋山氏に、長い手紙を送ったものだ。

――曰く、無事に着いて何よりである。旅行中は港々から異国情緒《エキゾチック》な絵葉書を沢山送って呉れて寔《まこと》に有難い。二人で楽しく読んだ。二人と云えば、いろいろと君には御心配を掛けたが今では時々意味のない喧嘩をする位で先ず仲よく暮しているから……と云う様な白々しい事を書いてから、だがその間少しも騙してやろうと云う様な悪意は毛頭なく、猶《なお》その上、――君の巴里に於ける猟奇的探訪記を待っている、なんて云う余計な事まで書き添えた。

不思議なことには此の手紙が少しも怪しまれなかった事だ。多分、私と同姓名の本当の相川氏は、その筆癖まで此の私と似ていたのかも知れない。何故なら、折返して秋山氏からは、未だ物珍らしい巴里生活のことや、金貨吸取り女の事や、怪し気なモンマルトルの交渉なぞを書き送って来たのだから。

で、私は、もうすっかり安心して、……氏の最初の手紙には、向う十年位は日本に帰れまいと書いてあるんだから、此処当分は大丈夫とばかり、今後も此の奇妙な文通を続けて行こうと糞度胸を据えたのだった。

尤も、それには今一つ深い理由がある。それは、何時か私は、秋山氏をその手紙に現われる人柄から察して、大変好ましい人に思う様になっていたので、それ程、氏の手紙には親身の情の溢れるものがあった。

——例えば、H子さんは多分此の十一月頃に赤ちゃんを生む筈だが（やれやれ、結婚前に此の御夫婦はこんな関係にまでなっていたのか？　私は自分の事の様に赤くなった）身体はどうだ？　とか、パパになったらその感想を聞かせて呉れ、男だろうか、女だろうか？　自分もA子に死なれなければ（氏はその愛妻と死別したのだ。私は妻を失って一人異郷に在る秋山氏を思って惻隠の情を催した）もう今頃は二人位の子の父になっているだろうにとか、あまり独身時代の様に酒場通いなぞして嘆きを妻にかけるな、とか云った様な……で、私はその時分は未だ妻帯も、ましてや赤ん坊なぞに就いての経験などもなかった癖に、ひたすら、怪しまれまい為に、その辻褄を合わせるのに腐心した。

すると、（これからが、此の話の、世にも奇怪な大詰になる）この私のインチキな手紙が三四通程にも達した、その年も、もう押し詰った暮のことだ。私は、巴里の日本大使館から私の四通目の手紙を送り返された。そしてそれと一緒に、宛名の者は十一月末に死亡した、と知らせて来たのである。

えッ？　秋山氏が死んだ？　巴里で、……私はその時、実に、何とも奇妙な感情に打たれて了った。成程、自分の悪戯はこれで永久に暗黒へ葬られたと云うものの、……然しそうだ、この秋山氏が死んだ事を、本当の相川氏は知っているだろうか？　私は急に責任を感じた。何ぼ何でも此の儘ではすまされない。そうだ！

　とうとう、それで私は、考えてみれば随分滑稽な苦悶の後に、この今迄の一切を本当の相川氏にぶちまけて、その裁きを潔よく受けるとしようと、悲壮な決心を立てるに至った。だがその前に、一体此の相川氏とは如何なる人物であるかと云う事を知って置く必要がある。で、私は或る秘密探偵に、この五月に結婚した相川氏なるものの、精密なる身許調査を依頼したのであった。

　そうして、それから凡そ一週間の後、私は探偵が調査した相川氏なるものに就いての一切を知ったのだが、だが、その時そうとその一切を知るに及んで、私は、もう何とも云えない恐怖を、いやアな薄気味悪さを唯々真向から覚えて、――確に、その時の私の顔色はまるで死人に見るような、あの土色を呈していたことと思う。

　実に、探偵が齎《もたら》した調査報告に依ると、その当の相川氏なる人物は、この時既に、その身は鬼籍の人となっていたのだった。その愛する妻、身には第二の生命を宿したH子共々！

　事実はこうだ。この相川氏夫婦は、その結婚当夜に、伊豆××温泉に赴く新婚旅行の途次、たまたま、その乗った自動車諸共、丈余の崖から海中深く転落すると云う、奇禍に遭って、その儘即死して了ったのだった。

「何と云う、これは！……」然し、してみると、秋山氏が此の夫婦に船中でその第一信を認《したた》めていた時には、既にその名宛の人々は此の世の者では無かったのだ。爾後、巴里で客死する迄、氏は相川氏のこの悲惨な死を知る事なく、我が善良なる友の結婚生活を衷心より寿ぎつつ、事実は「死人」と文通していたのだ！　而《しか》も、此の愚な私が、それとも知らず「死人」の代筆をしていたのだとは？

——そして、だが若《も》し、秋山氏の遺骨と共に私の書き送った手紙が、そっくり日本に送り返されて、遺族がこの相川と署名ある手紙を見たら？……又、若し、秋山氏が事実は、既に相川氏死去の報を巴里で受取っているにも拘らず、この偽相川と文通していたのだとしたら？

私は、事一度これに思い至ると、唯一概に滑稽だとのみ、云い切って了えないものを、事新しく覚えるのである。

模型

東京と云う大都会の裏ッ側、一日中、日がさす時の無いアパアトの一室に、もうかれこれ、足掛五年以上も、原田保氏は、無限大の退屈と同棲生活をしていた。

とも角、生きては居られた。故郷の伯父から月々、最低限度の生活を保証するに足るだけの雀の涙ほどの仕送りがあったから。

だが、それは何処迄も遂に、最低限度の生活を辛うじて維持するに止まって、彼は少し何か派手な事を、――譬えば酒を飲むとか、映画を観るとか、と云う様な極くありふれた世間並の遊びでもすれば、忽ち、どう考えても向う三日間は日に一食と云う奇怪な責苦を負わされなければならぬと云う破目に陥るのだったから、全くそれは、油断も隙もならぬ生活なのであった。しかも、彼は職業を持たない。勢い、その日々は、長い長い退屈以外の何物でもない、と云うことになる。では、働いたらよさそうなものだが？……最初は、つまり四年前には原田保氏もそう考えた。だが、結局、とも角じッとしてさえ居れば一応は雨露は凌《しの》げるし飢《ひも》じい思いもせずともすむ現実が、この、どっちかと云えば懶惰《らんだ》な彼の性質と相俟って、退屈と同居させる運命に誘ったのだった。

原田保氏、——年の頃は三十を一つ二つ、頭髪を無精ッたらしく掻き上げて、蒼白い色艶の、唯《ただ》、特異な点は、その一種不思議な沈潜を湛えている奥深い眼色と、その為か、魅入られている、乃至《ないし》は放心している、とでも云うような気配を感じさせられる人柄とだ。低い、だが、よく透る声で話をする。

「あんまり退屈だったので、……あれは何でも去年の十月、も末頃だったかな、私は家を建てる事を空想し始めたんです……」

元より、空想の事故、自由自在だ。自分一人切りで住む極く小さな狭い家から、下男下女を十人以上も召使う大邸宅まで、純日本式やスパニッシュ、植民地風、又は数奇屋と、種々雑多に空想の赴く儘《まま》に設計した。

「すると、その時々の気まぐれで、いろんなタイプの家を空想しているうち、何時《いつ》か、自分の一貫した好みと云うものがきまって来たのです」

一つは、古風な茶室、一つは純然たる英吉利風な洋間で、とうとう一番了《しま》いには、この二つの部屋を渡り廊下で、見た目に不自然でない様に間に樹木を上手にあしらって継《つ》なぎ、他の生活的に必要なる可き台所湯殿玄関と云ったような場所は、その最少限度に止める、といった具合の、彼に取っては理想の住宅が、その空想の図面の上に、精密にその全貌を現わすに至ったのだった。

「……何分、今も云ったように、私には有り余る閑《ひま》がある。工夫の時間には事を欠かない。……が、そのうち次第に私は平面図だけでは満足出来なくなって来た。つまり、立体化することに思い付いたのです」

よく、少年少女ものの雑誌などに紙製で、組立てる軍艦やお城の模型が附録になっているが、つまり、あれと同型式な細工だ。例に依って彼は閑にまかせて、叮嚀の上にも慎重に美わしく彩色して、楽しみ楽しみ、ゆッくりと、――例えば腰板を廻した東側の壁とか、西側の簞笥であるとか茶簞笥とか、南の方は竹を組んだ風流な濡れ縁へ関西風な深い土庇《どびさし》を設けるとか、囲炉裏とか自在とか、――洋室の方も亦《また》これに準じて、古風な煉瓦仕立の暖炉から始めて、ロココ風な飾り台から、卓子、大きいゆったりした安楽椅子や土耳古《トルコ》古風な長椅子、華麗なシャンデリアから、絢爛眼を奪う絨氈まで微細な点迄も注意を加え、一つ一つ丹念に創り上げたのだ。何も急ぐ必要はなし、課せられた仕事ではなし、自分が満足する迄、何遍も何遍もやり直し、様々に工夫を凝らし、遂にその模型は見事に出来上った。

「誰だッて、あれを見たら驚くでしょう」

――その夜、この話が了った後で、好奇心に駆られた僕は誘われる儘に、原田保氏のアパートへ彼の小さな家を見に行き、この彼の豪語自負の決して嘘言ならざるを知った次第だ。否、それはもう彼の口から訊いた以上に、寔《まこと》にどうも繊細巧緻を極めた世にも素晴らしい出来栄えであることに感嘆した。読者は、時に、玩具屋や小間物店などの飾窓に掌に乗る位の大きさで、屋台のすし屋とか八百屋とか、縁日の露店とか云った様なものの模型を見られることであろう。

つまりああ云った様なもので、事実は、あれ等よりも数等も上手な手際のよい美しい模型なのだった。好事の人にでも売ったら随分とよい値に捌《さば》かれるであろう。これは商売になる、とさえ失礼乍ら僕はひそかに考えた程だった。

「さて、もうこれ以上は手を加える余地がないと云う処までその模型が完成すると、私は毎日それを机の上に組立てて、今度は、それへ住む自分と云うものを、空想したのでした……」

例えば、朝、眼が覚めると自分は此処の場所で、こう伸びをし乍ら、起上って、戸を開け、さて煙草を一本くわえて濡れ縁に腰を掛ける。それから、此処ンとこの引戸を開けて便所へ行き、洗面所で顔を濯《すす》ぎ、さて座敷へ戻り、おお、そうだった、次手に台所へ廻って簡単に朝食の用意をする。さアて出来上る迄の間、新聞でも読むか、と、縁から此の庭下駄を突ッ掛けて門の傍の郵便受けから新聞を取出す。歩きながら目を通す。すると、おみおつけが煮えてくる。

台所から鍋を囲炉裏の自在へ掛け換える……。

「早い話が何でもない自分の日常生活を、出来るだけ細かく空想し始めたンです。他の人には至極下らん事でしょうが、私にはそれが次第に楽しい事になって来たのです。実に不思議のようですが、この理想の家を眺めながら空想する、自分の何でもない平凡な日常生活というものが、もう私には何とも云いようのない楽しみになって了ったのです。

「全く、ひと頃は一歩も外出せず、食事は手の掛からないパンなどムシャムシャやりながら、寝そべって、その模型を見詰めた儘、或は茶室で昼寝する自分を夢み、或は洋間の安楽椅子に深々と埋もれながら、電気蓄音機に聴き入る自分を空想し、一日中を、時に依ると深夜に至る迄、飽きずに夢中になって、それからそれへと空想の赴く儘に身をゆだねたものです。若しも、その日が雨降りだと、その模型の家に住む自分も亦《また》、雨の日の思い入れで、炉辺に手枕して、深く突き出た土庇を打つ雨滴に耳を傾ける気持で居たものです。……（事実は三尺と離れない窓の向う側のバラックのトタン板を打つ裏通りの冷い雨だったが）

「又、若しその日が、風の強い日だと、そこに住む自分は、裏木戸が風に煽られて、パタンパタンと間を置いてする音を気にしながら、明日は木戸の桟を直さなければなるまい、などと云うことを考えたものです。（事実は、都会のアパートの、誰かが閉め忘れた共同炊事場の窓の機械化した音なのだったが）……。

「……だから、その頃の私の現実の生活と云うものは全く妙なものでした」云わば、それは無に等しいとさえ云える。日がな一日中を、部屋から一足も出ず、ごろりと横になった儘で時には眼さえ閉じて、唯もうその理想の模型の家での生活を考えることのみに終始していたのだから。

「だが、或意味では、私は大変に幸福でもありました。私は夢みることだけで日が暮らせたのでしたから。――空想の生活が私の全部でした。全く、私は完全に現実の生活からは游離して了ったわけなのでした。

……尤も、私には元々、此の東京には一人の友人、一人の知巳も居ないのですから、此の妙な空想生活を、外部から乱されると云うおそれは、全然初めから、起りもしないわけでしたが……」

それで僕のような、——この東京に一人の友、一人の知巳をもたぬ故、原田保氏に取っては一介の路傍の人、強いて絡《つなが》りと云えば今二人がこうして話し合っている、此のP喫茶店での常連同志に過ぎない僕などを摑まえて、彼は己のその奇妙な私生活を打ち開けるのだった。

「……すると、——」

一寸、間を置いた後で、彼は幾分言葉の調子を変えて、今迄のように僕の顔を正面から見ずに、卓上の珈琲茶碗などを手いたずらしながら、その話を継いだことだ。

「思い掛けないことが私の身の上に起りました。それは、故郷の伯父が死んで、若干《そこばく》かの遺産が私の手に転り込んだ事です。計算してみると、どうやら私の理想の家を建てる事は出来そうなたかです。勇躍して、私は大工を呼びました」

ぽつりと、又話を切った。黙っている。何故か、彼の表情は今迄よりも以上に沈んで来た。僕は彼がしきりに辞退するにもかかわらず、珈琲をもう一杯注文してその後を促した。

「場所は、昔、学生時代に一夏を過したことのある、兼ねがね家を建てるならと考えていたH海岸の御用邸近くの、海を見下ろす斜面の中腹、百坪ばかりの処です。……日ならずして家は私の理想通りに建ち上りました。何しろ、精密極まる図面と、それに、例の模型までもあることですから、大工も至って楽です。仕事は何の故障もなくトントン拍子に運んで、私の理想は、現実のものとして眼前に聳《そび》え立ったのです。私の喜びがどんなに大きなものであったか、それは、貴方の御想像に任せましょう、所謂、あれが天にも上る心持と云う奴でしょうねえ……」

彼は、又、黙った。珈琲を何気なく搔き廻している。——何故か、非常に口重くなってしまった。

「さて、その日から、私の現実の理想通りの旦暮《あけくれ》がその家で始ったわけです。今迄何遍も何遍も、それこそ千を以って数える程の回数に及ぶ位、空想し続けた日常生活が、現実のこの手この眼、この五官に依って感じられる事になったのですから、私がどんなに昂奮し夢中になり有頂天になったか？

処が、それが、妙な事になって了ったのです。成程、最初の一週間位の間は非常に楽しみでした。子供のように徒《いたず》らに唯わくわくして、毎日が黄金の色に燦然と光り輝いていたものでした。

それが、どうしたことか、次第に日が経つにつれて、そこに何か、私は物足りないものを感じて来るようになって来たのです。何ですかその正体は解りませんが、どうも、一切合切が、私の空想した時とは違うのです。ぴッたりと来ないのです。こんな筈ではなかったが？どうしたと云うわけだろう？ どッか設計を間違えたのか知ら？ ノオ！ 全てはあの模型と、一分一厘の相違もありません。だが、現実に、朝起きて、さて寝るまでの、……曾ては、あんなにも、アパートの小汚い一室で豊潤な快楽で空想していた此の理想の家での日常生活が、何とも早、灰を嚙むような、白ちゃけた、退屈で退屈でどうにもやり切れたものじゃない、化物と成り変って了ったのでした。私は激しい憎悪をさえ覚えました。どうしたンだろう？ 全体？だがその原因をこれと摑む前に、私は最早とうてい、その曾ての理想の家での起き伏しが堪え切れぬものとなって了ったのです。逃げ出そう！ とてもこんな家になんぞ住んじゃア居られない！　気が狂いそうだ！……

　あれでも、ものの一月は住んで居たでしょうか？　私は又もや、逃げるように元の古巣へ、曾て、今現実化して建っている理想の家を空想して暮していた、町裏の、小汚いアパアトの部屋へと舞い戻って来たのでした。すると、どうでしょう？　気がすッかり落着いたものです……。ハハハッ、矢張り俺には慣れないブルジョア生活は向かないンだ、あんな家なんぞ、いッそ火事にでもあって焼けちまえばいいと心からそう思った事でした。ほッとしたのです。そして、その時、ふッと気付いて、そうそう、家が建ってからは、不用になった為、まるで見向きもしなかった、例の理想の家の模型を、久方ぶりで取り出したものです。いまいましいから、こいつも一思いに叩き壊してやろう、と。

　処が、一思いに叩き壊してやる心算《つもり》で取出し、とも角と一応組立ててみると、そして凝《じっ》然とこう眺めて見ると、油然として私の胸の中には何とも云えない思いが、――まるで心ならずも今日の日迄、別れていた昔の恋人に、ゆくり無くも巡り会ったとでも云うような、もう何とも云いようのない愛着が犇々《ひしひし》と身に迫って来て、私は何時か、知らず識らず、不覚にも大粒の涙をぽとりと滾《こぼ》して了ったものなのでした。

　全く、それはもう、その小さな模型の家はもう既に私に取っては、唯一箇の紙と絵具とから成る玩具ではなくって、実は、私のひた向きな憧憬と希望と夢とが、滲みに沁み込んだ、私の心、私の魂の故里になって了っていたのでした。……そうです！　そうなンです！

……それからと云うもの、私は、又以前のように、日毎をその模型の家を組立てては、そこで生活する自分の平凡な日常茶飯事を、飽きもせず、細かく空想することを繰返し始めました。……全く、それはどんなに楽しいことでしょう！　実際の家での生活は、あんなにも腹立たしい、馬鹿気た、退屈極るものであったにもかかわらず、空想する時の日常生活の豊かさ、と云うものは実にもう不思議な位です。私の現在は、或は幸福だと云えるでしょう」

「で、そのH海岸のお宅は、その後、どうなさいました？」

「空家です。目下のところは。だが、そのうち貸別荘にでもしようかと思っています。何しろその当座は腹立まぎれに、叩き壊してやろうと思ったんですが、よく考えてみれば、伯父が死んで以来、私には外に何等の収入の道はないんですから、その家の家賃が私の唯一の生活財源となるわけです」

老衰

ひと頃、春秋の候、ときどき銀座を漫歩していた、ちょっと得体の摑みにくい二人連があったのを、人々は未だに記憶していられるだろうか？　話はこの人達の最後のことだ。

男は何時《いつ》でも、身装《みなり》こそ異れ同一人だったが、連れの女の方は二三度変っていた。

その男は、見たところ、どっちかと云えば瘦せた上背のある方で、それに何処か毛唐臭い雰囲気を持った、年の頃はもうかれこれ六十近い、然し未だ矍鑠《かくしゃく》たる立派な紳士で、中でも特異とする処は、日本人には珍らしく彫りの深いその容貌だった。――大きく澄んだ、但し幾分、憂鬱性を含んだ両眼の、一見、人に威圧を感じさせる程、ぐッと盛上ったローマン・ノーズ、薄手のきっと一文字に引き締められた口元、――と云った具合の、全く、これをその儘《まま》の肖像画として描いても、充分二科の特選は疑いなしと思われるような、好ましい深さのある、堂々たる顔立ちだった。

さて、連れの、娘とも或は孫とも受取れそうな年若い女は、――処でこれが、実は今も云った様に二三度変っているので一概には云えない訳なのだが、然し、それはよくよく熟視した者でないと、はっきり別人だと指摘することが出来ない程、不思議と皆同一系統のよく似通った女達だったから、今此処では大差のないところを一括して書くとしよう。

で、その女達は「美し」かった。全くどうにもこうにも素晴らしく美しい器量の所有者だった。……と、だが、唯《ただ》これだけでは無意味だ。ちっとも分らない、左様、何かよい例はないものか？　そうだ、あの中華第一の名女形、梅蘭芳《メイランファン》に似ていた。そしてあれ以上だった。その美しさは！——どれも年頃は十七、八の、どんなに多くみても二十は越えていない、五尺丁度位な所謂中肉中背で、加えて、稀に見る明朗な、つまり、この世の辛酸、生活苦なぞから来る何か暗い影の、それが薬にしたくも無い女達だった。

そして又、猶《なお》、これだけは決して忘れてならぬ、この女達に見る驚く可き特長は、この美しさ、と云う事以外に、何とも云えず色ッぽいと云う点である。寔《まこと》に、その艶《つや》ッぽさと云うものは、一目見たら誰でも、もう反射的に春宮秘戯を想起せずには居られないと云う程の、悩乱を起しそうな、婬《みだ》りがましい美しさだった。而《しか》も、不可解な事は、よく、或る種の商売人に見る様な、そこに一抹の「悪」をも伴ってはいない事だった。だから、これは当然、現今の智的美の影は微塵も射さない、昔ながらの「人類の女性」で、それ故、人に依っては、白痴美と呼ぶかも知れない類の美女達だった。

——男は大概、チエビオット地の焦茶の背広か黒のアフタ・ヌーン。女達は、和装の時もあれば洋装、時には研麗飽くなき支那服の場合もあった。

で、行き交う当世子《モダン・ボーイ》達は、無遠慮にも、
「凄えなア！　何者だい？」と口走るのが常だった。
そうだ、彼等は全体何者だ？

××道本線を海沿いのK市で下りて、其処から乗合自動車で約三十分程揺られると、温泉で名高いSと云う町に着く。更に、その町から、後方の山を、羊腸の岨路《そばみち》をたどる事凡そ一時間、不図《ふと》、路が豁然と開けた台地に出る。と、左手の谷を一つ距てた山の中腹に当って、こんな山奥に？　と何人《なんぴと》も等しく、怪訝の瞳を瞠《みひら》かずにはいられない底の、一見欧州中世の城砦の如き宏壮な建物が、鬱葱《うっそう》たる密林中に巍然《ぎぜん》として聳え立っているのを見るであろう。幾つかの尖塔、望楼、恰《あたか》も銃眼の如き窓、切り削いだような絶壁に危く懸る露台……何人の住居であろう？

これが前記の問題の紳士、本篇の主人公呉――氏の館である。中へ這入ってみると、（尤も、中へ這入ったものは日本人では後にも前《さき》にも一人切りしか居ないが）――ところが、この館の内部たるや、左様、これを一口に云って了えば、読者は映画なぞでよく御承知の事と思うが、これがとんともう、てもなくあのサルタンの後宮そっくりの設計なのだった。
肌目《きめ》の美しい大理石の柱列、部屋部屋を飾る絢爛な、濃紫、真紅、純黄等、色取々な天鵞絨《ビロード》の垂幕。精巧を極めた華架燈《シャンデリヤ》、吊洋燈。黄金製の燭基。壁間を飾る精緻なるゴブラン織りの神話や名画の数々。ツータンカーメン王の玉座の如き椅子。見る眼も綾《あや》な模様に匂う寝長椅子《オットマン》。踵《かかと》の埋まる様な厚い絨毯、博物館の貴品室に見る様な、高雅なる宝石入りの壺、花瓶、皿、置台、時計、等々の小道具。

——全て此処に在る物は、かくの如く、豪奢壮麗の極みと、併せて、あの後宮に見るような、艶《えん》に駘蕩《たいとう》たる風情とであった。

家人は？……かの梅蘭芳に似た美しい呉——氏の三人の寵姫は、——一人は滾々と湧き出づる温泉《いでゆ》の室に、その大理石の床に裸身をすらりと立って丈《たけ》なす黒髪を梳《くしけず》っていた。一人は楽器の室に、羅綾《らりょう》一枚の身をクッサンに胡座《あぐら》をかき、ハワイアンギタアの弦《いと》を独り楽しんでいた。又一人は、裸形に近い装《なり》で、長椅子に、その美しい腕を枕に眠っていた。

そうして、我が主人公呉——氏は、深い谷を見下す切崖《きりぎし》に向って豁《ひら》けた露台の扉口へ近く、肘掛椅子の中にうずくまって、視線を遙か彼方の山脈に追いながら、唯、無為に、茫然として放心していた。

却話《さて》、では此の呉——氏と云う人物は如何なる人かと云うと、これが、遺憾乍らどうもはっきりしないのだ。分っている部分はその前半生で、生れが英京倫敦《ロンドン》、続いて彼の地で大学迄の過程を了え、業成って日本へ帰ろうとした間際に唯一人故里に残った父親の訃報に遭い、それに元々実家は相当の財産家だったので、これ幸い、とでもなかろうが、直ぐ帰朝しようとせず、と云って別に働くだの研究しようだのでも無く、ブラブラ巴里辺《パリーあたり》で遊んでいた。……此処迄が、それでもまア分っている彼の略歴で、それから先、何処で全体何をして此の壮大な邸宅を営むに足る丈けの金を得たものか、と云う事になると、これが杳《よう》として一切疑問符の裡に包まれている、と云うわけなのだ。

だが、それはとも角、呉――氏は四十を一寸《ちょっと》過ぎた頃になって一人飄然と日本へ舞い戻って来た。帰って来ると自分の故里である此のS温泉奥の山（代々呉家の所有になる）へ、今見る様な途方もない物を建て始めた。三年ばかりして出来上ると、又、半年程支那の方へ何の用か出掛けて行ったが、今度は直ぐ戻って来た。だがその時は自分一人ではなく、これは後でわかった事だが、当時やっと乳離れをした位になる女の子を五人程連れて来た。

で、一体、女房もないのにあの赤ン坊をどうする気だろう？ それに又何処から連れて来たんだろう？ と、呉――氏を知る程の人は誰しも不思議に思った。

この後者への疑問には、呉――氏は、支那四川《シセン》省の奥地に起った大饑饉で、食に飢えた親達がその子等を一人邦貨一円にも充たぬ代で売りに出していたので、不憫《ふびん》故購ったものだと説明していたが、親しく赤児を見た者は、それにしては綺麗過ぎる、とても貧家の出とは受取れぬ育ち方だ。うっかりすると大将、上海辺りで支那人の無頼漢に金で頼んで、引掠《ひっさら》ったもンじゃないか？ などと口さがなく取沙汰したものだった。

が、それはそれとして、爾来、呉――氏は、絶えてその館から外出せず、この五人の赤児の養育にあげて専念した。このうち、二人は夭死《わかじに》したが、後の三人は前記の如く、そも如何なる呉――氏の教育方針に依ったものか妖艶無比、類なき美女として成人したのであった。

かくして此の館に、――或は此の宮殿に、主人と三人の寵姫と、今一人見るからに逞しい黒ン坊の下僕とが、朝夕を静かに婬らに、生々と送り迎えていた。

一夜、……晩秋の、館を繞《めぐ》る山々の樹々の葉が落ちつくそうとした十一月末、呉――氏の邸宅は火を発した。尖塔から、望楼から、銃眼から、炎は物凄く噴き出して、……火事は暁方に及んで鎮まった。そして一切は、この壮麗豪華の家は空しい灰燼に帰した。

当時、県警察の検視発表に依れば、焼跡より発見された焼死体は全部で五個、つまり呉――氏と三人の女と黒ン坊で、尚、警察医は、この五人共が焼死前既に早く、砒素の如き毒薬に依って絶命していたに相違ない、と云う趣きを附言した。

理由は？　……此の火災の起る前日、氏の財産管理人たるT弁護士（呉――氏の館に出入を許された唯一の本邦人）にとどいた、呉――氏よりの最後の手紙に、この理由として考えるに足ると思われる次の二字のみが、紙面一杯に大きく書かれてあったそうだ。

弁護士は、最初それが何を意味するものか解らず当惑したが、この事件を知るに至って万事を氷解出来た。

その二字とは？　簡単な文句だ。

――「老衰」

人花

私の古馴染《むかしなじみ》で大層あの園芸術に凝った者がございました。今仮りに名前を園芸に洒落てフロウリストとでも申す事に致しましょうか。

さてお話と云うのは此の友人花作りの身の上に起った世にも奇怪珍奇を極むる、いや、飛んでもないことなのでございます。

処で彼《かの》花作りは今も申上ました様にひどく園芸に凝り、これがその、その凝り様の程度がもう普通《なみ》はずれ、所謂偏執狂《モノマニア》と云う、あれで、寝ても覚めても草木の事ばかり、まるでもう狂気の沙汰でございました。

尤もそれ程でしたから又彼花作りが園芸百般に就いての造詣の深遠無比なる事は、これはもう我友ながら世に類の無い、——全くのお話が凡そ此の地上に生を亨けた悉皆《すべて》の草木に就いて知らないと云う事がなく、全植物の本性を本能を、いえもう、花達の可憐よく掬《きく》すに足る純情を、左様、その神経、官能を、云い切ってよろしい文句でございましょうなら、その情慾と第六感をさえも至らぬ隈《くま》なく理解し、事前にそれを予知し得るの域に迄達して居りましたので。いえも真当《まったく》のお話で。

それ故、左様さ、こうも申されましょうか、あの男は字義通り植物類に惑溺していた、いや淫していた！　と。草木ばかりがあの男の一切でございました。生命でした。神でした。実に何の事はない、あの男が自身取りも直さず草木なので。仮りに暫らく人間の形象を拝借に及んで此の世に顕われた草木だった、とかように申しても少しも針小棒大な言ではなかろうと愚考する程の次第で。

……その一例をあげましょうなら、或日、久方ぶりで花作りを訪問しましたところ、

「あわれ、好《よ》き折に訪ねられしものかな、長年の辛苦今日に報いて、わが一世一代の花ひらきぬ。二つぞ。いざ来給え、直ちに」

そして、こう鼻高々と見せて呉れましたその一朶《いちだ》の花は、説明に従いますと牡丹の変種だそうでございますが、一目、まア何と云うその豪華絢爛さであったことでしたろう！

左様、全体の大きさは略々《ほぼ》畳二枚敷き凡そ一坪もあったでしょうか？　本《もと》よりその質は八重咲きの種類でございましょうが、この男の手に係っては一重も八重もテンから問題ではなく、それはもう何層倍か見当もつかない数限りない花弁を持った八重と化し、豪奢に咲き誇ったその美しさ！　艶やかさ！

色は、いやも色と申せばこれがよくよく不思議で、直ぐ傍へ寄ってみまするとその花弁の一枚一枚は皆異った色合を呈し、——或花びらは真紅に又或者は濃紫に、或は黄絹に或は純白に、

或はかの天の如く極みなく青く、とこんな風に各々違った色ながら、此れを少し遠去いて見ますればその異った各種の色が何とも云えない和んだ色調のオーケストラを演じて全体としては白のやや立勝った複雑な見る目も綾な、色を基本単位とした綜合美の完成とでも申す様な、寔《まこと》に言語に絶した光景を示しているのでございました。

私は、暫時茫然として口もようは訊けず、此の光景の、葩《はな》の、とろんと眠む気な、その花弁が美しい深さに堪え兼ねて今にも頽《くずお》れんとばかりな、飽く迄、瑰麗《かいれい》にして放恣駘蕩《たいとう》たるの花姿に、うつけ者の様に、身も魂も打忘れて見惚れて了って居たものでございました。

「さて今一つ君が高覧に供したきの花有。そは譬《たと》うれば、此花を光明界の女王と呼ばんか。かれは無明界、暗黒を統《しろしめ》す女王とも云いつ可きもの也」

「暗黒の女王とや？……」

それで此の言葉に猶《なお》と好奇心を煽られた私は全体どんな花を見せる心算《つもり》かと案内の儘《まま》、温室を幾廻りかの後に、これは又奇妙な真暗な一温室に通されたものでございました。

真暗な温室？　これは太陽の恩寵を必要としない、この男独自の植物栽培所なので。

「此処よ。いざ、わが無明の女王に目通り申しつけようぞ……」

そしてこんな冗談を云い乍《なが》ら一隅の垂幕《カーテン》をサッと開いた様に見受けましたが、実の所、私は最初わが眼を疑ったのでした。と云うのは此の灯一つない闇に突如として蒼白い光体が現出したからで。で、錯覚かな？　いきなり暗い場所へ這入った為かと思いましたが、否々、事実は然らず、その蒼白い光体自身が偽《いつわり》もない一個の花なのでございました。

花⁉

私は思わず瞳を凝らしました。——矢張り花で！　花も花、その青白い光体が即ち花弁なのです。つまり、切れの長い、青いと云うか白いと云うか一寸とは区別のつかぬ、寔に妖異な色をした、冷やかな、何処か「悪」を思わせる肌合の、つるつると気持の悪い色艶の、左様、死人の頬の様な怪しい光沢に映える、見るからに不吉の花でございました。

そも此れは何の花だろう？　何の変種だろう？　一瞥では、蘭のような百合のようなフリジアのような、つまり漏斗状の下迄裂け、数えると九ツのそう云う花弁を持った……

「あな！　近寄り給うな！　近寄り給うなよ其処よりして！……」

「何故に？……」

「何故いかんとや？……この花は危険なれば也」

「危険？」

「さなり、さなり、こは動物体の溶解に依って生育する種類の花なれば……」

何と！　思わず、こう云われた時には私は二三歩たじたじと後退《あとずさ》りました。動物体を溶解して生育するの花！

此の花も亦《また》大きなもので、その花弁の一つは凡そ三尺程の幅と一丈近い高さの、そのうち前方の三つは内側に半ば巻き込む様に下垂し、余の六弁は地獄の底からニュッと差出す妖女の腕に似てするりと背延び上り、而《し》かも、それ自体が燐光の如き光線を葩から不断に放射しつつあったものでございました。

処が、誠に妙な事には、かく凝然《じっ》と尚、見詰ているうちに、このぶきみな花に、或種の奇異なる魅力と、曠古《こうこ》の美とあるを発見致し、次第にその奇怪なる蠱惑《こわく》に、わが心を動かさずには居られなくなって参った事でした。

そも、何の不可解の美哉《かな》！……。

ところが、此の事、――私にこの世にも珍奇なる二つの花を披露した後、十日も経たないうちに、わが友花作りは又世にも奇怪なる経緯に依って此の世からその姿を消すに至ったのでございました。

――此処に、彼がその最後を語る、悖徳《はいとく》的にして又奇怪なる手紙がございます。

啓　恐らく大兄の此の一文に接せられん時は既に小生人間としては現世を辞し去りし後ならん　さり乍ら小生の依然として此の宇宙裡に生育し且つ神気快々然たるは人間たりし時代に比し些《いささか》の異る処あるまじと被存候《ぞんぜられそうろう》　即ち小生は他の生物としてその意志を再現なすを得候えば也　如何《いかん》の理となれば小生は予ての係恋に従い　今や植物として生存する身には候　言を換えて云わんか　小生は「花咲きて」御座候也

大兄よ　小生は花と化せり　次に這般《しゃはん》の事情を細叙致し置かん

先日大兄御来駕の節すなわち人間としての形態を具して大兄と親しく会談せし最後の折大兄は小生が左手に傷を受けたりと称して繃帯せるをよく記憶せらるるや、事の発端はかの事からに候

実にかの左手の負傷は所謂怪我に非ずして自らの強いて求めし身体の毀損に候いき　さはさ

り乍らかりそめにも大兄を詐《あざむ》きし段　誠に万死々々
　さてかの外傷や　両三日前例の如く既に御承知の暗黒の女王動物体の血潮にその生命を育む妖花に肥料を与えんものと生兎一匹を犠牲に奉じ候　然るに実を申さば小生この日迄元来かくの如き習性に創造せし花なれども女王が生兎を召し上る様の云わん方なき凄まじさに恐怖を覚ゆるものからその溶解状態を仔細に終了迄見物する事なくして立去り居候に　かの日如何なる天魔の魅入りしか小生はこの妖花の兎を料理する様を遂一見届けんものよと好奇心湧き起り併せて多分の学究的良心も手伝い兎をかの花芯に投入《なげいれ》後凝然とこれを見据えたりしものに御座候と　こは如何なる事にや
　愚生の推察に従えば兎めは多分　これや堪らぬ生地獄よと狂気なして騒立つものとのみ思い居候に寔に意外にもかかる事絶えて無く　暫時キョロキョロ四辺《あたり》を見廻し居候がやがて女王の巨大なる細長き花弁の次第に内側に向いて丸く折れ曲り下垂し来るに及んで兎めは如何にも心地好気に　あまつさえ悠然と腰を据申候
　こは奇怪至極也と小生一膝乗り出し申候　とプーンと鼻をつく世にもえならぬ香気　高雅にて馥郁《ふくいく》たるの匂……実にこは不可解なる事にして平素この花のかかる香を曾つて発したること無之《これなく》　此処に於て小生ハハアと膝を打って　兎めの穏和しき有様を合点致候
　然るに真に吃驚す可きに足る事態はかかる香気にては御座なく　否々　そは　兎めの下半身蹲《うずくま》り居る手足なんどは既にどろりとせる液汁と化したるにも拘らず　更に何等取乱す事なき一事に御座候

思うに五体満足の動物としてかかる憂き目に会い候うて猶且《なおかつ》悠然たるはそもそも不可能事に候わずや　然るを兎めの一向左様な周章狼狽の景色を見せることなく　その上恰も温泉に浴《ゆあ》みする者の楽しき空想を　恣《ほしいまま》にする時の如く恍然《こうぜん》たるとは

小生は暫時茫然と致居候　かくして遂に徐々に緩慢に下垂し来れるその巨大なる花弁の　ふっくらと手業よく未だ溶け残る兎の全身をおおいかくせるに及んで　初めて小生　憑き物の落ちし人の如くはっと我に還り申し候

噫《ああ》　何たる花よ　この香気　この技巧　かくて凡そ三十分程を経過の後完全に兎を調理せる女王は又その花弁を上起し恰も満腹後の舌なめずりの如くゆらゆらと花弁を揺すりつつ妖艶に花開き立申し候

さり乍ら小生不図《はからず》も疑念をさしはさみ候　兎めは果して愉快なりしや否やと　或は彼既にその感覚を失いし者に非ずやと　小生は直ちに実験を思い立ち申候

さ候えば一瞬の躊躇も無之小生は己の左手をこの空前絶後の実験の犠牲に供さんものと勇気を籠めて妖花が花芯に伸べ申し候　途端に例の馥郁の香気薫じ初め候が同時に小生　譬えんに物なき云わん方なき愉悦を　多少のしびれを伴なう　下世話にエロティックなる愉悦を激しく覚え　見れば無残やな　既にわが花芯上の掌は跡形もなく溶解致し候に　敢てそを引戻さんの気さらさら起らず　恐怖以上のエクスタシイの小生が全理性全人格を覆いつくしたりし事に候

いき
宜《うべ》也　善哉《よいかな》　してやったりと小生思わず横手を拍《う》ち申し候

果然この妖花はその手練手管の点に於てもその名に恥じぬ技巧を所有する者に御座候也
されば此処に於て小生初めてかの兎めの態度を悉《ことごと》く知ると共に他面今更の如くこの妖花に対して一入《ひとしお》の驚嘆を覚え申し候

かくして小生は我が左手をその手頸より之を失いし者に候

然るにその後時間の経過と共に一度味を覚えしかのエクスタシイは　否々　これを短刀直入的に申さば誠に大兄の失笑をいや早笑止至極の事よとの御あわれみを購い候ならんが　完全に小生は此の絶世の妖婦の筆舌につくし難きの蠱惑とかの接触に迷い込み候て　世俗に煩悩の犬追えども去らず四六時中かの愉快の念だに夢み自制心の如きは塵芥の如く捨てて之を顧ず身も世もあらずひたすらかの情痴にのみ狂う痴者とは相成申し候也

爾後　自制心なき小生は日毎に　次に手頸より肘への部分を肘より腕へかけて　腕より肩へとかくの如くして遂にその左腕全部を我が凄艶無比の毒婦なる情人に入れ揚げし次第に御座候

昨日小生は左腕全部を伊達引き申候　かくて今日いまより小生はこの残る肉体全部を一回にあげてこの凄艶限りなき恋人の両腕の　言語に絶せる温柔郷の愛撫に委ねんものよ　とは決心致し候

あわれ　此の肉体全部　こはさり乍ら或は死を意味するものにても候わん
ままよ　さ候とも今に至っては小生何等の恐怖なんどの類を更々露覚えざる者に御座候、唯唯冀《こいねが》うは死如きの恐怖を遙かに超ゆる歓喜の　悦楽の　比う可きものなき閻浮壇金《えんぶだごん》のエクスタシイ而も此の愛撫の妖花を現世に創造せしは余人ならぬこの我身自身に候わずや　既に己の創造物に係る　かれに依って小生が曾つて地上何人と雖《いえど》も未だその経験なきの歓楽と愛撫に此の全軀を浸しつつ亡び去るは、こは悔いと云わんよりも寧ろ本懐となす処に御座候　噫　此の全身かの花芯に投入せしその刹那は

寔にこの今　小生の胸裡は怪しとも怪しき歓喜にふるえおののき居り申し候　東洋の古語に「花に抱かれて眠る」と有り　小生はそを如実に行う者に御座候　何たる快事ぞや　ではこれにて擱筆《かくひつ》仕り候　小生の神気は苛立居り候故　終りに大兄が多年に渉る厚誼に全幅の感謝を表する者に御座候　お先に御免な候え　艸々《そうそう》不一

二伸

猶こが愛するの妖花は元来が花故　植物の常とて果実を結び種子を残すならん　それ故御手数にて大変恐縮には候が　同封別紙の栽培方法に依りこの花の枯死する迄御面倒をお願い申上候　後その種子を翌春播布して頂き度く　第二代のこの花を……かくして末長く養育被成度《なされたく》御迷惑ついでに右　亡友最後の希望をかたく御約束相成度　切に御願申上る次第に御座候

——と云う、文面の趣きで。

一読、私がどんなに吃驚したかは、元より御察しの通りでございます。

私は、この手紙を読み了えますや否や、こは一大事也と、取る物も取りあえず、友花作りの家、つまりその温室さして馳せつけたのでございました。

だが時既に遅しで、温室中何処を大声あげていくら呼び歩きましても、声は空《むな》しや、玻璃張《ガラス》

りの天井へ反響しますばかりで、応《おう》と答えるものは愚か、猫の子一匹の影も形も見えませなんだ。唯亡友の手塩に成った美しい草木達が生々と生い茂っているばかり。ではとうとう友花作りは本当にこの不可解なる趣味の犠牲となって、もはや幽明処を異にしたものでありましょうか？

それで、ともすれば譬え様のない恐怖に躊躇《ためら》う我が心をはげましつつ、いでやとばかり、最後にその例の暗黒の温室へと足を踏み入れました偶《と》！　花は、この妖異に而かも不吉な美に弥《いや》誇る花は、自ら蒼白の燐光に栄えつつ咲き狂い、思いなしか、凝然と見詰めますと友花作りを食った充分な腹具合で、猶とその不思議なつるつるとした肌合の光沢は増したかの様に見受けられ、それに何処やらその花姿に、亡友が生前の面差しさえ窺われますようで……。

もとより私は惻々《そくそく》と襲いかかる恐怖にえ堪らず、早々に飛び出して了いましたが、とは云うものの亡友が今者《いまは》の際《きわ》の頼みがございます。

「別紙の栽培法に依って」その種子から又次の代を、行末長く花咲かせて呉れよ、と云う。

我が友最後の依頼とあればこれを無下に反古《ほご》とも致されませぬ。で、私は一応観念致しますと、恐怖する心を押えつけ押えつけ、この憎む可き、又、畏る可き花の栽培に従事することになったのでございました。

そうして、月日に関守りなくの譬通り、その悲しむ可き日から凡そ半年経って、妖花の葩は色香も褪せ、しぼみ、茎は枯れがれとなり、唯三つの種子をこの世に残して、我が亡友の生命を懸けた恋人は息を引取りました。

それで私は若しや失敗しては大事と、亡友が書き残せる栽培法に依って細心の注意のもとに、その三つのうちの一つを、翌春苗床に播いたものでございました。

するとかれこれ一月の余も過ぎた、或春のうららかな朝のことでございます。

今日あたりは芽が出たか知らんと苗床を見廻りました私は、何とも異様なものを発見したのです。

それは初め一目見た時には何が何だか皆目分らず、おや？　虫ではないか？　とも思ったのでしたが、よくよく瞳をこすって見定めますと、何のなんの、虫どころか、こはそも！　驚ろき入った次第には、それはもう小さな、然しまぎれもなく立派な人間なのでございました。

人間⁉……。

左様でございます。

もうそれは小指の先程も無い、けれども五体共に完全な、豆粒程の人間だったのです。それが何かわけの分らない事を、同じく小さな小さな声で叫び立てながら、ぐるぐる廻りに転り転っているのでした！

そして、私はそれが人間であると知るや、ガバと地べたへ腹ン這いになって、その顔をよく見定めましょうとした時、何と！　その小さな人間は、ぐるぐる廻りを止めて一瞬突っ立ったと思う間もなく、まるで廻りの止った独楽《こま》のように、パタリと無造作にのけざまに倒れると見えましたが、その儘ピタリと動かなくなって了ったのでございました。

急いで、私は手に取上げて見ましたが、とまア、これは？　……見れば見る程、体格《なり》こそは小そうございましたが、今は亡き友、花作りの俤《おもかげ》に生き写し！

そうと知りますと、私は張り裂けんよとばかりに声を限りに彼の名を呼び立てました。

「花作りよ！　友よ！……」

だが、噫、悲しいことには、も早、彼は命絶《ことき》れて了っていたのでした。全く、ほんの十分と、生きては居ないで！　……。

私は、滝津瀬の如く頰に伝う涙にかき暮れて、ペッタリと地べたへ腰を落すと、我が掌の上に横わる亡骸を――、生れ変った第二の彼の、ま何と薄命なりしことよ！　と、唯々、限りない悲愁に浸った次第でございました。

不　思　議

不思議は、或は有り得るかも知れぬ。

――カアル・チャペック――

其処で、彼が語るのである。

「……そいつは全く驚くべき奴だ。現世紀に於て、そいつ程驚嘆に価する人間は二人とあるまい。では、何が故にその様に奴が偉大であるかと云うと、それは奴の絶大な推理力と洞察力とに原因するのだ。それはもう極く小さい平凡なヒントから、とてつもない聯想のもとに解釈を働かせて、真実と些少の相違をも見出し難い事実を創り上げる、その超自然的な洞察力と、超人間的な想像力とに起因するのだ。

実に、いやもう驚ろくに堪えた……。

全く、如何なる名探偵と雖《いえど》も、奴の様にずば抜けた頭脳組織は持っちゃ居まい。と云うのは、何故かと云うと、全体、探偵と云うものは必ず、その事件のあった現場を、拡大鏡や巻尺で一通り調査する。それから足形を取って、壁を叩く。処が、奴は少しもそんなことをせぬ。第一、その現場なる処へ、未だ曾《かつ》て立入ったことは無い。探偵は、事件の関係者を、一人残らず手の及ぶ限り集めて、彼等が、見聞きしたことを細大漏らさず、根掘り葉掘り尋ねる。処が、彼は、少しもそんなことをせぬ。第一、人を集めて訊問すると云うことをしない。では全体どうして事件を、乃至《ないし》は出来事を知り、且つそれを解剖するか、と云うと、彼に取っては常に唯《ただ》一人の人間しか必要でない。と云っても、又その必要な一人も実は誰でもよいのだ。つまり、その、或事件の雰囲気に一度でもいいから、交り込んだことのある人間ならいいんだ。その一人が、彼に取っては他の世の常の探偵者流の拡大鏡にも、巻尺にも、足跡にも、壁の音にも、乃至は指紋にさえもなるのだ。いやもう全くの話、彼は驚嘆す可き人間だよ。

え？　で彼は一体何処に住んで居るのかッて？　うん、それが又奇怪なのだ。その住居がさ。彼はね。どうした理由か知らんが、此の都会で、一番高いビルディングの、最上層の部屋に住んでいるのだ。それに又、此れも理由が解らんが、彼は一度たりと雖も、その部屋から一歩も外へ出たことがないんだ。一度たりと雖も！　だぜ。言って見れば、彼は都会を散歩するはおろか、そのビルディングの廊下さえ歩いたことは無いんだ。実に奇怪なことだ。

え？　だって、一度位は？　だって？　いいや、処がそれが無いんだ。彼が金輪際、絶対に門外不出、だと云うことは、そのビルディングの誰にでも訊ねて見るがいい、そう聞かれた奴は誰でも、中には、少しも彼の顔さえ見たことの無い者でも、決まって、判で押したかの様に、少しも危ぶまずに「ああ、おいでですよ」と答えるから。全くの話、彼がその部屋に居る、と云うことは昼の次に夜が来る、と云うことよりも決定的な、退屈極まる、確固とした事実なのだから。

では、それで居乍《なが》ら、どうしてそう物事を易々と明細に断定し得られるのだろう？　と誰しも次に思うに相違ない。だが、其処が、彼の推察力と洞察力の素晴しい点なのだ。実に、彼は不思議な驚ろく可き人間だ。嘘の様な真実だ。時には、俺でさえ、ひょっとすると、奴、御禁制の魔法でも使うんじゃないかしら？　と本気になって考える程だ。

さて、処で、唯こうだらだらと彼の偉大さを広告して居ても初まらんから、事実を話そう。

此の間俺は、恋人が一週間の余も手紙処かうんともすんとも言って来ないので、気がくさくさして堪らなくなったので、此れは全体どうした訳かと、彼の処に伺いを立てたものだ。すると、彼は尋ねて行った俺を見るとニヤニヤし乍ら、まあ座れと言って、それから、突然、

「今日は電車運が大層よかったね」と云うのだ。全く、言われた通り、俺はその日乗換や停留場で、一秒も電車を待たなかったんだからねえ。心中、驚き乍ら頷いたよ。すると、

「君の時計が九時で止って居るぜ」と云うのだ。見ると当にその通りさ。次に、

「△△街の角で街路樹の葉をむしったね」と彼。矢張お言葉通り。

「此のビルディングの玄関で、君は、此のホールがもう鳥渡《ちよつと》高いとなあ、と考えて天井を見上げたろう？」と又彼。だが、此の問いには流石にぎくりとした。心の裡まで？　いや、その通り。

「昇降機の中に同乗者は二人」

その通り。

「一人は老人、一人は帽子なしの女」

満点。それから、俺はもう彼の道楽は、その位で止めてもらい、次に本来の問題、恋人の件に就いて尋ねた。だが此れにも亦《また》驚ろかされた。未だ、少しも話さぬ内に、今迄の経過全部を当てられ、恋人の人柄から年から、背丈から、声音から、果は言葉癖までやられた。俺はぺしゃんこにされた。その通り。

「で、此の先は如何なりましょう？」と、恐る恐る伺いを立てると、彼はクスリ、と笑って、

「先は先のことさ。それよりか、明日の君の作戦を教えて上げよう」と言った。その作戦云々は私事に渡るから略すが、その効を奏したことたるや、予想以上だ。何しろ、相手の切札知っての賭だからね。ハハハ。

で、さてだ、今迄話した様に、此れだけのことなら至極無事だ。いや有難い訳さ。だが、次第に俺は、その裡、実に不思議な恐怖に襲われて来る様になったのだ。それに又、その恐怖の観念が休みなく次に加速度になって、文字通り、俺は居堪まれなくなって来た。

へえ……。と云うと？　何故だい？　一体何の為の恐怖なのかい？　と君は恐らくこう訊ねるに違いない。それは、結局、一言で言って了《しま》えばだね。彼の、驚嘆に価する洞察力のあまりにも美事な的確さ、と云う事だ。言い換えれば当り過ぎる為の恐怖だ。

当り過ぎる為の恐怖？　何故だね、当り過ぎるからと云って何がこわい？

そうさ、そう云う疑問を起すのは当然だ。で、その理由を説明せねばならん。それはこうだ。

全体、彼は前にも話した通り、間がな隙がな俺を尾行でもしているかの様に、否、俺の影かの様に、俺自身であるかの様に、俺の日常茶飯事の出来事は云うに及ばず、俺の気持迄をも、全部見透しているのだ。即《すなわち》、俺は誰も見ている奴は居ないと、安心して事を行う、と云うことが出来んのだ。如何なる事と雖も彼が知っている。彼を考慮に入れないで、俺は指一本動かせないのだ。

換言すればだね。俺は表面は大層自由である様だが、その実は然らず。彼の手の上で舞踏している哀れな虫の様なものなのだ。恰度《ちょうど》彼の机の上に在る硝子《ガラス》鉢の支那金魚の様なものなのだ。放牧されている羊の様なものだ。即、俺は彼の限られた世界から、一歩も外へは出られぬのだ。自由の様に見えこそすれ、俺は絶対に捕われて居るのだ。何時《いつ》でも俺は奴から絶えず見られているのだ。見られているのだ。心の裡までさえも‼　此れだ、此れが俺の恐怖だった。うん、全く、こうと自身思い至った時、俺はとても恐ろしく、うんざりして了った。そして、俺は、と云って、どうしよう術《すべ》もないとは‼　何時だって奴から見られて居る。街を歩いている時だろうが、家で話をしている時だろうが、物を考えていようが、寝ていようが。奴は俺の夢迄当てるんだからなあ……‼　実際、俺はぐったりした。次には堪らなく厭わしく、恐ろしくなった。居ても立っても、居られなくなった。

奴め‼　此れも見ているな！

とうとう、俺はそう、口癖の様に、何時でも何かする度に呟く様になった。街を歩いている時は奴の瞳が俺の背にこびり付いている様に思われる。その瞳が大空程も大きくなって凝視する。さ、そうなると、世界中至る処奴の瞳ばかりで、それが皆して俺を見ている様なのだ。それで、俺はもう無意識には何にも出来なくなって了った。何でも明瞭に意識してやる。此れも奴め、見ているな、そう口の中で呟き乍ら珈琲を掻き廻す。砂糖を二つ入れたぞ、そう云い乍ら砂糖を入れる。今本を読んでいるぞ、本の頁を翻《ひるが》えしたぞ、一頁余計にめくったぞ、やり直したぞ、そんな事迄呟く。だから、本なんぞ読んでも一向身にならぬ。本ばかりではない。何したってそんな風では一向身に付かぬ。全体、何事でも明細に意識して事を行うと云う事程、つらい、馬鹿気た、厭なことが他にあろうか？　それに、又何でも、皆知られて居るんだ、と云う事程、恐ろしいことがあろうか？

俺は、神経が苛々《いらいら》し出した。苛々位では無い、気が狂い出しそうになった。否出しそうではない。気が狂い始め兼ねた。俺はふうふう云って暮らした。喘いだ。何でもやることは一応は口の中で呟いた。俺は苦しくなって了った。俺は死にそうになった。そうして、そのとどのつまり、どうなったか？　俺は決心して了った。

即、俺は、何物にも拘束されない晴天の様な自由を望んだ。そして、そうする為に、俺は奴を、何でも俺のした事と云えばピンからキリまで知っている奴を叩っ殺して呉れよう、と考えた。

全く、これ以外に、俺の取る方法があったろうか？

で、そうと決心すると矢庭に、俺は短銃を手にして、疾風の様に家を飛び出した。何故と云って、少しでも愚図愚図していようものなら、奴はそれこそチャンと見透して、防禦手段を講ずるに決っているから。

そのビルディングに着くや否や、俺は息を切らしてボーイに尋ねた。

「あいつは居るかい？」

ボーイは空気の有無を問われでもしたかの様に答えた。

「は、おいでです」

聞くが早いか、俺は制御人の叫びに耳も借さず、昇降機を最上層迄一気に上らせた。と同時に、転り出る様に飛び出すと、俺は、今奴の部屋の扉を閉めた男に馳け抜けざまに指さして叫んだ。

「居ますか？」

その人は驚ろいて頷いて矢張何故か分らんが叫んだ。

「居ます!!」

その返答を、半分もよく聞かず、ノックなしに扉を蹴って躍り込んだ。

だが？……!!

「あ？　居ない!!」隣室へでも？……矢張居ない。此れは不思議だ!!　一秒前には、必ず居なければならんものを！　奴、全体何処へ消えて失せたのだろう？

俺は血眼になって探した。

寝台の下や、机の下や、椅子の下や、吸取紙の下や、文鎮の下や……すると其処に紙片があった。その紙片にこう書いてあったのを、俺の血眼は必死に読んだ。

「少し来方が遅過ぎた。俺はどう考えても殺されるのは不快だ。で、一足お先へ」

一足お先へ？　だが一秒と立たぬ間に、奴何処へ行ったのだろう？

こんな不思議な！　外に出るにはどうしても俺が這入って来た扉より外に無い筈だ。その扉から這入って来た俺を出し抜いて逃げるとは！　解らん。うん。ひょっとすると窓から下へ伝ったのかも知れん。俺は、思わず、窓框《まどがまち》に摑って下を見た。

誰も居ない。眩《くら》みそうな最上層。はるか下は、灯の海と都会の騒音。俺はがっかりして吐息をついた。吐息をつき乍ら不図《ふと》夜空を見上げた。

見上げて‼　俺は驚ろいた‼

こはそも如何に‼トランクを下げ、ブライアを口に銜《くわ》え、煙を輪に吹き乍ら、奴が、何と、果ない大空を悠然と闊歩して行くではないか？　あの、大空を‼

そこで、その時、俺はハタと思い当ることがあった。よく、昔から三日月に腰掛けて変な笑い方をする細長い奴が居るが、ハハア、此奴だったんだな、と。……」

ヂャマイカ氏の実験

人は不可能事以外のことを企望するな　――ルミ・ド・グウルモン――

人が、しみじみと孤独を思う晩秋の、とある日を、散りぼう病葉《わくらば》の影にしてあわれ秋や逝《い》にけんと、感傷の頭をめぐらす、うすら冷たい日のひねもすを、あやしげなる商賈《しょうこ》の群に伍して、若干《そこばく》の利を争うに疲れた私が会々《たまたま》一郊外電車のプラットフォームに寒々と肩をすぼめて、終電車を待っていた。

処が、その終電車が中々来なかった。ちらり、ほらりとそれへ乗ろうと云う人も多くなく、やはり私と同じように、皆肩をすぼめ、外套のポケットに両手を突込んで、其処此処と思いおもいに、小暗く、寒い影に護られて佇《たたず》んで居た。

いや、唯《ただ》ひとり、そのプラットフォームの端から端を、大股でゆっくり行きつ戻りつする一外国人だけは別だ。外国人は大股で、ゆっくりと行きつ戻りつして居た。して又、その外国人のコトリ、コトリと云う靴音以外には何の音さえもしない、此のプラットフォームの静けさ……。

……少し風邪気の鼻を、時々啜《すす》り上げながら、そして私が、その外人の歩行振りを、何と云うことなく熱心に、プラットフォームの柱の陰から、まるで不可解千万のものをでも見たかの様に、凝然《じっ》と見詰めて居たのであった。

思うに、その外人は、何か思案に暮れている様子である。両手はやはり外套のポケットに突込み、だがその風采は堂々と、そう、時々はちょっと立止り、然し概して規則正しく、時計の振子の様に行きつ戻りつ、単調なその動作を繰返していたのである。左様、若《も》しも、終電が、幾世を経ても来なければ彼も亦《また》、ゆく末かけて久しく、それを続けるであろうかも知れぬ、と私がこんな杞憂を抱くに足る程規則正しく、単調に、その動作を飽かず繰返していたのである。処で、然るにその肝心な終電がいっかな来ない。気配さえもしない。それで私は、此の寒さと一日の疲労の為、次第に焦立《いらだ》たしくなって来た。

外人はふと立止った。その、世にも規則正しい動作の中端で。

？　思案の糸が切れたのであろうか？　一寸《ちょっと》、彼は立止った儘《まま》の姿勢で石像の様に動かなかった。

が、急にくるり、と、それは彼がプラットフォームの突端迄行った時に、何時《いっ》もする廻れ右をするかの如く、（多分推測するに、彼は今自分が立止った其処をそのプラットフォームの突端と、立止った為に無意識にそうと心得たのであろう）廻れ右の中途で、廻り切らずにふっと中止して立止って了ったのである。で観者の意見としては恐らく彼が、その廻れ右の中途で、はしなくも切れた思案の迷路へ何等かの糸口を掲示されたものと、認定したのである。

　すると、彼はその半分の廻れ右の姿勢の儘で、（此れも思うに、彼外人は最早、完全に廻り切ったものだと心得たのであろう）すぐと、先刻からの己れの規則正しい動作を続行す可くそれを実行に移したのであった。即ち、彼の左足が前へ出、続いて、最も自然的なる約束のもとに、彼の右足がその前方に！

「あ！」

　然しながら、理由なく、ある不可解な気持からその外人の動作を細大洩らさず観望して居た私は、此の刹那、思わずもプラットフォームの柱の陰から上半身をまるで泳ぐ様に乗り出すと、こう、口の中で叫ばざるを得なかったのである。

　と云うのは他でもない。今迄にもすでに娓《くど》い程精しく説明した様に、外人は未だ半分しか廻れ右をして居らぬ。であるから、彼は今必然的に線路の方へ向って彳立する姿勢であったのだ。が故に、彼は今進んだ為に、当然その線路上に向って、つまり、プラットフォームより三尺近くも下方なる線路上の空間へ向ってその針路を、その右足の踏み出しを求めた解合《わけあい》となる。と云うことは、実に、取りも直さず、彼が線路上へ転落しなければならぬ、と云う道理を示すものだ。

「危い！」と私は此の一刹那、要約すれば、あ！　危い！　と云う二言を口裡に発した短時間内に於て、以上記述したことを見、且《かつ》考え、その外人を無暴なる行動から阻止しようと今思わずも例の柱の陰から、泳ぐ様な風つきで上半身を乗り出した一瞬間に、実にこの一瞬間に、

「此の時遅く彼の時早く」私の此れ程の憂慮も水泡と帰して、彼外人は、早くもその右足を、プラットフォーム上より線路上の空間へ向って踏み出して了《しま》って居たのであった。

!! 落ちる！ 落ちた！

して、直ぐこう反射的に、私が、多分その外人が膝頭か何処かを、線路へしたたか打ちつけて、驚き狼狽《うろたえ》て、半分はだが気恥かしく、その背高い身体を起す様子を想像しながら、かく叫んだ時、否思わずもかく思い息を呑んだ時、だが、私は、猶《なお》もそれに倍して息を呑まなければならぬことを目睹《もくと》したのであった。

と云うのは他でもない。彼外人の動作が私の想像を裏切ったからである。外人が、落ちなかったからである。即《すなわち》、外人はやはり歩んで行ったからである。

何処を？

空間を！

空間を？ それは不可能であらねばならない。奇蹟であらねばならない。然らざれば、我々の物理学は破産しなければならぬ。

而《しか》も、見よ！

彼外人が、今、悠々と空中を闊歩してゆくではないか！

全く、私の今迄の憂慮が、全部杞憂に止って了ったとは！ 誰が思おう。

その場景はあたかも、線路上一面の空間がプラットフォームと化し去ったかの観があった。

そして彼は、右側のプラットフォームに向けて歩一歩、あわてず騒がず、大いなる自信に充てるが如く、而もやはり何か未だ已れの思案に耽りながら、規則正しい彼の動作を続けてゆくのであった。

空間を歩む！　空中遊行術！

ああ何と云うこと！

茫然と、私は例の柱の陰から、泳ぐ様な上半身の姿勢でそれを見守って居たのである。

そして此の、私の驚嘆と怪訝の中に目出度く外人は、その空中遊行術を終って、向側のプラットフォームに到達すると、コツン、と鋪石に靴底が音をたてた。

その靴音で、初めて外人はふと気付いた如く立止まると、ぐるり、四辺《あたり》を睥睨《へいげい》するかの様に見廻した。それで私も亦我に帰り、思わずも、危く、その美事なる彼の技術に対しては拍手することが礼儀ではあるまいか、とそれを実行に移そうとした処であった。

さて、それから、彼はもう一度前後左右を見廻すと、はて此れは合点がゆかぬわいと云った風に一寸頭を振りながら、今度は例の思案の漫歩ではなく、目的地を指す歩行を線路を横切る地上に求め、今迄のプラットフォームへと、戻って来た。

私は、その外人を仰ぎ見た！

彼は仔細に点見するに、一見平凡な、白髪交じりで柔和な、そう、何処か学者肌らしい変屈さがある、童顔の中老の紳士である。

此のひとが！

素晴しき哉！　実に、此処に奇蹟を現代に行う人がいる！

その時、やっと待ちに待った終電車が這入って来た。私も外人も車中の人となった。車内は、ガランとうそ寒く空いて居た。私はその畏敬するに足る外人の前側に座席を占めると、さておもむろに、此の散文的なる現代に、童話の愛すべき香気を、亡びたと信ぜられた中世の玄秘の術を、千一夜譚の美しい荒唐無稽さを齎《もたら》した、偉大にして神聖なる人を、更にまじまじと凝視し初めたのであった。

電車は幾つかの小駅を過ぎた。

そして私はその時、そうだ、自分は此の外人に従いて、親しく、此の魔訶不思議なる魔法を伝授して貰わねばならぬ、と確《かた》く心に決したのであった。で、電車が、とっくに、私の下車すべき停車場をも通過したが敢えて下りなかった。

おお、空中遊行術！　此の名称の、ま何と豪勢に響くことよ！　小鳥の様に、あの大空を飛び交う小鳥の様に！　……春をひねもす、片丘に歌い暮らすあの揚雲雀《あげひばり》！……ひろびろと、のどかに、しかも年若い頃の神の如くおおどかに！

軈《やが》て、終点を一つ手前の駅迄来た時、その外人は下車した。私がそれに従ったことは言を俟《ま》たぬ。

其処は、所謂、郊外の田園住宅地として最近、大根畑を地均らしした、洋風建築の多い場所であった。そして、此処でもこうした郊外の常として、下りた時は多人数でも直ぐばらばらに散って了い、私とその外人は唯二人で、未だ片側しか家並の揃わぬ深夜の路を前後になって急いだのであった。

だが全体、私はどう、話のきっかけを付けたものだろう？　無礼でない方法では？　私は外人の後を尾けながら、あれでもなし、これでも無し、と考えた。

すると、未だそれに対して名案の浮ばぬ先に、外人は、つと、左側の一軒の洋館の前で立止まると、扉の鍵穴に錠を当てた。這入られて了ってはいかん。今は最早顧慮する時ではない。私は思い切って口を切った。

「あの、寔《まこと》に失礼ですが……」

外人は、振返った。が、暗い中に、電燈の光線に描き出された私の姿を見ると、いかにも訝《いぶ》かしそうに、私を見上げ、さて見下した。

私は勇敢に続けた。

「実は、その僕は未だあなたとは一面識もないのですが、その、実は、折入ってお願いしたいことがあるのですが……教授して頂きたいことが……如何でしょう？」

すると、外人は、益々不思議そうな面持になって言った。

「お願い？　教えて？　何を？」

私は其処で、声を大にして叫んだ。

「空中遊行術をです！」

此れを聞くと、外人は烈しく瞳をくるくると廻転させて、私を暫時、凝視《みつ》めた後で、又も問い返した。

「？　何をですって？」

「空中遊行術です！」私は、続けてかく叫んだ。

「空中遊行術？」

と鸚鵡《おうむ》返しに外人も亦叫んだ。

「左様、空中遊行術です！」と私は明瞭に言い切った。

「空中遊行術？　だがそれは何ですか！　私には一向解《げ》せませんが？」

と、然るに、外人は白々しくもこんな答え方をした。

「解せない？　そんな筈はありません。私は見ました。あなたが悠々と空中を遊行なさったのを！」

と、私は駄目を押した。

すると、外人は益々瞳を烈しく、くるくると廻転させて言った。

「私が？　私が空中を遊行したのを、御覧になったんですって？」

「そうです。で私は是非共、それを御教授願いたいのです」

そして、私はこう言うと、叮嚀に一礼したのである。

「と、飛んでもない！　滅そうもない話です。それは何かの間違いに相違ありません。私は曾つて、空中を遊行した経験を持ちません！」

とこう、外人は何故か頑強に否定した。だがそう否定されればされる程、猶もその奥義を知りたいのが人情である。それに私は、その外人の口裏で、ハハア、此のひとは、此の尊い秘密の術を、余人に知られるのを好まない性なのだな、と覚《さと》って、で、今度は方面を変えて言った。

「いいやいいや、そう、絶対に御心配にならんでもよろしいのです。私は決して、その真言秘密の術を、他人に洩らしたりなどは致しませんから。で、甚だ勝手ですが、どうか私にだけそっと御教授願いたい。現に私は、あなたが悠々と空中を歩行されたのを見たのですもの！　さ、おかくしあるな！」

するると、外人はまじまじと、私の顔を近寄って見直してから言った。

「じゃこうしましょう。ひとつ、私が空間を歩いた、と云うあなたのお話を精しく承りましょう。で若しおよろしかったら私の部屋まで、お出で下さいませんか。此処ではどうも寒くて……」

私は喜んで、彼の申出を受けた。愈々、神秘の扉が私の前に開けられるのだ！

そして数分の後、彼と私とは、よく調えられた客間の、煖炉の前の居心地の具合のよい肱掛椅子に、それぞれ座を占めた。

すると、外人、（両方で名刺を交換した処に依れば）ヂャマイカと名乗る此の仁は口を切った。

「ではひとつ、御面倒でも、そのあなたが見たと云われる、私の空中遊行術を、精しく御説明願いましょう。でないと、どうも合点が参りませんでなあ」

そこで私は、先程終電を待っている間に見た、彼、ヂャマイカ氏の空中遊行を、事実に則して細大洩らさず物語った。

「……ホ、ホウ、私が、プラットフォーム上から……成程……空間を？　ホウ……？」

そして、だが、此の私の話が全部終った時に、彼は途方もなく大きな声で、右手を烈しく振りながら叫ぶのであった。して、此の物語一切を否認したのであった。

「そいつは信ぜられん！　到底信じられん。此の私が空間を闊歩した！　そんなことは、あり得ん！　全然不可能なことだ！」と。

　私は全く驚いた。が、私も亦、自説を固持して動かなかった。で、私も亦氏に負けず劣らずの大声で叫んだのである。

「否本当です。正真正銘事実です。あなたは確に空間を歩まれたのです。私は見ましたから！　見ましたから！　見たんですからなあ！」

　と、氏は暫時うつ向いて凝然と何か考えていた様だったが首を上げると、こんなことを云った。

「だとすれば、それは、あなたの錯覚じゃありませんか？」

「飛んでもない」そして、私は断乎としてかく言い放った。

「あなたは空間を歩かれたのです！」

　ギャマイカ氏は、何故か又狼狽《あわ》てて首を下げた。それから幾分低い声で言った。

「そうですね。では、若しかすると、よござんすか、若しかするとですよ、私は空中を歩いたのかも知れません。……あなたの見られたことが、絶対に錯覚ではない、とすれば」

「そうですとも」私は意気揚々と答えた。

「又、そうでなくてはなりません！」

「けれども……」

が、かく、ヂャマイカ氏は気の弱そうな口調で続けた。

「けれども、然るに私は、そのことを全然知らんのですよ。些少も、ね。全くおかしな話ですが……。で思うに、それはこう云うことになるんではないでしょうか、つまり、私があの時純粋に空間を大地であると確く思い込んでいたが為に、多分そのことのみの為に歩けた、と云うんじゃないでしょうか。此の、確くそう思う、と云う信念ですね、こいつは往々不可解な作用を示すものですから。例えば、東洋には、石を虎と思い込んで矢を射込む話がありますね。つまりあれですね。でなければ、催眠状態に於ける現象ですね。で、若しかすると、あの時の私は、思案の極、一種の自己催眠に落ちていたんですね。で、まあ、そうした種類の何かに依って、私が空間を歩行した、と云う訳なのではないでしょうかねえ。全く不可解ですが、そうとよりしか、説明のつけようがありませんよ、で、もしないとすれば、あなたの錯覚です。……それに私は、今迄そんな、空中遊行術なんて云うことに対しては興味も意見も、曾って持ったことはないでしてな……」

然しながら、氏の、此の説明は私を満足させなかった。私は断然、言った。

「それは嘘です！　私は、あなたが空間を歩行し得るものと確く信じます。思い込んだが為とか、催眠状態とか、そんなけちな話ではなく。いや、論より証拠、あなたは今此処で、改めて空間を歩まれるが、よりよい事実だと思います！　今一度空間を歩まれませんか？」

「此処で！　私が？」

ひょい、と、ヂャマイカ氏は肱掛椅子から立上って、頓狂な声で叫んだ。その瞳を烈しく、くるくると廻転させながら。

「そうです。此処であなたが歩かれることです。さすれば、一切の疑点は雲散霧消することでしょう！」

ヂャマイカ氏は、何故か此の言を聞くと、落着きなく、キョトキョトしながら言った。

「空中をですか？　否、途方もない！」

だが、私はひるまなかった。

「ま、そんなことをおっしゃらずに、一つ歩いて御覧なさい。必ず、あなたは、空間を歩行出来得る方です。私は受合います。先刻は出来たことで、今は出来ない、と云う訳はあり得ませんからな。その方が不合理と云うものです！」

と、かく、私は昂然として言った。ヂャマイカ氏は、変におどおどして私の顔を見上げ、悲しそうな口調で呟いた。

「私が空間を歩く？」

「そうです！」

「どうしても歩かねばいけませんか」

「そうです。神聖な実験ですからな。人類に一大光明を齎す仕事ですからな」

私は昂奮して叫んだ。だが、何故かヂャマイカ氏は気が進まれないようであった。が、私の態度があまりにも真摯なので、氏は不承不承に立上った。

「では、一番、あなたの折角の御依頼ですから、やって見ることにしましょう」

「おお、願うてもない幸！」

と、私も喜悦満面で椅子から立った。

「では……やりますかな！」

と、幾分、氏は好奇心に馳られたらしく、が、何処か未だオドオドしながら、一寸気恥かしそうな表情をして言った。

「だが、その空中遊行術と云うのは、どう云う風に始めるもんでしょう？」

と、氏が云った。

「どうして始める？」

私は、そう云われて瞬間当惑した。が直ぐとこう、氏に進言した。

「それではこうなさるとよろしい。あなたは先刻、プラットフォームの端から、空中へ向って行進を始められた。で、つまりあれと同じ様に、あのイキで、此の卓子《ていぶる》の上に立たれて空中遊行の端緒となさったらよいでしょう」

「ホウ……成程、此の卓子の上から」

と氏は、如何にも感じたらしく言って頷いた。それから、氏は無器用な腰付きで、椅子を一旦台にしてから、此の客間の中央の、可なり大きな卓子の上に乗って、少し、危かしそうな足付きで立上った。

「今や、あなたは空間を征服なされんとするのです」

と私は、下から、そう云う風付きの氏を見上げてこう讃嘆した。

「空間の征服？　いや、未だどうだか分りません」

と、氏はひどく自信のない調子で答えると又私に訊ねた。

「で、助手君、これから、わしはどう云う具合にすればいいでしょうか？」

その、氏の自信のない調子が、又私をひどく焦立たせた。私は叱りつける様な口調で叫んだ。

「第一胸を張って！　出来る丈大股に！　眼は常に正しくその一線上に安定させて！　大手を振り、一歩、一歩、何等顧慮するところなく！」

「ハハア、と、つまり、こう云った様にですな」

と氏は、私に命令された通りに立って、さて大股に歩き出した。

が、氏は、その卓子の突端迄来ると、俄《にわか》に、はたと行き悩んで了った。

して、私に云うのである。

「ね君、果して此れから先が歩けるだろうか？」

「歩けますとも！」

私は、決然と言ってのけた。

「ホホウ！」

と氏は、私の答えに、いたく驚ろいて言った。が、そう返答したのみで、氏はよう進まないで佇立している。まるで、自分が立っている場所が、はるか高い断崖絶壁かの様に、三尺とない床を見下しながら。

「どうして進まれないのです」

と私は叫んだ。

「いや、進みますがね、君、そのすみませんが、此の卓子の下、丁度僕が歩く下あたりに、そこの長椅子のクッサンを置いといてくれませんか？」

と氏は言った。

「羽布団を？　全体何の為です？」

と私は怪しんで訊ねた。

「いやね、万一落ちた際に、くるぶしでも痛めるといけないと思って……」

「ハ、無用なことです」

私は、そんな申出を一笑に附して取合わなかった。すると氏は、情なそうに云った。

「無用ですかな」

「無用ですとも！　さ、そんな愚にも付かぬことはお考えにならず、勇敢に此の処女空を征服して下さい。ボン・ボアイアジュ！」

「処女空の征服！　そうですかな。では始めますかな」

と氏は寂しそうに答えた。それから、突端より二歩程後へ下ると、ワン、ツウ、スリイと叫んで勢よく歩き出した。

私はその壮快なる運動を息をためて見守った。おお空中遊行術！

その、おんみの、左足こそが空中征服の第一歩！　？　と！

これは又どうしたことであろう!!

空間へ一歩今、氏が踏み出した時、続いてその次ぎの一歩に移ろうとした瞬間、如何なる間違いか、ドカン! とえらい音をたてて、氏の身体が無残や床上に落下した。

「わっ!」

と落ちた瞬間!

氏はこう分の訳らない叫び声を発すると、しかも発した切り、ぶっ倒れた儘動かなかった。

「や、これはこれは。第一回は失敗に終りましたな。残念なことです。が、けだし、猿も樹から落ちるの類いでして、ハハハ、では続けて第二回の実験に移って頂くと云うことにして」

と、こう私が云った言、未だ終らざるに、私は、思わず鼓膜が張りさけやしないか、と思った程の怒声を聞いた。

「バ、バ、馬鹿!」

それはヂャマイカ氏であった。氏は未だ床上に倒れた儘で、かく叫ばれたのである。

その、理由の無い罵倒に私は憤然とした。

「何ですって?」

すると、氏も亦劣らず叫んだ。

「何を!」

氏は未だ起上らない。そして、口だけは達者にどなり立てるのだった。

「だから、だから、僕は最初から気が進まないと云ったんだ! 大方こんなことだろうと思えばこそ僕は……ア痛！　君は、僕が神経痛だと云うことを知らないか‼」

「いや、僕は、神経痛と空中遊行術とが、相関聯するところあるとは、今迄思いも寄りませんでした」

と私は答えた。

「止して呉れ！　その空中遊行術と云う奴は！　聞いても腹が立つ！　大方そりゃ地獄の夢だろう……ア、ア痛！　ああ羽蒲団さえしいといて呉れたらなあ……」

そしてヂャマイカ氏は、此の時やっと腰をさすりさすり立上ったのである。

「ではひとつ、今度は失敗しない様に実験をお願いします。失敗は成功の母とも云う様に、一度や二度のこれしきのことで勇気を失われることなく勇敢に……」

「帰って呉れ……」

私が未だ自分の言葉を言っている裡に、氏は世にも悲惨な表情をして叫んだ。

そして尚言うのであった。

「帰って呉れ給え！　僕はどうしたって、もう二度と再び空中なぞは歩かんから！」

「そ、それは非常に遺憾千万です。この空中遊行たるや、実に人類に取っては新なる快楽と幸福との源泉たるべく……」

言未だ終らざるに氏は、無法にも矢庭に私に摑みかかると私を乱暴にも戸外へ突き出して、扉をパタンと激しい音と共に閉めた。

「二度と来てもらうまい！」

と叫びながら。

と云う様な訳で、空中遊行術の第一回実験は残念ながら失敗に終ったのである。

だが、此れ位のことで私は屈しない。

実験は、続いて、第二、第三と氏に依って続行せらるべきだと思う。

で、いずれ又その内日を改めて、ヂャマイカ氏の神経痛の激しくない吉日を卜《ぼく》して、その寓居を訪ずれようと思っている。

それに、氏の家の下婢の密かに語る処に依れば、ヂャマイカ氏はあの事あって以来間々、羽布団を山と積重ね、卓子上より空間への歩行を試みられると云う。尤も、下婢の目撃せる多くは、羽布団を凹《へこ》ますに止まる、と云うが、私は、下婢に知られざる時に、氏は、しばしば、空間を闊歩せられているに相違ないものと信ずる。

あの、大空を飛ぶ小鳥の様に！　ひろびろと、のどかに！　年若い頃の神々の様に、おおどかに！

不可知論

一　ものの影

「ロボットというものがあるね。説明するまでもなく人造人間だ。いま、ここで問題にしようというのは、この人造人間を生み、作るところの人間の将来——人間を媒体とした、この思想の発展と窮極——そんなことについて考えてみようというのだ」

と、我が友、ゼット氏が語り始めた。これは珍らしいことだ。彼は平素からあまり物を喋らない側の性質で、三人となったら沈黙する人だ。

「ことは人造人間に限らない。オオトメエションの的な……電子計算機のような、つまり精緻を極めた機械による、この人間をも含めた存在の行く末……自動的に、人間以上の能力で仕事を処理していくもの、こと——そのことを押し詰めて考えていく。すると、どういうことになるのか？」

ちょっと黙っていたが、足を組み代えるとまた、話し出した。

「現在、この地球上に存在する、所謂、人造人間の数は知れたものだろう。見世物程度だ。だが、これがさらに改良に改良を加えられて、いよいよ精巧の度を深め、将来のある時機において、人造人間が、人間から欲望と生殖の機能を取り去った程度までに進歩したら、一体どうなる?」

彼は、いい出そうとする、こちらを押さえるように手を上げて、

「早い話、我々人間に取って、これは大変重宝なものに違いない。最も完全なる奴隷なんだからね。まず、食う必要がない。少量の潤滑油ぐらいで済む。栄養食の丸薬の思想と近似性があるね。性別がないのだから恋愛的苦悩葛藤がない。現代の中性的人間に近いンじゃないか。欲望が無いから貯めるということがない。貧富の観念を持たない人間的人間。全く重宝だね。

「……壊れてしまうまで使えるのだ。駄目になったら次のを使えばよい。製造するから、掛代えはいくらでもあるのだ。仕事に不足しない。そのうち、人造人間を作る人造人間ができる。人間さまの方は用無しだ。すべては、そうなると自動的に活動する。万一故障が起こっても、それは自動的に修理されるだろうから、この組織は途切れるということはない。永久に続く。人間が、その意志に依って休止のスイッチを押さない限りは!

「……その頃には、人造人間は、あらゆる職業に従事するだろう。人間は怠けるという尊い習性があるが、人造人間は下等機械だから、定められたノルマは必ず果す。その意味では人造人間の方が間にあうわけだ。とすると、こんなことが起こるかも知れない。つまり、我々真正人

間は、自分に恰好な人造人間を各自一ッ以上所有して、その働きによって生活する。

「……だから、朝夕のラッシュアワーにつめこまれるのは、人造人間ばかりだ。元より、電車を管理する者もまた人造人間だ。だから、人造人間ばかりによって、別箇の、ある模倣された社会が形成されるわけだ。つまり、そうなると、この地球上には、二ツの社会が生れる。働く人造人間の社会と、働かない真正人間の社会とだ」

ここで、ゼット氏は微笑を浮べると、見た眼には楽し気に自分の空想に酔っているとでもいうように、

「二ツの社会！　ねえ、面白いじゃアないか君。この二ツの社会！　……だがね。よく考えてみると、この我々真正人間の社会と思っている現在だッて、実は、そうした二ツの社会なんだよ。みる通り、オオトメエション、機械的なものが、社会を形成する働きの半分を――いや、半分以上かも知れないな、着々と果しているのだから。人造人間の社会は、その残余の働きを全部、背負わせてしまったに過ぎない」

調子を変えると、彼は、

「もう、その時代ぐらいになると、我々真正人間の社会には病気というものは失くなっていると見るのが至当だろう。それから、厭が応でもマスプロの世界だから、貧富の懸隔は失われ、平均される。それ故、比較からくる貧乏は無いだろう。だが、特殊な人々は、貧乏感を保持するかも知れないが、もうそれは社会問題にはならない。一種のノイローゼに過ぎなくなる。

その時代の生存苦としては、遂に老衰ぐらいなものだろうよ。

「では、働かない真正人間は何をするだろう？　これは恐らく、恋愛と遊びに時間を費しているだろうな。いや、恋愛も遊びの一種になるだろう。その必要がないだろうから、犯罪性の無い所謂太陽族のような生態を呈するだろうな。他には……？　精々、形而上学だ。何の役にも立たない無駄話のような、そのくせ、理解に困難な、ひどく煩瑣な理論を弄ぶぐらいだろう。……ちょっと、クイズみたいな？」

ゼット氏は、くすりと笑った。それから両足を机の下へ長々と伸ばすと、

「真正人間は、人造人間の働きで、日がな一日ぶらぶらと、半分白痴のような状態で、退屈を嚙みしめながら、生きていく。避妊などは当り前のことになるから、勢い乱婚的だろうな。アメリカ人の離婚観とおなじだな。出産率は低下の一途をたどる。子孫というものの意義に必要を認めなくなるからな。

「一方、人造人間ときたら、一定数、自動的に製造される。だが、真正人間は次第にその数を減じて滅びていく。当然なことで、働く必要のない無用の者が、落伍し、衰亡していくことは大自然の摂理だ。だが、人造人間の方は、その機能は日進月歩、益々充実されて、電子計算機的に躍進し、真正人間と大差ないどころか、それ以上のモノになる。欲望と生殖というこの点を除いては。

「だが、そこまでくると、必ず物好きでおせっかいな奴が出てきて、苦心惨憺《さんたん》、ヴィルス的な生命の起源など発見して、この人間の所有する尊いもの、欲望と生殖——敢て生命とはいわない——こんなものを骨折って、ロボットに与えるだろう。もう真正人間と外見上、ほとんど変

らなくなる。

「……その時代の人造人間は、現在、我々が知っているような、ブリッキのお化けみたいな、あんなぶざまなものじゃない。柔軟性のある、この我々の肉体のような物質で、スマートな擬似人間を作り出している。今日、我々と、白色、黒色人種との相違の方が、よッぽど激しいほどだ。……人造人間は益々進歩する。真正人間は、次第に亡びていく。亡びていく……」

ゼット氏は、何時《いつ》か足を引っこめ、すこし伏目になっていたが、

「……そのうち、真正人間の最後の一人が死んでしまう日が来る。居なくなる。地球の上に人間が一人も居ない。だが、人造人間は残っている。人間の意志だけが形を成して動いている。そして、もう何のためともつかないのだが、人造人間諸君は、朝夕ラッシュアワーに揉まれ、働き、与えられた欲望と生殖——或は自由の為に苦しんだりして存在を続けていく。その必要があった真正人間は影も形もないのだが、つまり、主人はいないのに、奴隷だけは忠実に、行動を守っていく。

「その時間が来ると、自動的に社会が動いている。交通整理がされたり、ラジオが放送されたり、テレビが映ってきたりする。

「……真正人間の影に過ぎない一大群像が表面だけの人間生活を無意味に繰り返している。無目的！　そうだ。何のためでもない。地球に一大異変がない限り、人造人間諸君は、無目的な行動を飽くことなく繰り返す。最初の、真正人間の奴隷としての目的は失われたにも拘らず、その手段のみがいまは、さも目的かのように目的化されて……」

ゼット氏は、ちらッと、こちらへ視線を走らせると、

「ここで、我が空想談に大飛躍を許してもらえるとすればだね。東洋の古語に、物は星霜をへると自ら怪をなすというのがある。精神などというものが全然ない物質でも、非常に長い年月が立つと精気が通うというわけなのだ。つまり、心を生ずるのだね。

「人造人間諸君の存在が幸いにして処を得て、我が親愛なる地球の上に、十万年、百万年と栄えたものと仮定しよう。東洋の古語によれば怪をなして、心を持つに至るかも知れないのだ。そうなれば、もう人造人間ではない。立派な第二の人間だ。彼等の記憶には、もう残る筈のない、第一の人間の形骸だけを写して、只、在るが故に在る……」

そして、ここまで語ると、ゼット氏は、椅子から、ふっと立ち上がって、大きな窓から外景へ顔を向けていたが、やがて振り返ると何処か悲しそうに、

「結論は、こうなのだ。ともかく現在生きていると称する我々この人間、これもすでに、あるいは第二、第三の人間かも知れない、ということなんだ。ねえ、どうも我々はロボット臭いよ。何かに、何かの目的のために作られた手段であってその目的を隠されている——教えられていない、存在のようだ。われ等の日毎の生活は何と同じようであり、ロボット的であることか！そこには大独創——もっと勝手な超絶力はない。大自在自由——限界のないものがない。いや、大生命——永遠を如実化することができない。許されたのは、応用と模倣、これだけだ。受け継いで展開していく、これだけだ。ロボット臭いなア！」

そして、ゼット氏はいい切るのだった。

「我々現在の人間は、何かの、何かであったものの意志の影だよ。その何かを、考えることは無益であろうか」

二　死者と生者

「……この頃、心霊現象と云うことが、だいぶ盛ンになってきたようだね」

と、我が友、ゼット氏は、日本人としては些《いささ》か長目な脚を、ゆったり組むと、

「今更、説明する迄もないが、霊媒と云う人物の手足を警察的に厳重に縛り上げ、ベルベットの黒幕を四角に垂らした中――キャビネットと云うのだが、それへ入り、周囲を暗黒にする。そして霊媒が、トランス状態になると、メガホンが空中を散歩したり、見物人の手だけが出現したり、ハモニカの類を吹いたり……それから又、霊が現れたりする。心霊科学という名称を与えているが、あれだ、あの話だ」

と、語り出した。六月の或日。ところは、ゼット氏邸の居心地のよい客間である。

「こうした、キャビネット型の心霊現象、これを信ずる、信じないは、ともかくとしてだ。又、今ここでは、この現象は手品奇術の類ではなく、可能なる事実として受け入れるとしてだ。つまり、第一段階として心霊出現とその存在を認めるとしてだ。……問題にすることは、その次ぎにあるンだよ、君」

氏は、ちょっと微笑を湛えると、

「出現する霊は多くの場合、死んだ者だ。今から以前に、無限の過去に於て死んで逝った者たちなのだ。その死霊が、生きている我々に話しかけるのだが、その会話の内容の多くは実に何でもないことなのだ。誰でもが考えつく常識を出ていない。例えば、久しぶりにお前さんと話せてうれしいとか、じきにお前さんは幸福になれるよとか、今煩《わずら》ってる肝臓の病気は二カ月もすれば癒るとか、わたしはお前のことを常に気にしているとか……早い話が、久しぶりに会った親身の者同志の、ありふれた会話に過ぎないのだ。何等、超絶的な、独創的な、はッとする特権的な言葉は出てこない。

ねえ。そんなことが何になるンだろう？　と、僕は云いたいンだよ。大変な努力の後、而《し》かも稀少価値的な現象を惹き起した挙げ句が、九州か北海道から十年ぶりで上京してきた伯母さんでもが云いそうなことを聞いてみたところで、始まらないじゃないか？」

　そして、一分ほど、窓越しに、紫に桐の花咲く六月の空を見ていた後で、

「それから、その人の守護霊と云うものが現れることがある。中には一人以上出ることもあるらしいが、この間、聞いたのでは、凡そ五百年ぐらい前の霊が、汝の守護霊だぞと云ったそうだ。あまり歴史上の有名人というものでもなく、それに生存中も、大した人間とも思われない。

　実は、ここで問題としたいことは、野心的な優秀な現世の人間に取っては、なまじ、そんな平凡な守護霊などに、この二度と会い難き人生を規制されるなんざ、有難迷惑なことだろう、という点だ。むしろ或人に取っては余計なお節介で腹立たしいだろう。それにタカダカ五百年や千年ぐらいの前の人間ではそれほど有難くもなかろうし……第一、その頃、日本で生存して

いた人間の人間経験よりも、現代の我々の方が、余程、洗練された高度の教養を身につけているというものだ……と、こう考えることは、死者に対して冒瀆だろうか」

ちらッと天井へ視線を馳せてから、ゼット氏は、大きく首を横に振ると、

「いや、そうは思わないね、僕は。父祖よりも子孫が優秀でなかったら、この人間の営み自体を否定しなければならないからね。

一体、そう云う死者に、この我々生者が、生者の特権、尊貴を我から捨てて、死者にその運命を委ねようとする気が、僕には、どうしても理解出来ない。

それにね。人間始まって以来のことだから、その時の生存者よりも死者の方が圧倒的に多いことは自明の理だから、その大多数の死者に、いちいち口を出されたら、生者たる我々は、たまったものじゃない。何ひとつ出来ずに、それこそ、ノイローゼだ。

第一ね。死者が生者に事毎に容喙《ようかい》することが、もし正しいことだとしたら、我々生者には、生者の自由が失くなるわけだ。生者には死者の自由しかない。逆説的に云えば、生者は死者になって初めて生者を動かす自由を与えられるということになる。……ねえ、君、幽霊の助言なしでは幸福になれないなんて、憂鬱を通り越して滑稽じゃないか」

ゼット氏は、声を立てずに笑った。それから、急に真面目な表情になると、

「この各人の守護霊というものを、よく考えてみると、曾ては生者であったのだから、生者の時の守護霊の守護霊というものが居たに違いない。とすればだ。その守護霊の又、守護霊も居た筈だ。こうして次第に順を追って、その守護霊を無限に過去に遡っていくと、これは全体、

どういうことになる？　飛躍を許して貰えるとすれば、遂に最初の人間、アダムとイヴをも通り越して、つまり、神に達するだろう。中途半端な守護霊などを頼るよりは何故、神を認めようとしないのだ？」

すこし昂奮したな、と自分でも気付いて、ゼット氏は、次ぎに静かな口調になると、

「心霊科学という問題を認めると、これは同時に幽霊を否定出来なくなる。死者は居るのだ、在るのだ、ということになる。だがねえ君。この観念は、我々善良なる気の弱い生者たちには、どうも薄ッ気味が悪い。恐怖を誘う。つまり、我々生者に取っては、本能的に虫が好かない、ということの事実。これは、生者は死者にタッチする必要はないと云う一ツの大いなる摂理が働いているからではないか？

必要ではない。むしろ、タブウ視される可きものを暗黒のキャビネットから呼び出すことは、好奇心以外の何者でもない。ひょッとすると、呼び出される死者には迷惑至極なことなのかも知れない。死者の絶対多数は、我ら生者の多くが、あの世に無関心であると同様に、彼等も亦《また》、この世に無関心なのだろうよ」

二度、消えた煙草に三度目の火を点けると、ゼット氏は深々と吸ってから、

「結論を出そう。いや、僕の説を述べるとすればだ。死者の霊魂は存在しているかもしれない。何処かに。だが、死霊は生者の世界に曽て一度たりと雖《いえど》も出現したことは無い、というのだ。今まで、何万という人々が、文献が、幽霊の出現を告げているのではないか、と信ずる側の人人は抗議するだろう。だが、それらは、向うから出てきたのではなく、その人が割り出したの

だ。無意識に。潜在意識的に。生者の深奥心理層から。

では、キャビネットの霊媒現象は、どうなんだと訊くだろう。これも、真実の死者とは関係なく、霊媒自身の無意識層、仏説で云うアラヤシキの働きなのだ。ここで、印度のヨガ達の奇蹟を考慮に入れるといい。彼等は絶対に未経験のことを、経験したかのように述べる。行動する。念というやつだ。テレパシイという種類だ。これは、あの世の力を必要としない。生者の自前の力だ。霊媒は、知らずに、この状態を得る……と、僕は考えるのだが……」

そして、こう附け加えた。

「死者は居るのだろう。だが、かれらは、もっとも紳士的で、われら生者に関与せず、静かに彼等の営みを続けているのだろう。死者の力を借りようとするのは無益だ。われら生者の方が、この世では更に強力だ。……オスカア・ワイルドの言葉に、最大の神秘は自己である、というのがあるが、人間、この生きている人間は、何者よりも勝っているのではなかろうか」

三　あなたは誰なの？

「輪廻転生《りんねてんしよう》……」

すこし感慨をこめていってから、わが友、ゼット氏は、その長い脚を行儀わるく前へ思うさま突き出し、椅子に、いよいよ深く沈むと、

「生れ変るという思想、何度も、いや無限に生死を繰返す……この考えは、随分古くから人間

は伝えてきたものだ。ある人々には疑念なく受け取る事実でもあるようだ。人間の精神は永久不滅、只、その現れ方が物質的に変化するだけだ、という建て前だな」

右側の大きな窓から、ちらりと満開の桜の花に視線をうつしたが、すぐ、

「君も知ってるかもしれないが、あるアメリカ人が、シモンズという婦人に催眠術を施して、年齢退行の実験を行ない、しゃべったことをテープに取った。その人の記憶を七歳あたりから一歳と追い詰め、さらに過去へと……そして前世と考える、その人の一生を誕生から死までを語らせた。生れたのが一八〇六年というから、この実験の日一九五二年から遡っておよそ百五十年近い前に生存した女が、現在として、その時間に存在することになった。

名前はフライデイ・マァフィ。アイルランドのコークに生れつき、ブライアン・マッカシイという男と結婚して六十六歳の時、ベルファストで老衰の為に死んだ。後で当時のコークの記録を調べた結果、マァフィの存在は、ほぼ確認された。だから、現在のシモンズ夫人はマァフィの生れ代りである。輪廻転生が実証された、というわけだ」

ゼット氏は、ここで、にやりと笑った。このような、一見、荒唐無稽と考えられることを信じているのか、と思われるのが、すこし恥ずかしいといった微笑でもある。

「と、すれば、転生が実証された以上、今日こうして生きている我々全部の人間は、その前世を各自持っていることになる。催眠術さえ発達すれば、君も僕も、知ろうとすればその前世を知ることが出来るのだ。

ところで、人間一人一人が皆その前世を知ってみると、どういうことになる？　先ず第一に、

我々現在人間の責任が、この一生に限らず、過去と未来を通じて無限に持続することになる。一大事だね。実際の話、我々はこの現在生一ツでさえ持て余し気味なのに、それが遂にトコトン迄、死も解放してはくれないという事態に立ち至るのだ。自殺などは効果のある逃避ではないことになる。些か、うんざりせざるを得ないね」

ゼット氏は、声を立てずに笑ってから、

「それに実際生活上で、各人があの世を知り合ったら、どうなるかと云えば、これはもう間違いなく一大混乱が起こるね。現在の社会秩序は崩壊するだろうね。早い話、親友が前世では敵同士だったり、親子が逆だったり、心中した相手が親だったり……恐るべき不都合が続出して、しかも死ぬに死ねず、十年や二十年の間は、ただもう人々は前世調べに忙殺されて何にも出来ないだろう。そしてその挙句、やっと秩序が回復され、再編成が済んで、やれやれと思った時、人々は、はッと重大なことに気が付くだろう。つまり、現世は前世が支配している、と。生きている現在は無力に等しい……」

ゼット氏は、それから暫く黙っていた。次ぎに口を開いた時は、妙な興奮を伴っていた。

「実はね。これまで話したことは、僕の目的ではなかったんだ。問題は、このマァフィ再生事件のうちに、驚くべきスリルを一ツ感じたことにあるのだ。それはね。百年前のマァフィとして語っていたその当人が、術者、つまり現在人間に向って、『あなたは誰なの?』と、訊ねた一事だ。

がく然としたね、僕は。かつて感じたことのないスリルを——何ともいえない深淵を、極端にいえば、大自然の大秘密が、うっかり、不用意にその姿を見せてしまった。という思いがしたのだ。

ここのところを、よく考えてみよう。いいか。術中のマァフィは百年以上前の人間であって、百年後の現在世は知らないのだ。未来の世の中なのだ。百年後の未来の人間が、その時、現在であるマァフィと語っているのだ。このことを術者が、『あなたは誰なの？』と訊かれた時、自分はあなたより百年も後に生れた未来の人間です、と説明してやったら、マァフィは何と答えたろう？　術者は何故か答えなかったが。

マァフィは、一応、自分が死んだことは知っている。だが現存人間として、どうなっているかは知らないらしい。僕は、術者が、あなたは今、一九五二年のアメリカ人、シモンズだと教えてやったら、それを知って前世人マァフィは何と答えたろうか？

我々の時間というこの観念が、こんなに時間を絶して自由に使われた例を僕は知らない。このことを、もう一つ展開すると、例えば僕が、術中の前世人となって、現在の僕のことを聞かされて、術者を僕の代理人として問答するとすれば、今の現在を知らない前世人僕は、その時の現在として、百年二百年後の未来に於て現に生きつつある自分を知るということになる。この僕は、その時、二人になっている……過去の自分、未来の現在の自分。しかも、ひっくるめて、施術中なる現在としての一人の僕……」

ゼット氏の視線は遠くへ放たれていた。夢見る人のような、まなざしだった。

「よろしい。この問題を更に押し詰めてみよう。このマァフィの場合は一ツの前世だ。これを、もう一ツ過去の前世、その又過去の前世と飽くことなく遡及していって……そうだな、千年ぐらい前の人格にさせて、術者がその千年前世人に向って、あなたは、これから、何回の人生を送り、その一ツずつの生涯はこのように過ごされるのだ。つまり、これからさき、未来千年にわたって、今話したことを経験するのだぞ、――既に行われてきたことだからね。厳然たる事実だ――と、いいきかせたら、その時の千年前世人は、一体どんな顔をするだろう？　既に千年もさきの未来を予定されてしまった人格の感想。こいつア、ぜひ聞いてみたいもんだ」

ゼット氏は、皮肉味をすこし利かせて、にやりとした。けれど、

「だが、君。これは笑いごとじゃアないンだよ。輪廻転生という思想を肯定するなら、そして、現代に於て実験されたマァフィの出来事を認めざるを得ないというならば、その人は千年前世人と同じの苦渋を……苦渋でないとしても、この途方もない、過去と同様に既定された未来という事実を、否が応でも受けとらなければならないのだ……」

すこし疲れてきたらしい。だいぶ長いこと黙ってから、ゼット氏は椅子から立上り、窓の方へ歩いていったが、半分、振り返り、

「現在の我々が、明日からの分と思っている時間、未来も亦、もう一つ大きな輪廻転生に結び付いているのかも知れない。尽きる時なく無始無終……物質世界がそうであるように、人間の精神も亦、そうであるかも知れない。過現未、この一瞬、三界唯一心か」

「大自然は……或は神は、こんなことは現在人間には、徒《いたず》らに無用の摩擦を起こすだけだからと、前世の意識を現世人間に与えなかったのだろう。結構なことだ。人間意欲の方法としては。

本当のところ、こんな僕の推理も亦無用なことなのだろう。

だが、ぞッと、こわかったなア！　前世人が、その未来人に訊ねた言葉、その時の現在が、その未来に呼びかけた意志、『あなたは誰なの？』……」

我が友、ゼット氏は、大悲壮劇《バセティック》の幕切れを見るような表情を示した。それから、こちらに背後を見せて、もう一度、繰返した。

「あなたは誰なの？」

中有の世界

男。大学助教授。卅四五歳。
女。声楽家。廿七八歳。

男。何処だろう、ここは？　遠くまで見えるようでもあるし、眼の前一寸のところも見えないようだ。……見えると思えば見えるのだが、見えないと思うと……明き盲同然だ。変なところへ来たもンだ。どうして、こんなところへ迷いこんだのかなァ？（突然）あッ、僕は死んだンだ！　死んだのだ。Ａ・Ｂ医科大学の病院の十九号室……あのベッドの上で、最後の息を引き取ったのだ！　そうか、ここは、あの世か！　あの世……空漠としたものだなァ！　だが、大層、気が軽い。伸びのびしている。なるほど、これア生活の心配がないからだな。あ、そう云えば、病院の費用は誰が払ったろう？　五万円ぐらいにはなってる筈だが……ハッハッハッ、もう、どうでもいいことだった……。

女。（突然）もしもし。あのゥ、ここは何処でしょうか？

男。（独白）誰か人がいるようだが……女らしいな。

女。あのゥ、ここ何処でございましょう？

男。ここが何処なのか、実は、こちらから、お訊きしたいところなンです。

女。おや、それは、まァ、失礼致しました。……あらッ！ 先生じァない？

男。えッ？ ……ああ、ユリエさんか！

女。まァやっぱり先生でしたわねえ。暫くでございました。

男。暫く。……二年以上経ちますかね。あれから……。

女。お変りもなく。

男。えッ、お変りもなくですッて？ 冗談云っちゃいけませんよ。大変な変りようだ。僕は死んだんですよ。既に死んでしまっているンですよ！

女。えッ、死んだ？ あの、お亡くなりになったンですか。まァ、ちッとも存じませんでした。何時《いつ》でしたの？

男。何時？ ……非常に昔のような気もするし、たった今のような気もする……。

女。（気味悪そうに、恐るおそる）でも、先生、そこにいらッしゃるじァございませんか。ちゃンと？

男。死んで、いる、と云うわけです。

女。わかりませんわ。どう云うこと、それ？

男。僕にも、よく解らない。何しろ、初めての経験ですからね。僕に訊くより、死んでいる、あんた自身で考えたらいいでしょう。

女。えッ、死んでいる、わたしが？　（俄かに気が付き）あッ、あッ！　ああ！　そうだ！　死んだンだわ、わたし！　（狂おしく）いやだ、いやだ！　死んでなんかいたくない！

男。ユリエさん、落着いて。もう、どうなるもンじァありませんよ。死んでしまったンだから。生きていたことは今の我々には過去のことになってしまったんだから。現在は、こうして、死んでいるのです。

女。（諦めたように）死んでしまった……わたしは死んでいる……どう云うことなンだろう？　（独白的に）未だ馴れないから落ちつかない……（急に）先生！　生き返らないかしら？

男。さァ？　それァ何とも云えないが。けれど、生き返った人間と云うものは、あまり無かったようだな。

女。じァ、もう生きられないンですね。

男。死んだ者としての運命に生きていくンですなァ。

女。それ、どんなことなの？

男。わからない。ま、そんな風にでも云うより他、仕方がないじァありませんか。

女。先生、わたしたち、やっぱり人間？

男。そうだなァ？　然し、人間とは云えないンじゃないかな、もう。

女。と云うと……何でしょう？

男。何か？　我々は何か。……そうだなァ、つまり、幽霊かな。

女。え、幽霊？　まァ、こわい！

男。こわい？　こわいッたって、自分が幽霊なんですよ。間違えないで。

女。あ、そうか。……幽霊……そうすると、先生、ここは冥土なんですね。

男。冥土？　ハッハッハッ、これは又、古風な言葉を使いましたね。だが、つまりは、そんな風なところらしい。

女。いやァねえ。先生、しっかり、わたしを摑えていて下さいね。うっかりして、地獄なんぞへ行ったら大変ですもの。

男。地獄！　そうそう、そういうことがあったな。地獄か。憂鬱だなァ。

女。ねえ先生、早く天国へ行きましょうよ。天国へ早く！

男。行こうッたって……どっちへ行けばいいんだろう？

女。誰か居ないか知ら？

男。どうも我々ふたりだけらしい……第一、行くと云っても……歩くのだろうが、足の下に大地というものの感覚がない。

女。本当！　何にもないわ。でも落ちない！

男。ふんわり、と、こう……やっぱり幽霊になったンだ、これは。

女。赤鬼や青鬼に見つけられないうちに、早く天国へ行っちまいましょうよ、早くゥ！

男。まァ待って。待って下さいよ。あんたはしきりに天国天国と云うけれど、天国にもいろいろあるから……。

女。え、いろいろある？

男。いろいろありますよ。ダンテが神曲で描いた天国地獄、仏教が説く極楽と地獄。又は世界各国の民族の神話に出てくる、あの世の姿……ユリエさん、一体、どの天国へ行くと云うンです？

女。どこだっていいじゃァありませんか。天国と名の付くところだったら。

男。なるほど。そう云う考え方もあるな。けれどねえ、僕は生きてた頃、まるで宗教心がなかったし、無神論を偉そうに振り廻していたから、死んだからと言って、急に宗教の作った天国へ行くと云うのは、すこし虫が好過ぎるようだなァ。

女。随分、遠慮深いのね、先生は。……そう云えば、昔ッから先生は遠慮深かったわ。まる三年間も、わたしに愛の告白がお出来にならなかった……

男。僕は気の弱い男だった。

女。今だから云いますけれど、わたしは、待ちに待っていたわ。今日お会いしたら、先生はお云い出しになるか、この次ぎの日には、手ぐらい握って下さるか。……（わざと蓮葉に）待ちくたびれちゃッた。

男。最初に会ったのは確か……

女。新響の定期演奏の日よ。

男。第九シンホニイを聴いたンだが……あ、聞こえてくるようだ。

女。え、聞こえる？　……あの音か知ら？

男。僕は、あの前、十月か。あなたのカルメンを聴いた時に……

女。あの時から、わたしは認められたンだわ……売り出したンだわ。

男。歌わない？

女。こんなところで？　……ええ、歌いましょう、思い出の為に。――（歌う）……変ねえ、わたしの声かしら、これ？

男。まるで違う。……幽霊の声なンだな。

女。いや！　そんなこと、おっしゃッちゃ！

男。ねえ（感傷的に）思い出さない？　初めて、キスした夜！　あの海べのホテルのベランダを！

女。素敵だッたわア！

男。けれどね、ユリエさん、今だから云うけど、あんた、初めての経験じァなかったンだろう、あの時？

女。いいえ、初めてよ！　生れて初めてよ！

男。そうかなァ？　ね、ユリエさん、なにもここへ来てまで嘘をつかなくッたっていいンだよ。もう死んでるンだもの我々。僕は全てを許してるンだ！

女。いいえ、初めてよ。そんなこと今更疑うなンて、しどい！　しどいわ！

男。いいよいいよ。もういいンだ。みんな、終ったことなンだ。

女。先生。今でも愛していて下さる？

男。それァ……愛してるけど。

女。けど？　どうなの？

男。死んだ我々だからなァ。肉体のない恋愛なんて無意味だからなァ。

女。あら、精神だけの恋愛の方が、ずッと尊いじァありませんか。

男。止むを得ずね。今となっては、
女。わたしの肉体は、どうなったンだろう？（気が付き）あ、大変だァ！

男。どうしたンだ、びっくりするじァないか？　急にそんな声出して。

女。先生、わたしはね。ドライブしていて、衝突したのよ。顔をガァンと、ぶっつけて目茶目茶。それで死んだンですけど……わたしの顔、どうかなってます？

男。いいや。美しいよ。僕の記憶の通りだ。唯《ただ》、頼りない感じだ。消えそうだ。

女。先生のお顔もそうよ。影のようだわ。

男。影のようか。そうだ。それが本当だ。今の二人は、もう影なんだろうよ、きッと。

女。情ないわねえ。

男。生きてた時の投影なんだな。実体は既に無い。記憶だけが残る。精神と云うのは記憶のことかな。誰かこの今の僕を解釈してくれないかなア？

女。（唐突に）ね、先生は、あんなことから急に、わたしと遠去かっておしまいになったけど……あのゥ、良心に責められると云うこと、なかった？

男。つまらないこと訊くもンじゃありませんよ。今更。

女。いいえ、つまらないことじゃァないわ。それじゃァ矢ッ張り、あれは男性の浮気に過ぎなかったのね。

男。止しましょうよ。そんな話。死んでまで、そんな生きてた時のことを責められては、敵わない。死は、万事を解決した筈ですよ。死は、絶対だ。死は、許しだ。

女。うまいことおっしゃって。わたしは解決してません。許しておりません！

男。（独白的に）妙なことになったものだ。

女。それに、わたし未だ、しなくッちゃならないことが沢山あったのよ。第一、こないだの切符のお代だッて未だ半分しか集ってないし、ミハル洋裁店には、ドレスもスーツも全然お払いしてないし……。死んだりしたンで、みんな中途半端になって、困ったわァ、わたし！

男。あなたは死んだと云う、この大きな現実が、まるで解っていないようだ。死んだ者には、金の話なンぞ全然無意味なんだ。なんにも困ることなンぞないンだ！

女。あら、そうかしら？ ……あ、忘れちゃった、わたし。

男。忘れたッて何を？

女。ハンド・バッグ。

男。えッ、ハンド・バッグ？

女。顔が直せやしないわ。コンパクトも何もないから……

男。（すこし、いらいらして）そう云うことは、全然、必要ないンだ此処では。

女。だッて先生……。

男。あなたッて女は、死と云うことが、まるで解っていない。やっぱり、生きていた時の人間としての習慣に左右されている。もっと、死と云うものを真面目に認識しなければならない。死は厳粛な事実ですぞ。

女。これが？　……この頼りない、ふわふわッとした……別に厳粛でも何でもないじァありませんか。

男。（重々しく）僕は厳粛に感ずる。

女。（軽く）そうォ？

男。（がっかりして）わからないンだな。まるで解ってはいないようだ。（独白的に）もっとも、生きていた時も生存ということを、はっきり認識していたか、どうか、怪しいものだ。女と云うものは、生も死も結局、理解出来ないらしい。

女。先生、悪口云ってらっしゃるの？

男。いや。……研究してるンだ。……あなたに会ったのでどうも僕は、いくらか混乱して来たらしい。

女。（はッとして）思い出した！　ねえ、先生。ずっと昔何度目だったか知ら？　何しろ未だお会いして、いくらも経たなかった時分、先生は、わたしを見つめ、溜息をなさってから、今の言葉を、おっしゃッたわ。……あなたを知ってから、僕の頭は混乱してきたッて！

楽しかったわァ。

男。（独白的に）女の考えることは、何時でも、そんなことか。

女。なに、ぶツぶツ云ってらッしゃるの？

男。いや。

女。（急に）ねえ、先生。わたし達の地球は、どっちの方角なんでしょう？

男。地球！（俄かに感傷に襲われ）ああ、地球！　懐しい地球、われらの母なる大地よ！　……そうだ。生きていたと云うことは、地球にいたと云うことか。そうかも知れない。大地を踏んでると云うことが、生きている証拠なのか！

女。先生。（低く云う）

男。え？　どうしたンです？　急に声をひそめたりして？

女。あのねえ、ここ、もしかしたら、火星か何かじァないかしら？

男。死んでから火星へ行くと云う話は、聞いたことがないが。……だが、やはり大宇宙の何処かなんだろうなァ？　アメリカのパロマア天文台の二百インチ望遠鏡が写した廿億光年の彼方かも知れない。

女。廿億光年？　そんなに遠いの、ここは？　十万億土じァありませんか極楽は？　お婆さんが、よく云ってらしたわ。

男。（がっかりして、それから可愛想になって）ともかくここは、火星ではない。

女。じァ、何処でしょう？

男。わからない。

女。すこし、向うの方へ行ってみましょうよ。

男。あまり動かない方がよござンすよ。うっかり、地獄の門にでも近付いたら、それこそ大変だ。

女。あら！　そうね。地獄の門なンて飛ンでもないわ。……（不安になり）ねえ先生、やっぱり、地獄ッてあるのか知ら？

男。わからない。……けれど、死んだ今となっては、どうなろうと大したことでもないような気がするなァ。肉体と云うものがあるからこそ、地獄の責苦も恐怖として感じられるけれど、もう、火葬場で焼いてしまって、無いンだから、苦痛を感じないわけだ。従って恐怖する理由もない。……なんだか、地獄も無意味になってきた。

女。そうね。そう云われれば、地獄なんて、大したことないみたいだわ。やっぱり。お伽《とぎ》ばなしだったのね。

男。それから、精神的苦痛……だが、そんなものもないようだな。先ず多くの場合、精神の苦痛と云うものは、肉体的刺戟が、その動機、理由だからなァ。暑い、寒い、食べたい……肉体あっての話だ。だが、ここでは衣食住の問題が皆無なんだから……精神の苦痛もない。……全体、こんなことを考える必要もないらしい。考える、これも人間時代の習慣に過ぎないようだ。すると何にもないことになってしまうが？　何だろう、この存在は？

女。幽霊よ。

男。やっぱり、幽霊か。

女。（思い付いて）ねえ先生、誰かのところに出てやりましょうよ。丁度、お盆だし、みんな怖がるわ。

男。幽霊に出るほどの怨みがあるのかい？

女。それァありますわ。マネェジャアのKさんだッて春の演奏会の切符代、随分ゴマ化してるし、S新聞の音楽欄の担当記者、Bさんなんか、何の怨みだか知らないけどわたしが歌えば必らず悪口書くし、それから先生も御存じの歌手のマリ子さんときたら、わたしがお金をバラ撒いたんで有名になったんだなンて云いふらし……

男。止し給え。ねえ、ユリエさん。もう、そう云うことは忘れようじゃァないか。我々は死んだんだ。生きている人たちの幸福を考えてやろうじゃァないか。許してやろう。

女。（無視して）先生。霊媒と云うものがありますね。御覧になったことある？　わたし一度見たことがあるの。とても妙なのよ。独りでに机が持ち上がッたり、手が動いたり……あの、霊媒と、うまく連絡とれないかしら？　（昂奮して）歌手のユリエさんが、これから霊界について放送なさいます……素敵じァない？

男。（独白的に）死んでも、女は女か。幽霊に出る資格がある。

女。先生は、幽霊になって出てみる気、おあんなさらないの？

男。僕は、死と云うことを、もっと深く考えていますよ。

女。でも……わからないンですもの。わたしには。先生には、おわかりになってるンですか？

男。わからない。肉体がないと云う、この事実……精神だけがウロウロしていると云うこと……すこし有難迷惑な話だ。こう云うことは、唯物論的に割り切った方が、よかったかも知れない。

女。そうねえ。死んでから、こうやっているなンて、凡そ意味ないわ。

男。人間は、生きているうちだけのものかも知れない。意味のあるのは。

女。けれど、先生。わたし達は、未だ死んでから、いくらも経っていないから、その、幽霊の生きる方法がわからないけれど、そのうち何か解るンじゃないかしら？　幽霊には幽霊の悩みとか、抵抗があるンじゃないかしら？

男。幽霊の生きる方法が、譬え、わかってみたところで、それが人間だッた者に取って何になると云うンだろう？　（強く）僕は人間だッたんだ！　人間が好きだ！

女。わたしだッて！　（低く泣く）

男。泣いてるの？

女。泣こうと思ったの。けれど、涙が出ないの。……やっぱり死んでいるのねえ。

男。肉体が無いからだ。心臓！　どきどきと脈うって、喜んだり悲しんだりしてくれた心臓！　腹一杯、食べて、快い眠りを誘ってくれる胃袋！　清々しい朝の空気を、深ぶかと吸いこんでくれる肺……みんな持っていないンだ。一度は、持っていたのになァ！　くしゃみをしてくれる鼻さえ無い！

女。そんなこと、おっしゃらないで先生！　悲しくなるばっかりだわ。（爆発的に）ああ、生き返りたい！　……わたしの耳は、いい恰好だッたのよ。誰でも、みんなが褒めてくれたわ！

男。肉体の上で胡坐《あぐら》をかいて、足りるだの足りないだの、酔ッぱらったり恋をしたり、金を借りたりストをやったり、戦争だの平和だのと云ってるから、精神も、その有り甲斐があると云うものだ……この精神だけと云うやつ……（独白的に）火葬にしないで、土葬にすればよかった。未だ残っていたろう！

女。人間が恋いしいわ！

男。ユリエさん、何か歌ってくれないか。

女。ええ、歌いましょう。先生のお好きな、『ああ、そは、かの人か』でも。

——歌う。

女。なんだか、変な声ねえ。

男。肉体のない声だからだな。

女。どうすればいいンだろう、この先き？

男。幽霊には、未来はなさそうだ……いや、ここには、なんにもないようだ。夕暮れもない、朝もない、夜もない……あの、やさしい、どこか、うら悲しい夕暮れ……太陽が、さし登る、あの壮大な夜明け……静かに星のまたたく夜……

女。雨も降らないようね。わたし、雨の晩、ひとりで居るの好きだったわ。それから風も吹かない。春風なンてないのね此処には……

男。地球が恋しい！

女。わたしも！

男。人間になりたい！

女。わたしもよ！

——（このすこし前から、汐鳴りのような音が遠く聞こえ初め、次第に強さを益し、この時、耳を聾さんばかりの壮絶な雄大な音響となり、又、次第に遠去かり、かすかになり、遂に消える）

間。


男。（不安そうに）なんだろう？　今のあの音は？

女。なんでしょうねえ？


間。


男。（思わず、狂ったように）神さま！

女。あ、神さま！

男。やっぱり神さまに頼もう！
女。ええ！
男。神さま！　どこかに神さまはいらッしゃいませんか？
女。神さまァ！

跋

江戸川乱歩

城君は洋服というものを着たことがない。骨董的価値のありそうな和服を、ダンディに着こなして、白足袋で銀座を歩く。彼は推理小説界においても、最も風変りな、個性の強い作家である。

城左門の筆名では詩人であり、城昌幸（これも筆名、本名は稲並氏である）の筆名では、今のいわゆるショート・ショートの先駆者であり、戦中、戦後にはぐっとくだけた若様侍捕物帳を書きつづけ、野村胡堂の銭形平次、横溝正史の人形佐七とならんで、城君の若様侍は捕物小説界の寵児となった。

城君とは大正末期の探偵小説勃興期から、四十年にわたっての僚友である。戦後殊に親しくなり、毎月観劇を共にし、酒席を共にし、細君同伴の旅行を共にし、はなはだうちとけた間柄になっているが、戦後の城君は戦前の同君からは想像もできない変りかたであった。城君は本来、詩とショート・ショートの、寡作な、高踏的な作家で、大衆にヤンヤといわれるようなものを書く人とは思ってもみなかったのだが。それが若様侍で天下をとり、その作品は次々と映画化され、城君自身若様侍の好みで、和服の粋を会得し、狭斜の巷で美女にとりかこまれて、商家の若旦那のごとくチヤホヤされて、やにさがっている。頭は白いけれども、彼は大旦那というよりは若旦那の方がふさわしい。一緒に飲んでいると彼の捕物帖の若様侍と飲んでいるのかと錯覚することがある。城君のこの変化は私には大きな驚きであった。

詩人であり、怪奇掌篇の作家である城君しか知らないものにとっては、まったく意外な変貌ぶりといわなければならない。潔癖な詩人であると同時に、大衆の心をつかむ若様侍の作者でもあるという巾の広さ。この巾の広さは私には実に意外であった。詩と、怪奇掌篇と、捕物帳と、三つの分野で思う存分筆をふるう城君の巾はたいしたものである。

城君の掌篇怪奇小説には、その初期からして大いに敬服していた。私の城君への讃辞を一口でいえば「彼は人生の怪奇を宝石のように拾い歩く詩人」というので、このことばは昭和十年に春秋社からだした、私の編纂になる「日本探偵小説傑作集」の長い序文の中の一句だが、私はそこで城君を評して次のごとく述べている。

「この作者は日本探偵小説壇のもっとも特異な存在である。彼は探偵小説を一つも書いていない。探偵小説の親類筋にあたる怪奇と幻想の文学のみによって、われわれの仲間入りをしているのだといっていい。視野は狭いけれども、そこの風景は網膜に残像を結んだまま、いつまでも消えやらぬ不思議な力をもっている。『その暴風雨』『神ぞ知食す』『怪奇の創造』『都会の神秘』『光彩ある絶望』。その題名が示すように、彼は人生の怪奇を宝石のように拾い歩く詩人である。それらの中で、殊に心を捉えるものは『ジャマイカ氏の実験』の黄昏の空中歩行の夢

『シャンプオオル氏事件の顚末』の謎と神秘などであろう」
「城君は探偵小説を一つも書いていない」とあるが、これは戦前のこと、戦後にはいくつかの本格探偵小説を「宝石」などにのせている。しかし、これらの本格ものはあまり反響がなく、現在では城君もほとんど本格ものを書かなくなった。右に引用した「日本探偵小説傑作集」の長序で、私は当時までの全作家を、幾つかの流派に分けて短評しているのだが、城君の属する流派は「幻想派」であり、城君と同じ頁に肩をならべているのは、渡辺温、地味井平造、稲垣足穂などのきわめて個性の強い作家たちである。

城君はポーやワイルドに傾倒していたし、リラダンを愛するとどこかに書いているのをみたこともある。しかし、これらの作家よりも戦後日本探偵小説界に知られたイギリスのジョン・コリアの作風がもっと城君の掌篇に近いようである。コリアは、「緑の心」という掌篇に、人喰い植物のことを書いているが、私は戦前の随筆でコリヤを紹介し、「緑の心」の梗概をしるし、その随筆の表題を「人花」とつけた。(拙著「随筆探偵小説」に収録) 私は本書に収められた城君の掌篇「人花」を知らないで同じ表題をつけたが、城君もコリヤのこの作のことを知らないで「人花」を書いたのにちがいない。この両作には類似点が多く、もし城君がこれを知っていたら「人花」を書く気にならなかったであろう。

城君はこのほかにも内外の多くの作家の影響をうけているのであろうが、日本探偵小説の出発期に「新青年」にしばしば訳載されたフランスのモーリス・ルヴェルの怪奇掌篇は、当時の日本の探偵作家全部に愛されていたので、城君もその影響をうけているだろうと思う。

城君のショート・ショートに属する作品は本書に収めた何倍もあると思うが、ここには作者自ら代表的なものを選んだのである。ごく初期に発表された「ジャマイカ氏の実験」は今読んでも大へん面白い。この作と一対をなす「シャンプオオル氏事件の顚末」というのがあり、私はこの作にも強く惹かれていたので、前掲春秋社の「日本探偵小説傑作集」(昭和十年出版)には私は「シャンプオオル氏」の方を入れたほどで両作は甲乙なく愛しているのだが、その「シャンプオオル氏」がこの本にはいっていないのはなぜであろうか。城君自身あきたらぬところでもあったのか。

今から四、五年前、その年の探偵作家クラブ賞をきめる選考委員会で、私は城君の「絶壁」を強く推した。この私の主張は容れられなかったけれども、あれには深くて、強くて、底えたいの知れないなにものかがある。生物の底知れぬ恐怖がある。むろん探偵小説ではないけれども、一種異様の怪奇作品として私を感動させたのである。

こんなふうに個々の作品について書いていては際限がないので、この辺で筆をおくが、城君の怪奇掌篇は日本推理小説陣の最もユニークな産物として内外に誇りうる作品群である。ショート・ショートという名称はエラリー・クィーン雑誌のルーブリックで教えられたのだと思うが、城君の怪奇掌篇は正にショート・ショートと称してよいものである。四十年前城君が登場して以来戦争までは怪奇掌篇専門の作家は一人も出ていなかったが、戦後には星新一というショート・ショート作家があらわれ、恐ろしい勢いで科学小説、怪奇小説のショート・ショートを発表しつづけている。城君、後《のち》ありというべきであろう。

桃源社は近年渋沢龍彦さんの魔術や毒薬の贅沢本や「サド選集」の贅沢本、私の「探偵小説四十年」など贅沢本の出版社として知られるようになったが、この城君の本も相当贅沢なものになりそうである。城君という作家自身が贅沢好きな性格だし、彼のこのショート・ショートは贅沢本にこそふさわしいものである。作者と出版社とこんなに気の合っているのは珍らしく、おそらくこの贅沢本は城君を喜ばせる立派なものになるだろうと、出版の日を待ちかねている。

（昭和三十八年十一月記）

あとがき

二十二歳の折りの処女作『その暴風雨』から輓近《ばんきん》に及ぶ四十年に垂《なんな》ンとする間の作品のうちより、稍《やや》、意に副うものを選び集めたのが本書、「みすてりい」です。

なるべく傾向の異なるもの、と心がけたので、言わば著者の見本帳のような趣を呈し、それに長い年月の堆積から撮《つま》み出したので、見られる通り文体が甚だ不一致です。諒せられたいと存じます。

著者には、この三倍に余る作品がありまして、割愛したものの中にも恋着深い作品が存するのは云うまでもなく、これは次ぎの機会を俟《ま》つと致しましょう。

けれど、ともかく、この本が著者の文学を代表するものであることは間違いないでしょう。ひとつには、よい締め括りで、こういう紀念碑のようなものを刊行する桃源社に感謝する次第です。

それから、乞いをいれて跋文を寄せられた江戸川乱歩氏に篤くお礼申す者です。処女作以来、乱歩氏の過褒がなければ、この書は、恐らく成らなかったでありましょう。

昭和三十八年　冬

城　昌　幸

Ⅱ　補遺・その他の短篇

第Ⅰ部『みすてりい』（桃源社、1963）収録の「根の無い話」「幻想唐艸」は、雑誌発表時にはそれぞれ全三話で構成されていたが、同書には「根のない話　A」「幻想唐艸　第一・第二」のみが採られている。著者の意向による取捨と思われるが、第Ⅱ部では割愛された話を補遺として収録した。また「脱走人に絡る話」以下、城昌幸最初期の四篇を併録した。

根の無い話

B

……そう云えば、今日で五日めだ、と気が付いた時、驚くとか恐れるというよりも、それ以前の激動で、只もう途方に暮れてしまった。

そもそも、これは、どういうことなのか、どうすればよいのか！

大変なことになったのだ。えらい羽目に、ぶつかったのだ。周章狼狽するよりほかには何の手段も無い状態に陥ったのである。

なにしろ、この五日間というもの、どう思い出してみても、一滴の水、一粒の米も摂っていなかった、ということを我とわが身に発見したからである。

よく考えてみると、確か最初の日は、食べたくないから食べないという、軽い気持で済んでいた。その翌日あたりは、どうも食欲がないな、季節の変り目のせいだろう位に片付けた。三日めには、医者のことを、ちらッと考えたが、忙しさにまぎれて、つい、そのままになってしまったが、昨日から、これはすこし変だぞと、本気になって怪しみ出したのである。

そして、今日五日め、日曜なので、アパートの独身暮らしの為に、この大問題と遂に正面きって対決しなければならないことになって、はっと、改めて途方に暮れ、徒《いたず》らに周章狼狽することになったのだ。

「つまり、五日間、絶食している！　水さえ飲まない！」

一大事だ。

而かも、身体には何処も異状がないのである。これは驚くべき異状ではないか。呼吸は至って正常である。脈搏に何の変化もない。鏡に向って、穴のあくほど見詰めても、その容貌、風采に一点の衰体も見ない。血色は甚だ満足すべきものである。手足は意の儘に動く。頭脳は存分に活躍して明快だし、視力、聴力、共に些《いささ》かの別状もない。つまり、水準として健康なのだ。立派な、一人の、生きている人間なのだ。

にも拘らず、食欲が全然無い！

「にも拘らず生きている！」

と、まざまざと知った時、云いようのない奇妙な気持になった。それから、心の底から悲しくなった。食事という今までの長い間の楽しい習慣と、もうこれで別れるのかと思うと、肉親の死に目に会った時のような、切ない悲哀を烈しく感じた。泣いてみたかった。

それから、この目前の厳たる事実に降参して、諦めて、気持にすこし余裕が湧いてくると、いいじァないか、食わないで生きられるものなら、これに越したことはないじァないか、などと通俗的に居直ってみたものの、横ッ腹に、すぽっと大きな穴があいたような絶望感、虚脱感には抗しきれなかった。

——全く、人間生活で、緊要欠くべからざる食うということが無用になったのだから、所謂食えない生活よりも、以上に、大いに考えなければならない問題である。ひとくちに人間は食うために働くという位のものだ。食う必要のない人間は、では、何の為に働くのか？　両膝を抱えて、暫く考えてみたが、わからなかった。わかったことは、飛ンだ悪運に取りつかれた、ということだけだった。

医者に診《み》て貰おうか、と思ったが、その途端に、あることに気が付いて、ぎょッとして断念した。

多分医者は非常に驚き、すぐ珍しがり、無用の好奇心を振るい立たせて、研究し、実験するだろう。もう、それだけでも、傷つき易い自尊心には堪えきれない恥辱だが、必ず隣人にお喋りするに違いない。そして、地獄耳のジャーナリズムに聞きこまれたりしたら最後だ。週刊誌などに写真入りで、根ほり葉掘り私生活を引っ掻き回され、面白可笑しく書き立てられるだろう……。

「飛ンだ恥さらしだ！　食欲が無いどころの話じァない」

——冷静に考えてみよう。食うということが不必要になると、一体、どういうことになるのだ？　その利害得失は、どういう点にあるだろう？

先ず経済的に、支出が三分の一近く浮くという事実だ。……道理で最近は小遣が減らない。会社で午飯は抜きだしお茶一杯も飲んでいない。尾籠《びろう》な話だが排泄作用の面倒がなくなった……この位のところだ、利得という方は……。

損害の方はと云えば、むしろ食事という快楽を失ったことが非常に大きい。それと、この妙な大秘密を人に知られまいとする努力に疲労した。云わば片輪になったのだから、そのことを隠すのに骨が折れた。それから、精神的な屈辱感だ。

「なァに、そんなに恥ずかしがることはないサ。仙人は霞《かすみ》を食って生きている。自分は仙人になったンだぞ！」

と、慰めてみたら、仙人というものに何の興味も持てなかったし、第一、山の中に住むより、やはり交通難の都会に居る方が魅力があった！

止むを得ず、それからは、宴会的な会合には殆んど欠席した。アパアトの一人暮しだから、黙ってさえ居れば、容易に尻ッぽを摑まれることはない。先ず大丈夫だと安心したのだが、思いもかけない最大の悲劇が伏兵のように襲ってきた。

恋人の問題だった。会っても、食事は愚かお茶ひとつ、つき合えないのだ。初めのうちは、何とか口実を設けて胡魔化してきたが、度重なるうちに、とうとう怪しまれ、相手の感情を害してしまった。絶縁状態にならざるを得なくなった。

「告白するのは死ぬよりも辛い！」

諦めた。恋人を失った。もう生涯、独身を通すよりほか仕方がないだろう。

或晩、風呂へ入って、腹の減らない我が腹を撫でながら、湯水にかこつけて、人知れず涙を流した……。

C

遠く、野火が燃えていた。

野づらには薄く夕靄《ゆうもや》が、もとおり漂っていた。もうすぐ、冬になろうとする日の、うすら寒い暮れ方だった。

野路が雑木林の中へ入り、やがてそこを過ぎると、やや広い往還へ出る。野路は、それと交叉して更に向うへ続く。

その家は、その往還からそれほど遠くないその野路の左側に只一軒建っていた。形ばかりの、低い、白ペンキ塗りの門がある。前庭は可なり広く、通路を挟んで、うす紫の小さい花が咲いていた。

見たところ、その家は、もう半世紀以前に流行した洋館という造りで、前に手すりのあるベランダを構えた二階家だった。

正面の扉を中に挟んで、両側に、細長い窓が二ツずつあるが、その左側の方は、赤く滲《にじ》むように灯が点っていた。その部屋の煉瓦作りの煙突から、ストーブの煙が細く夕空へ這い上がっていた。

大都会から遠く離れているので、何の物音も聞こえなかった。夕闇が次第に濃くなり、それと共に、ぽつりと雨が降ってきた。

すると、ギイと軋《きし》って正面の扉が開いた。外套を着た老人が一人、室内の光線を背に受けて、影絵のように、くっきりと現れた。ベランダの階段を覚束《おぼつか》ない足どりで降り、すこし猫背になって前庭を五、六歩来た時、ふと、掌を突き出し、夜空を見上げたが、家へ一旦戻って、今度は傘を持って出てきた。

その老人は、門の前に突っ立っている、己《おれ》を、ちらりと見たようだったが、(はっきりしないのだが) そのまま往還の方へ出て行くと、足早に立ち去り、すぐ夕闇の裡に没してしまった。

己は、白ペンキ塗りの門から入って、うす紫の小さな花が咲いている路を、まっすぐに行くと、ベランダの階段を上がり、扉を開けた。扉は、ギイと軋った。

入ると、左側の部屋へ足を向けた。

そこの、赤々と薪が燃えている暖炉の前の肘掛椅子《アーム・チェア》に深々と腰を沈めると、うんと両脚を前へ伸ばし、悠然と煙草を薫《くゆ》らせた。

*　　*　　*

……もうすぐ冬になろうとする日の、うすら寒い暮れ方だった。

窓から見ると、遠く、野火が燃えていた。野づらには薄く夕靄が漂っていた。

己は、用事があるので、外套を着ると、部屋を出て、台所へ声を掛けてから出入りの扉を排《お》した。ベランダから階段を下って前庭へかかると、雨が降り出したことを知った。舌打ちして戻ると、傘を持って出直した。

門を出ると、そこに人が佇《たたず》んで居た。

瞬間、ああ、そうか、あの人が己の後釜に入りこむのだな、と直観した。己も、あのようにして、この家の主人となったのだ。あれから長い年月の間、充分に楽しく己はこの家で暮らしてきた。

左様なら。己は、もう二度と再びこの家へは戻ってこないだろう。歩きながら、もう一度だけ、懐しいあの家を見たいと思ったが、頑《かたく》なに振り返ろうとはせず、次第に音たてて降ってきた雨の夜路を、己は立ち去った。

幻想唐艸

第三　思い出

季節はずれの、そのホテルは、ひどく閑散であった。ある年の冬の初めだ。

ロビイの椅子で、ラジオを聞くにも倦きた私は、少し時間は早いが、もう寝るとしようか、と、大きな欠《あく》びを一つすると立ち上がって、自分の部屋へ引き取った。

廊下で、一人の客にも会わない。ここは、元来が海水浴が目当ての場所故、こんな季節は暇なのが当然だ。尤も、私は、その暇な折の閑寂を狙って此処へ来たのだが。

ホテル全部が、無人の境のような感じだ。たまに、扉をつよく閉める音などが、途方もなく大きく聞こえて来たりする。

私の部屋は、一口に新館と呼ばれる、近頃建て増した一棟で、その端れにある。この新館の方は、二階もいれて八ツほどの部屋数だが、客といっては私一人だ。

「すこし寂し過ぎるな」

静かな波の音を聞きながら、私はこう、独り言《ご》ちた。

煙草を一本、ゆっくり吸い終ると、私の仕事は失くなってしまった。寝巻きに着更えると、灯りを消して、ベットに這入った。

それから、私は暫時、寝たらしい。

「……?」

眼が覚めた。

人の声がしたからである。それも、泣いているのだ。……耳を澄ますと、まぎれもなく女だ。

「はてな?」

女が泣いている。右隣りの部屋だ。

右隣りにも、左隣りにも、この新館には、私以外には、一人の客も居ない筈だったが。ひょっとすると、夜遅くなって着いた客かも知れない。

「……よかったわ……楽しかったわねえ、あの時分は……」

すすり上げて泣く声の間に、こういう会話が、聞こえて来た。

人間、誰にも好奇心はある。私は、枕から首を上げると、壁一重隣りの室の会話に耳を傾けた。

「……でも……でも……もうすぐ、こういうことになってしまうのねえ……楽しい時はつかの間……あなた、わたしは……」

次ぎに、激しく、又、事新しく女の泣きじゃくる声が高まった。

どういう事情なのだろう？　女の切々たる語調から察すると、何か昔のことを思い出しているらしい。昔の恋を忍び合っている様子だ。別れた二人なのか知ら？　それとも、別れなければならぬ運命になったので、嘆き悲しんでいるのだろうか。

「……いいえ、わたし、幸福でしたわ……とても、とても……でも……」

女の縷々《るる》たる語調は猶《なお》も続く。

そのうち、私は、ふっと気が付いたことがあった。

「はてな？」

それは、会話——語っているのは、何時《いつ》も女の方だけだ、と、いうことだった。初めは男の声は低いので、聞きとれないのだろうと思っていたが、次第に、男は一言も口を訊いていないのだ、ということを覚った。

男は、どうしているのだろう。

私は、女のすすり泣きや、絹ずれの音の中から、男の気配を知る為に、更に全身を耳にした。けれども、男の声は、一言も聞きとれないのだ。

「唖？　真逆《まさか》？」

そのうち、女の、かき口説くような言葉は、杜切れとぎれになって、ひたすら泣きじゃくるだけとなった。

男は何とか慰めてやるべきだ。女が、こんなに泣いているのに！　私は、何故か腹立たしい、義憤に似たものを覚えた。

そして、私が、男に対して、不審と憤りとを覚えているうちに、女は何時か泣き止み、やがて、隣室は元の静けさに返ってしまった。まるで、人が居ないような、以前の寂寞《じゃくまく》に戻った。

「可愛想に！」

私は、何という理由もなく、女に同情されてしかたなかった。明日、ロビイか、食堂で会うだろう。その時、見られるだろう。私はこんな失礼な好奇心を抱くと共に、男に対しては更に怒りを強くした。

翌日、私は朝早く起きると、海岸を散歩しようと庭に出た。受持ちのボーイに会ったので、未だ窓のカアテンを下ろしたままの、私の隣室を指して訊ねた。

「昨夜のお客、二人づれだろう？」

「はっ？」

すると、ボーイは訝《いぶか》しそうな顔になって、

「いいえ、昨夜は、お客様はお出でになりませんでした」と答えたものだ。

「だって、君……」私はボーイの白々しさにすこし腹を立てながら「昨夜、長いこと、女が泣いていたぜ」

と、訊ねた。

「へえ？　あの女が？」

ボーイは、妙な顔をして、私をしげしげと見直しながら云った。厳とした態度で。

「あのお部屋は空いたままです。昨夜はお客さまはございませんでした」

「……?」

今度は、私の方が、ボーイを、まじまじと見直した。

「そうかい」

私は、だが、それ以上は敢て追及しようとはせず、海岸の方へ散歩に出かけた。私は、夢と現実とを混同する程、愚ではない。私は深く考えこむことを止めて、海に向って深呼吸をした。

朝飯をすませて、客間で、東京の新聞を読んでいると、受持ちのボーイがやって来て、さも大事件のように、こんなことを報告したものだ。

「昨夜、女の身投げがあったそうです」

「死体が上ったのかい?」

「へえ。行って御覧になりますか。岬のところです。わいわい大騒ぎで」

「その女の人の身元は解ってるのかい?」

「へえ。この近所の借別荘にもう三年越し住んでいた、廿七八の綺麗な方です」

「理由は?」

「良人ときまった人が、ルソン島で戦死確認の公報が昨日の朝来たそうですが、多分そんなことだろう、と……」

「……」

それから、ボーイは声をひそめると、こんなことを付け加えて云った。

「死んだ女の方は、初め、このホテルに御滞在だったのですが、やはり、ここへ宿りに来られた画描きさんと恋仲になりまして、その後、その男の方が、兵隊に取られ……」

「成程、その画描きさんが戦死したのか」

「そうなンで」

「それで解った」

と、私が、云った。

ボーイは聞き咎めて、

「はっ？ 何がでございます？」

と、訊きかえした。

「昨夜のお客さまサ。僕の隣室へ泊った女のお客さ？」

「ヘッ？」

「ハッハッハッ！ なに、こっちの話さ」

と、私は、ボーイをはぐらかして、椅子から立ち上った。

そうなのか。昨夜、隣室に来た人は、身投げして死んだ女なのか。彼女は、初めて恋を語り、男を知った思い出の部屋に一人で来て、今は亡い幻の恋人と語っていたのか。

「可愛そうに！」

と、呟くと共に、私は、昨夜、男の声が聞こえない疑問を押し進めて、女を若《も》しかすれば救えたかも知れない、と思い、何か足ずりに似た、後悔のようなものを激しく感じた。

脱走人に絡る話

一　劇場に於て

その晩、私は久し振りで気軽な心持で、可愛い恋人にせがまれる儘《まま》、一緒に晩餐を摂ると、観たがって居たB——劇場に歩を運んだのである。

そうして、それは丁度二幕目の、中途であった。見廻すと劇場は一杯の入りで、綺羅を尽した女の群が、明るい舞台の反射を受けて美しくも怪しく浮び上って居る。何の私語も起らず、全ての観客は、等しく華やかな時代衣裳に輝く舞台を、俳優を、光線を、酔うた様に凝視して居た。その舞台では、妖嬈な麗姫がひとり何事かを口早に呪咀《じゅそ》し乍《なが》ら、王宮の石段《きざはし》を魂を失った人間の様に、我にもあらず彷徨して居た。観客も亦《また》、その刹那丈は彷徨して居た。悪魔の様に恐ろしい呪咀を心の中で復唱して居た。全ての心が、全ての感覚が、そっくり舞台にのみ注がれて居た。

その時である。突然！　場内の電燈が一時に消えた。消えて了った！　観客席は勿論、舞台も天井も廊下も。どうしたことだ！　人々は瞬間、一言も発せず黙した。

十秒程後、未だ点かない。恋人は怖ろしそうに私の傍へすり寄って来た。なじる心と恐怖に近い心とが、恋人の、否全ての人々の胸に交錯した。

——何事が初まるんだろう？　次には？

等しくそう考えた。気短者はどなろうとした。婦人等は叫ぼうとした。此の劇場全体が不吉な予知せられざる騒乱に落ち込んで了おうとした。

恋人は私の手をふるえ乍ら捕えると、その未知に対する畏怖におびえてこう囁いた。その、消燈してから、最早援《すく》うべからざる混乱に落ち入ろうとする時迄の、暫時の静かさが終り切って了う刹那に、パッ！　と、場内の電気は一時に、又以前の如く華麗にともされたのである。

「ああ、でもどうしたんでしょう？」

私の恋人は、ほっと安心して呟やいた。同様に全ての人々が軽い憤慨する様な口吻で、私語して、なじる様なまなざしで、舞台に視線を戻した時に、彼等全体は、その舞台の上に不思議なものを見た。ひとりの、イーブニング・ドレスを着込んで、右手をずぼんのポケットに入れている身綺麗な紳士が、そのクライマックスの舞台の中央に、奇蹟的に立って居るのを見たのである。

「何でしょう？　あの人？」

恋人は畏れ乍ら尋ねた。

「支配人かな？」

「今の言訳でもするんでしょうか？」

私達が、否人々が皆そう考えた時に、直《すぐ》とその紳士は左手を差上げてこう叫んだ。

「お静かに、皆さん……。私はいきなり此の様な所に現われて、皆さんの御愉快を中断した事を深く御詫び致します。然し、私は今此処で、一つの義務を遂行しなければならないのです。義務とは、私共の秘密結社を脱走した憎むべき裏切者が三人、諸君の中に交じって居るので、今私はその三人丈を殺そうとするものです。三人丈を………」

「まあ……」

私の恋人が、驚ろいて私に取りすがって来た時に、その紳士の右手はポケットより出るが早いか、私達より三列前の男を、白煙の裡に倒した。

その男が倒されるや否や、私は取すがっている恋人よりすっくと立上って、隠し持っていた短銃を取直すと、

「諸君！　あの紳士は三人丈け殺すと云った。だが私はひとりで沢山だ！」

と叫んで、舞台の紳士が素早く私にピストルを向ける前に、私のピストルはより急速にその紳士を、轟然一発！　白煙の裡に倒して了った。

観客等が一度に此の驚ろくべき暴君の顔を、姿を、見ようとした前に、私は飛鳥の様に茫然としている恋人を其処に取残した儘、その場から、劇場から、私、秘密結社脱走人は姿を消して了った………。

——脱走人の話——

二　三階の部屋

　街路は夜の光線に濡れて居た。街燈の青白い光線が物怖じて、ペーブメントの上に躊躇《ためら》って居た。丁度十時を角の生薬屋の時計が打ったばかりである。その薄暗い街路を、先程から夜会帰りらしい、マントを纏った紳士がひとり、軽い小唄を口笛で吹き乍ら、向側の三階の下を、ゆっくり行ったり、来たりして居る。時々、暗い燈光の点いて居ない三階の部屋を見上げて居る。誰か人を待合わせて居るのだろう？　私は故障を起した自動車の修繕を待つ間、街路樹によりかかり乍ら、その人を見るとも無しに見て居た。

　すると、少時《しばらく》してから、その三階の窓に、ぼんやりと灯がさした。弱い薄い光線である所から見ると、蠟燭らしい。そのか細い灯が点されると、今迄口笛を吹いていた紳士は、何か用事でも終ったかの様に、ゆっくりと煙草を出してマッチをすった。それから、更《あらた》めて一寸《ちよつと》、今の部屋を見上げると、その儘、私の方へ近寄って、上機嫌な声で、話し掛けた。

「やあ、今晩は」

「今晩は」

「どうですか？　煙草は？」

「いや、有難う」

「愉快ないい晩ですな。寒からず暑からずそれに此の煙草はうまし。時に、君は喜劇を見たいと云う気をお持ち合せありませんか？　ありますかね？　ハハハハいやそれは結構、では此の私の名刺を持ってあの三階の部屋へ、ええ、そうです。あそこです。あそこへ這入って、御覧になりませんか？　喜劇が見られますぜ？　素敵な、ハハハハいや左様なら、おやすみなさい」

私の手へ、その紳士は名刺を置くと、擦れ違って、風の如く夜の街へ消えて行った。

喜劇？　あの部屋で？　私の好奇心は煽られた。兎も角行って見よう。何だろう？　私は、運転手に待っていよ、と言い残して、早速その建物の中へ這入って行った。

暗い階段を二つ程登って、三階へ着くと、私は外側の部屋から、陰気な廊下に、ぼうと薄暗く影の様に、ゆれて止まない灯が、不吉な色に流れ出ているのを見た。何故か、扉は開かれたままである。それが、あの外から見た三階の部屋である。

何の喜劇だろう？

私は好奇心よりも、不気味さの方が先に立つ心をじっと押えて、そっと部屋の内部の様子を気取られぬ様に窺った。

想像した如く、中央のテーブルの上に、古風な形をした燭台があって、しょんぼりとした燭火が、薄淡い光をあたりに漂わして居た。そのテーブルの左側のソファに、そうして、ひとりの男が、豪然と、勝利を慢ずる様に、得意気にそっくり返って、足元を見つめて居る。

何が、此の部屋で行われたのだろう？　私は少し大胆になって、その薄暗い光線を頼りにあたりの様子を、一足乗出して見廻した。だが、そうして私が尚一層、仔細に点見した時に、思わず私は今ひとりの人間を見るに及んでは、驚かざるを得なかった。

「あっ!」

今ひとりの人間、いや、その男の足元に倒れていたのは一個の死屍である。人間では無い。生々しく胸に短刀を突込まれた、蒼白に色が変った男が、手足を硬直させて、無残にも床上に横たわって居るのである。それをソファの上から、豪然と見下ろして居る!

それ等が、一様に暗い蠟燭の灯で照らし出されている! 此れはどうした事だ! 何が喜劇だ!

今迄、椅子に腰を下ろして居た男は、急に私の、驚ろいて叫んだ声を聞きとがめると、立上って、かみ付く様に近寄って来ると、私の両肩を犇《ひし》と摑んで尋ねた。

「君は何だ!」

「いや、僕はその何でもありません。実は此の名刺を呉れた人が、今此処で喜劇があるから見てみろ、と言ったので、何の気なしに来た丈です」

「名刺? 喜劇?」

「ええ、此れがその名刺です」

「此れが?…………」

その男の眼は急に輝いた。次に、だが唇は怪しく痙攣《ひきつ》れた。

「此の男が? 嘘じゃ無いんですね? で、会ったのは何時《いつ》です? 何、たった今だって? 何処、何処に居たんで? え? 此の窓の下に? ずーっと口笛を吹いて? 畜生、己はその口笛を聞いていた！　うーん、しまった事をした」

その男は激しく歯切しりをして、今迄の得意さは跡方も無く消え去せて、代りに一杯の悲哀と憤怒とに満ち乍ら、その床の上へ、死人の側に、崩れる様に膝を突いた。

「畜生！　己は知らないで相棒を殺しちゃった！　相棒を。その口笛を吹いて居た奴が脱走人だったんだ！」

——一通行人の話——

三　客

さて、その後を促《うな》がしたが、客は俯向《うつむ》いた儘、語《ことば》を切って話し出そうとはしない。眉間《みけん》に入った立皺が一本、黙することの象徴の様に厳《おご》そかに見えた。

十月の、人が死んで行く様な気配に沈んだ暗い夜半である。卓上電燈の、古びた紫に綾取られた傘の光線が青染んで、恐る恐る瞳を上げると、その客を盗見して居た。

何が？　どんな句が此の後に続くのだろう？　私は今迄すっかり引込まれて居た心を、今初めて取戻すと、直に次の、怪異な展景の現われるのを待った。

軈《やが》て、懶《もの》うさと脅迫観念との交錯に疲れた、残っている片目を、光線を避け乍ら上げると彼は、暗くひくい声で、ぽつりと語を切ったのである。

「それ以外に私の取る方法、手段があったろうか？　それ以外？………」

何故か私の視線は客と会って居るのに堪え兼ねて、そのときにするりとよけた。

「脱走！　と云う事のそれ以外に………」

客の片目は、空虚な世界へ侵入してゆくかの様に頼り無かった。

「私達五人の者が考えたのはそれであった。脱走と云う事だった。然しね、直ぐ次に、私達五人は、此の秘密結社が、如何に脱走人を取扱うかと云う事に想到して慄然とした。早晩、乍然《さりながら》、脱走した者は殺害されるのだ。神秘的な組織下に在る結社員の為に。どんなに巧妙に逃げかくれて居ようとも。だが、私達五人はその方法を取ったのさ。すでに、我々の為《し》た事は結社に知れて居る。居ても殺されるし、脱走しても殺される」

客の声は、私の部屋の裡に、怪しい波紋を起して響いた。客は又語を続ける。

「逃げたさ。五人共別々に。逃げて逃げ延びたよ。それで今年で三年、もう二人殺されたのだ。此の片目で私が居る訳、此れも、私が、その魔手に掛って、危く生命を失いそうになった、去年の夏の事さ」

「で？」

「いや、此丈だよ。君は私の友達だ。私は君を信じて居る。私は今世界中で唯一人だ。で最後の思い出に私は君に全てを打明けた迄だ。秘密を持って彷徨することは実際苦しいからね。私は絶えず襲われて居る。最善の注意を払って居ても、何処か落ち着いては居られぬ。二六時中、私は自分の心持を、強く持って居ようと、一生懸命になっている。だが何時《いつ》かは、思い掛けない所で殺されるだろうよ。二度と、そうさ二度と、私は君とも会われぬかもしれない。然し会われないいじゃない。会われないよ」

客はふっと視線を落した。私は、何とも云い様の無い感情で、此の暗い運命の下に生れて来た友を見つめた。

「ハハハハ…………」

客は表面丈けの寂しい笑を洩らした。

「ねえ、私は何だろう？　私は自分を疑うよ。私は何だろうと？」

そうして客は立上った。

「晩《おそ》く迄お邪魔した。私は明日此の国を離れる。行先は解らない。じゃあ左様なら」

「そうかい、では気を付け給えよ」

「有難う」

私は、此の寂しい無残な客を、玄関へ送り出した。

「丈夫で暮し給え…………」

客は帽子を冠る時、こう云った。

「君もね」

私は、涙声にさえなった。客の姿が、頼り無く、植込の影に消えて行った。その時、私は矢庭に、自分の部屋へ取って返した。大急ぎで。部屋へ這入るや否や、壁上の螺旋銃を取はずすと、私は外通りに面した窓から、坂を暗く過ぎてゆく脱走人に狙をつけると、切って放した。

彼は、一寸後を振向こうとし乍ら、その場所へばったりと倒れた。

「殺した、三人目を」

私は銃を持って放心した様に呟やいた。

「此れは私の義務なのだ。だがあの男は私を信頼して居た。私は信頼されている此の屋内では殺さなかった。多分、打たれた瞬間！　彼は誰か結社員に殺されたのだと考えて居たろう、そうだ。そして、それでよいでは無いか」

——結社員の話——

仮面舞踏会

仮面舞踏会……

宏壮な舞踏場の天井から下って居る、眩暈《めくる》めく様な玉枝華燈《シャンデラア》の光耀を浴びて、人々は、三角の黒い仮面を着けた人々は、その内部《なか》から、何か蒼白い秘密をでも暗示するかの様な瞳をして、恰度《ちょうど》、そう創られた人形の様に、疲れる事を忘却したものの如くに、相手と唯《ただ》踊り狂って居た。

其処には、あらゆる匂の、香水と移り香と人いきれと、たわわに飾られた盛花等が、絢爛な、否が応でも悪魔の幻惑に誘い込む、花模様をでも織り出すかの様に、烈しく交錯して唯踊り狂って居た。

踊り狂って居る!! のは、強《あなが》ちにその人々ばかりでは無かった。舞踏音楽迄も、その楽器等も、己が独自の調子を忘れ去ったかの様に、唯もう乱舞の陶酔に浸って踊り狂って居る。いや、響き狂って居る!!

だが!! どうしたのだろう?

だが、どうしたのだろう？

何事か、何者が此の歓楽と痴呆との完全な調和を、不吉な騒乱の世界へ圧し込もうと云うのだろうか。

実に、其処には、此の五月の第一の土曜日の夜、噎《む》せる様な薔薇と脂粉との渦巻《うずまき》の舞踏の雰囲気の裡《うち》に、何かが、ひそかに忍び寄って来るのが明瞭に感じられるのだ。感じられるのだ。而《し》かも、それは、何人《なんぴと》も、では、それは何か？　と借問された時に明確に、それをそれとは指示出来得ぬ、性質のものが、そうして唯それは、影の様に、何処からか、此の限りなく放縦な花苑へ、極めて緩慢に、迫って来る気配と跫音《あしおと》とを次第に強く、じりじりと各自の心の一隅に覚えさせて来るだけなのである。だけ、なのであった。

「どうしたんでしょうね？」

「何がです？」

「何がって別にないんですけど……」

「そう……」

青い綾羅《きぬ》の美くしい型の夜会服を纏《まと》うた、若い令嬢が、その黒い仮面の内部から、おびえた様な瞳に不安さを湛えて、相手の、脊高い紳士に、小さい声で周囲《あたり》を憚《はばか》り乍《なが》ら、こう尋ねた。こう囁いた。

「そう、全く、こう何だか変ですね」

「ええ、何だか……」

二人はぐるりと、余人に気取られぬ様に周囲を見廻した、疑心深い瞳で。けれども、その二人を、いいや、踊り狂って居る全部の人々を、ひっそりと襲い迫って居る得体の解らぬ感情の怪しい原因は、それと見出す事が不可能であった。それに、全く、具体的な変化とか、又は、此の舞踏場に起って来そうなことの気配なぞは、少しも見当らぬからである。そして全ては以前の如く、在りの儘《まま》に、飽く迄も賑やかに華麗で飽く迄も美しく派手であった。

けれども、絶対にその事を、頭から否定し去る事は出来ない。即ち、音のしない跫音、とでも云う様なものが、ひっそりと、此の美くしい綺羅びやかな場内に感じられて来ることを。陽気な、踊りの音楽の流れの裡に、時に交じって、冷たく蒼白い響を強く知ることを‼

「でも、変りはないわね」

「ええ、そんな事は……」

あの仏蘭西窓の蔭に、何か、ひそんで居るのでは無かろうか？　いいや、あれは彼処にある椅子の翳《かげ》りに過ぎない。では他に？　だが、では？　とさて怪しんで見出せる何物も此の舞踏場には、繰返して云うがないのだ。だが、此の何とない息苦しさは何であろう。胸を締め付ける様な、間断ない、アンダンテの畏怖の影は？　否定はする。その存在その物がない限り。然し、だからと云って強く肯定は出来ない。此の不安さと、おおいかぶさって来るものが消え去らない限りは。何にも無いではないか！　人々は心の裡でこう烈しく打消す。そうだ、表面には何もない。ない。

「けれど……」

「？……」

「何かこう起る様な……」

「え？」

　今、令嬢がこう言った時には、その男に支えられて居る右手は何となくふるえて居た。わなないて居た。だが、全ては平静である。サキソホーンは道化て高鳴り、突拍子もなく響き渡る。伴奏は賑やかに踊り上って居る。玉枝花蓋《シャンデラア》は美しい迄に明るい。

　然し、然し其処には、じわりと襲いかかって来る、迫って来る無形のなにかが、ある様なのだ。人々の心を蝕む、異形な、そうして絶え間なく、ひっきりなしに、おおいかかって来る何かが？

「ねえ、休みましょうよ」

「そう、それがよござんすね」

　女がこう云ったのを機会《しお》に、相手はそれに同意すると、踊り狂う人々の群を縫う様にして離れた。女はぐたりとして、椅子に、靠《もた》れた。

「どうか、なさいましたか？」

「いいえ、ですが、何だかひどく疲れて」

　だが、こうして踊り狂う人々から離れてひそひそと囁き交わし乍ら、休むものは彼等二人のみではなかった。次第にその舞踏の群から脱するものは増して行って、此処に四五人彼処に二三人と佇《たたず》み乍ら、今迄、自分達もそのひとりであったことを忘れた様に、未だ踊り狂って居る輪舞の人々を、不安そうに眺めて居た。恰《まる》で見まじきものをでも、窺う様に、不安そうに。

そうだ、不安なのである。そう、不安であるのだ。一様に踊り狂う人々、いや、もう止《や》めて
四囲《あたり》に佇んでいる人々の心を襲う青い物の怪の様な感覚は、実に、その不安と云う二字でつきる。では、それを又何人が、敢て此の陶酔の歓楽に齎《もた》らしたのであろう?

「ねえ、気がつかない?」

「何を?」

「ほら、あの方、脊の高い、……今一番右手に踊って居る人を?」

「ああ、あの人、あれが?」

「もう随分長いこと、あの人踊って居ますわ。よく疲れない」

「そう、そうですね。そうおっしゃれば、未だ一遍も休まない様ですね」

「ええ、それにどうしたんでしょう? あんなに首を仰向けにして……」

「本当に。おかしな風をして……」

二人は、極く小さな声でこう、囁いた。極く小さな声で、だがその会話は、禁断の楽園へ跳《おど》り込んだ蛇《くちなわ》の様に、素早く鋭く、その四辺へ響いた。伝って行った。その二人の近くに立って居る人は、その会話を盗聞すると、その指さされて話された人を知った。すると、次のものが、又隣の者にそう囁いた。恰で、言ってはならぬ事を、犯してはならぬ掟を破る者かの様に、いとも低く、ひそかに。

「ね、あの人は随分踊ってますわね」

「本当に。どうしたんでしょう？」

それから、彼等は、果知れぬ暗闇から、そおっと窺い寄る白衣黒面の妖魔の様な瞳をして、疑問の人を凝視し初めた。

その人――未だ踊って居る紳士と相手の女。

男は脊が高い。古代の大理石像に見る様な立派な鼻の、口髭を付けた、未だ若い紳士である。女は、女はもっと若い、十七位かも知れぬ。そして彼女は、見れば、相手の男に無理と踊らされている様である。と云うのは、そのステップを踏む足が床に確固《しっかり》とは触れない。その顔は、男の胸に力無く縋《すが》り付いて、がっくりして居る。手にも力は無い様だ。それを又どうしたことか、男は我無者羅《がむしゃら》に抱いて、否抱いてと云うよりは寧《むし》ろぶら下げて、文字通り唯踊り狂って居るのである。

「未だ踊って居る？」

「未だ踊って居るなんて？」そうしてそうした声は波紋の様に、それを凝視《みつ》めて、あらぬ心を抱きしめている人々の不安な瞳と心とに沁み込んで行った。彼等は、小さいが影を持った言葉で、お互いにこう囁いた。

「未だ踊って居る!!」

未だ踊って居る！

そして最早、その一組の踊り手を除いては凡ての人々は踊りを止めて了ったのである。止めて、黙して恐ろしそうに、その一組の舞踏を唯凝視して居たのであった。

広大な舞踏場全体には、煌々《こうこう》とした光線が流れて居た。その明るい光線を浴びて、狂人の様に、物も云わず、未だその一組の者丈が機械の様に、人形の様に奔放に、踊り狂って居るのだった。

「未だ踊って居るなんて‼」

「どうしたと云う事だ！」

「どうしたんだ！」

その疑問は、軈《やが》て嵐の様に、ささやきから叫びへと変って彼等の口々から一様に発せられた。

不安の焦慮に駆られて、人々は喘《あえ》ぐ様に、鋭く叫んだ。

「あの二人は！」

「あの二人はどうしたんだ？」

「あの踊り様は？」……「あの踊り様は？」

「どうしたと云うことなんだ⁉」

だがその一組は、彼等二人切りが未だ踊って居るのだ、と云うことは気付かぬかの様に矢張踊って居た。そして、二人の足拍子は次第に加速度になって行った。否、ひとりと云った方が当然であろう。女の方は、まるで男に依って抱き上げられた儘であるから。男はと云うと、物に魅かれた様に上を向いて、唯無意味に足を烈しく踏んで居る。そして、それ丈だ。

音楽は何時か止んで了って居た。その、あんなに迄も響き狂って居た音楽も、そして今は、その舞踏場に鳴り響いて居るのは、動いて居るのは何物も無い。彼等、狂人の様な二人の舞踏を除いては。

「どうしたんだ？」……「どうしたんでしょう？」

だが、見よ！　男の足は急に乱調子に変化して行って、不思議なテンポを踏み初めた。そうだ。彼は最早踊っているのではなかったのだ。狂って居るのだ。怪しくも唯狂っているのみなのだ。

「止《と》めてやれ」……「止めさせなくっちゃならん」

人々が、こう気付いて、口々に叫び乍ら、近寄った時は、だが既に遅かった。紳士は、その仰向けになって居る顔の表情を、きりきりと烈しく苦痛な風に痙攣させると、ううん!!　と一声、呻《うめ》く様な叫ぶ様な声を発して、がくり、と首を前にのめらせた儘、その口腔から、気味悪い紫色をした血を吐いた！　そしてそのすさまじい血汐《ちしお》は、相手の女の、白い首から美くしい胸へ掛けて、べっとり、と掛って行ったのである。

それを見て居た女達は、思わず叫び声を上げて、かたわらの紳士達に縋った。男達も、あまりの事に顔を背けた。そして、その男は又引続いて紫色をした不吉な血を吐くと、人々が、驚ろいて支えようとした前に、二三度踵を中心にして、くるくると廻る様に足を運ぶと、ばったり床上に倒れて了った。人々は此の急変に、ああと短かく叫び乍ら後へ退《す》さって了った。

見れば、仰向けに倒れた男の瞳は怪しい迄に痙攣《ひきつ》れて、口はむごたらしく開かれ、どくどくと未だ紫色の血が吐かれて居た。真青。その胸の上に、相手の女が、失神して、つっ伏して居る。

「もう駄目らしい」……「いや、もう駄目だ！」

「死んだのか？」……

「死んで居る。息は絶えて、脈は無い」

その周囲に集った人々は、男を抱き起し乍らこう言った。そうだ。男は死んで了ったのだ。女は唯、気絶しているだけだが、すると急に、その死んだ男を抱いていた一人が叫んだ。

「や！　此の人は変装して居るんだ!!」

「変装を？」

実に、その黒い仮面を取除いた下には、その口髭と鬘《かつら》とを取った下に現われたのは、今迄とは似も付かぬ別個の顔貌ではないか！

「変装を？」

此の一言に、好奇心に駆られて、人々は又新《あらた》にその周囲を取巻いた。

「それに、此の額には烙印がある！」

「烙印が？」

「Zと云う烙印が！」

「Zと云う烙印が？」

人々は、続いて現われた此の驚異に、その奇怪に怖れた。一体、どの様な秘密と神秘とが、此の人間の影に纏り付いて居たのであろうか。彼等は互に、畏ろしそうに囁いた。謎である。

彼等は、その怪しい烙印の謎を解き明そうと、最早物言わぬ、蒼白い屍体を凝視した。何人も、能《よ》くその真相を解することは不可能であろう。私、一番端に立って、事件の成行如何を見守って居た、此の私、を除いては‼

そうだ。実に、私がそれを行ったのだ？

私は、自分の計画を首尾よく行《や》り遂げたのだ！

彼奴を‼　秘密結社脱走人の彼奴等のその一人を！

私は手を握りしめて瞳を伏せた。驚愕と、憤怒に捉われた、若《も》しかすると此の中に居るであろうかも知れぬ彼等脱走人の誰れかと、私と、私の結社員とだけが、此の奇怪な運命を負わされた男の秘密を知っているのだ。

——（結社員の話）——秘密結社脱走人に絡る話の四——

譚《ものがたり》

その一　傀儡人形《まりおねっと》

深《ふか》い幽い山峡《あい》の、世間の人々からは、すっかり忘れ去られて了った様な、それは少《ちい》さな町に、傀儡《あやつり》人形の一座が、どうした風の吹き廻しか、ひょっくりと乗込んで参りました。
何がさて、面白いこと、物珍らしいことと云っては、一年中何一つと云って無い此の町のことです故、人々の、その喜びようと云ったら！　いやもう、寄ると触るとその噂で、町中持切りでした。
今度来た傀儡師《くぐつし》と云うは、花洛《みやこ》でも名うてのものだそうな、
泥で作った人形に、傀儡師の生霊《せいれい》が乗り移るのだと云うそうな、
夜、夜叉《よさり》、あの人形共は、お互いに話を交わすそうな。
風説《うわさ》は噂を生んで、尾鰭《おひれ》はひれ、未だ蓋を開けない内から大層な評判となって了ったのでし

た。

さて、やっと、町中の人々があげて、待ちに待った、人形芝居の初まる当日が参りました。そして定刻前に最早、その少さな町でたった一つの劇場は、下足番のおやじが、気が狂いそうな程に、文字通り、小さな町の人々で、満場立錐の地もないと云う程の、大入叶《おおいりかなう》となったので御座いました。

軈《やが》て、定刻が来て鈴《ベル》が鳴り渡りました。

次に、古風な模様の幕がするすると上ってさて番組にもある通りの外題《げだい》、此れは又恐ろしくハイカラな、「タンタジイルの死」の一幕が初まったので御座います。見物は、咳《しわぶき》一つせずに、固唾《かたず》を飲んで凝視《みまも》りました。

だが！　嗚呼《ああ》!!　何と！　此の人形芝居の巧者なことでありましたろう！　その可愛い人形達の身振り、手振り、その首の傾《かし》げ様の糸惜しいこと！

人形の、タンタジイルの姉が申します。

「タンタジイルや！　タンタジイルや！」

妹の、タンタジイルが答えるのです。

「嗚呼、ねえさん、此処は暗いの……暗いの、早く、開けてちょうだい……」

（おお、その白《せりふ》の声の美くしいこと！）

一ぱいに詰った見物は、己《おの》がじし、心の裡《うち》で、その人形の白を繰返すのでした。――タンタジイルや！　……と。

それは真に迫ったものでした。それはまるで人形に魂がある様でした。

そして、やっとその驚く可き、技神《しん》に入るとでも申さる可き第一幕「タンタジイルの死」が終ったのです。見物は、ほっ！　と一どに、今迄ためて居た吐息を洩らして、さて急に気付いて、一斉に、その巧者な人形使いを賞め讃える、急霰《きゅうさん》の如き拍手が、場内を揺《ゆるが》す様に湧き起ったのでした。

有繋《さすが》、都でも名うての程はあるわ、
とんと、人形とは思えぬよ、
あの声！　あの声を聴いたか！

すると此の時、大層狼狽《あわ》てた風で、額の汗をふきふき、人形使いと劇場の支配人とが舞台に現れました。それを見て人々は、多分自分等の賞讃のお礼だろうと、又も嵐の様な拍手を浴せ掛けました。処が、それがやや静《しず》まった時に、当の人形使いが、大変恥ずかしそうにもじもじと、こんなことを申しました。

「皆さん、今晩は実に相すみません。全くわたしとしては、何と皆さんにお詫びしてよいやら、途方に暮れて居ります次第で、何とぞお許しを願います」

そして其処で、その人形使いと支配人とが一つ、ぴょこんとお辞儀をしたものです。

此の意外な光景に、見物はあっけに取られて了いました。何を全体言ってるんだろう？　あの人形使いは？

と又、その人形使いが、直ぐに、次の様なことを言い出しましたが、何でもそれに依ると、一座の座頭が、急に枕も上らぬ大病にかかり、どうしても今晩の間に合わず、皆がてんてこ舞いをした揚句が、ともかくも、残りの者で何とかこぎ付けようと云うことになって、たった今宿所から大急ぎで馳《は》せつけたのだと云う趣でした。

え？　じゃア人形が、傀儡師《あやつりて》なしで演《や》ったと?!

さあそれからの見物の驚き、人形使いの呆れ様、なぞは今更くどくどと書き続ける必要はありますまい。唯《ただ》、此処に此れ丈は是非付け加えて置き度いと思うことは、それから第二幕目を今度は傀儡師《あやつりて》があって初めた処が、見物が一人去り二人去り、四人五人と云う様に、皆帰って了ったと云うことです。

はてまあ見られたものか。いやもう、前と後とでは天地霄壌《しょうじょう》の差よ。

そして此れが、町の人々の批評で御座いました。

その二　活動写真

……六月初めの、矢車の葩《はな》の様にも真青な大空と、若い神々の様にも元気な太陽との光線とで、一寸《ちょっ》と目《め》眩《くら》めく様な、少し汗ばむ程のきらきらと輝かしい初夏の午下《ひるさが》り。

私は、未だ今一度も歩いたことのない場末のごみごみとした巷《まち》を、何と云う当《あて》も無く、ぶらぶらと彷徨《ほっつ》き歩いて居りました。

すると、眼に付いたのが、日本物ばかりを映《や》っている小さな活動写真館でした。それを見ると、その時、私は、何と云うことなく、おや？　這入《はい》って見ようか知ら？　と云う、軽い誘惑を感じたのです。

昼ひなかの、あのヂンタ擬《まが》いの楽隊が醸《かも》すセンチメントに私はふっと溺れて見たいと考えたのです。

——御案内、

けれども、中はがらんとして、妙にうすら冷たく、前列の方に子供達がかたまって、がやがやと口々に饒舌《しゃべ》りちらしている外には、観客と云っては、十人にも足りない程の数でした。

きらきらした外光から、やっと眼が馴れて四辺《あたり》を見廻した私は、然し、その客の入りの少ないのも、亦《また》、こう妙に侘《わ》びしくて好きになったのです。

映《うつ》って居た写真は、何か喜劇ものでした。それも恐ろしく古いもので、白い線が矢鱈《やたら》に画面を走る、ひどく見にくいもの。筋も、下品な道化た男が、可愛想な位いに叩かれたり転んだり、泣いたり当惑したりすると云う、取とめもない写真でした。

？　処が、急に私は飛び上らんばかりに驚ろいて、おや？　とこう叫びさえして、思わず、顔を前に突き出して、その画面を凝視《みつ》め初めました。

と云うのは、おお！　此れはま、何としたことでしょう。その喜劇の哀れな主人公が、此の私だったじゃありませんか。そうです。私が下品な扮装をして、その古ぼけた画面で道化て居るのです。

ああ、此れはどうしたと云うことでしょう。私の過去の日に私はああ云う記憶は少しも持たなかった筈なのに！　而《し》かもその役者の私は、恥知らずなお芝居をしているのです。私は泣き出しました。画面を見つめ乍ら、ぽとぽとと、頬を涙が濡らすのです。

——ああ、可愛想な私よ、あんな逆立《さかだち》をしたり、叩かれたり、笑って見たり……

だが、私はもう見て居るのに堪えられなくなりました。何と云う浅間《あさま》しいことだろう。

いきなり、立上ると、憤然と私は後の撮影室へ飛び込んだのです。

「君、君は何処からその写真を仕入れたんだ？」

「え？　何ですって？」

けれど、技師は唯ぽかんと、此の不思議な闖入者《ちんにゅうしゃ》を見つめるばかりでした。

「何でもいい！　僕は、その喜劇映画を映すことを断じて差止めさせるのだ。そうだとも!!　断じて差止める!!」

「喜劇映画？」

　すると、技師は不審そうに私の言葉を繰返した後でこう言ったものです。

「一寸と、此処から御覧になって見ませんか？」

　それで私は、その映写機の傍《わき》の壁の窓からスクリーンを覗いて見ました。と、其処には大《クローズ》写《アップ》の大髻《おおたぶさ》のさむらいが、刀を抜いている丈で、何処を見ても私の姿なぞは映っていないのでした。

　六月初めの、矢車の葩の様にも真青な大空と、若い神々の様にも元気な太陽との光線で一寸と目眩めく様な、少し汗ばむ程の、きらきらと輝かしい初夏の午下り……。

その三　或る記憶

多分、それは夕暮れなのではなかったろうか、とわたしは思うのです。何故、その時が日の暮れ時であったか、と云うと、わたしは何とやら故《ゆえ》知らぬ物悲しさを染々《しみじみ》と感じていたからなのです。

そうです。わたしは何時《いつ》でも、本当に、幼い感情ですけれど、おぼめき渡る日の暮れ方は、とかくと哀愁に堪えられないのです。

それに、その時の蒼白い薄衣《ベール》の様な靄《もや》の影が漂っていた四囲の場景も、亦わたしの、此の記憶を裏書きする様なのです。

だが、全体、あれは何年前のことであったでしょう？

然し、わたしはそれを能《よ》く言い得ぬのを遺憾に思います。唯、何でも、非常に以前の、こう大層遠のいた頃、なのだろう、と丈しか思えぬのです。

それで、此れは若しかすると、わたしが未だほんの四才か五才の、所謂《いわゆる》物心付いた、と云われる頃なのではなかったろうか、とも、思うのですが。

否《いな》、処で、わたしは又からも、考えるのです。ひょっとすると、あれは現実のことではなしに、何かの暗示から開展した、愛す可き幻想なのではなかろうか？　とも。

然し、その根本は奈辺にあるにしても、わたしに取ってはそのことが、何時でも思い起す度に、不思議な程、何とも云えない明瞭さを持った、うら悲しさと畏ろしさ、云おうなら宿命的な隠影を、因果の跫音を、——そう云った部類に属する感情を、激しく感じさせるのが常なのです。

さて、それを申上《もうしあげ》ましょう。

此の初めにも書いた様に、夕かけて、冷やかな、蒼白い頃比《ころおい》を……

わたしは、だらだらと少しうねった長い坂路《さかみち》を、ひとりで否或いはひとりの連れと、とぼとぼと下りて来たのです。

その坂路と云うのは、左側が石垣で、その上に樹々が鬱々と茂って、その中の或るものは、坂路の上に、濃い影を落としていたのです。

右側は、築土《つくど》なのです。坂が下ってゆくに従って、一段々々と段を為している、古風な処々は頽《すた》れて了った、築土なのです。

そうした坂路を、わたしはとぼとぼと下りて行ったのです。

すると、下から登って来るものがありました。わたしには最初見た時は、それが何であるか鳥渡《ちょっと》解りませんでした。が、次第に両方が接近して来るに連れて、それは二人の男が白木《しらき》の寝棺に棒を通して荷《かつ》いで来るのだと云うことを知りました。

えんさ、

よいさ、

その男達が、こう掛け声をするのです。

白木の寝棺が、その度に軽く、左右に揺すれるのです。その人達と擦れ違った時、私は奇妙に白々とした気持でそれを見送りました。そして、それから歩き出そうとした時に、わたしは、何かと、後から声を掛けられました。で、振返って見ると、そう十一か、二位いの女の子が、手に、灯の点いたお祭りの提灯を持って、何故《なにゆえ》か少しべそをかき乍ら立っているのです。多分、わたしは、どうしたの？　とか、何とか問い掛けたに違いありません。

そうして、今度はわたしはその女の子の手を引いて、その坂を下り初めたのです。ぺた〳〵ぺた〳〵と、その女の子が穿《は》いている草履《ぞうり》の音が歩く度に響くのでした。すると、非常にあたりが暗くなって来て、その女の子の持っている提灯丈が、そうした裡で赤く、赤く揺すれて、私の眼に映るのでした。で。わたしは、その赤い灯と、引いていた女の子の変に冷たい手と、草履の音とを見詰める様な感情で感じ乍ら、長い長いだらだら坂を下りて行ったのです。

が、その内、どうしたきっかけからか知りませんが、私達は急に、一生懸命に、飛ぶ様に駈け出していたのでした。

駈け乍ら、わたしは、何処からか、どこどん、どこどん、と云う単調な太鼓の音を、遠くに、遠くに聞いたのでした……。

――たった、此れ丈の記憶です。

五月闇

四月のある夜。

××ホテルに催されたS——伯爵家の結婚披露の宴会の席上で。

——「ね、君、あの人を知ってる？」

「誰？……あア、あの壁にひとりで靠《もた》れかかってる男かい？」

「うん、そう。……何者だね？　あれア全体？　仲々貴公子然とした美《い》い男だが何処かこう、凄いところがあるね？……」

「うん。事実は凄い以上なんだ。……と云うのは、あれが例の園池男爵さ。……え？　知らない？　そうか。そんなら、一通り話してあげよう……」

——男爵園池家は、古く、王朝時代より連綿と続いた、実に由緒の正しい家柄で、その当主安彦は、彼も亦《また》実に、かかる名門にふさわしい容姿と、併せて又、その幼時の頃には周囲の者から、神童よとさえ嘆賞されたほどの秀れた頭脳とを恵まれた天晴《あっぱれ》な貴公子であった。

ところで話と云うのはこれからだ。

無事に大学迄の課程を終った時、出来ることならもっと偉く、との親心から巴里《パリー》のソルボンヌへ留学に行った。だが、これが不可《いけ》なかった。本人の身には却って仇となり、一門には禍を齎す種となったのだから。

何故だ?――華の巴里だ。東洋の若く美しい男爵が石部金吉で居られよう訳がない。が、それだけなら、一人彼と限らず、誰にも有り勝の事で、今更取り立てて云うがものもないのだが、実は、彼は鴉片《あへん》に耽《ふけ》った。

耽って、……ひたすら紫の煙が生む恋人に沈湎した揚句、麿《まろ》は国へ帰りとう思わぬ、と宣言した。

お家の大事……と、で日本に於ける一家一門の人々は、額を集めてよりより協議の末に、思い切って廃嫡しようと云う事に迄立到った。

すると、その、すったもんだの騒ぎの裡にひょっこり、男爵は帰朝した。幽霊のように蒼白な顔色で、生気のない顔をして。

だが、とも角、帰って来て呉れさえすれば馬鹿でない限りは勤まるのが殿様稼業だからと一家一門の人々はほっと安堵の思いをしたのだったが、それもつかの間、と云うのは、彼安彦は、不思議なものを、その同伴者として持帰ったからである。

鴉片か?　いやいや。……それは一匹の、見るからに逞しい女豹であった。

豹!……

そうして、それから、被と、豹との奇怪なる愛慾の生活が初められたのである。

――「……考えてみると、長い間の、十年にもなるかな、その放埒な外国生活で、余程変態な趣味になって了ってたんだな、……何しろ今も云う様に、鴉片の味さえも知った男だから、これ位は当り前のことかも知れないが、もともと幾らかその性格もエクセントリックだったと見えるね。

何でも当人の云う処に依ると一度、此のつまり、けものたわけとでも云うかな、こいつに堕ち込むと、常態ではまるでもう何等の刺戟をも受けられない、と云うんだからね、……じア、全体何処がそんなに面白いのかと云うと、相手は元来けだものの事だ。ジャングルに育った猛獣だ。いつ何時、その本性を現わして来るか分ったもんじゃない、と云う此の危険が伴う。此の不断の危険が伴うと云う感覚が、彼に云わせると、もう譬《たと》え様もなくセキュジュアルなんだ。とこう云うんだから一寸手《ちよつと》がつけられない。

……うん、ほとんど、男爵は豹と起居を共にしている。尤も、万一の場合を思って短銃をポケットに忍ばせては居るそうだが……

……幽霊のように蒼白い色艶、どろんとにごって生気のない瞳、――雌豹をその妻とする男爵は、矢張り先刻の場所、桜の造花の下に、ひとり茫《ぼう》と佇《たたず》んで居た。」

五月の或る夜、

文目《あやめ》も分ぬさつき闇、……だが、空気は晩春の悩ましく濃い香《におい》に籠り、とろんと何か婬《みだ》りがましい迄に澱《よど》んで、苛《いら》だたしく、人肌の恋しい生暖かい夜だ。

雌豹はむっくりと起き上った。

此処は園池男爵家の、その一人とその一匹とのハレムだ。部屋は路易《ルイ》王朝風の様式に、しかも飽く迄、豪奢絢爛に装われてあった。

起き上ると、雌豹は、跫音を立てず、大きく円を描いて部屋の裡を歩き出した。

それは、美しい逞しい、姿だった。腹から腿へかけての毛並は白く光り、天鵞絨《びろうど》の様な斑紋が麗しい輪を脚に刻んで、頭へかけて背一面の、艶《つや》けしの黄金に見る様な、だが、滑かな光沢に映える黄色に、薔薇の花の様な特異の斑点を持ち、それと、白い強そうな尾と……。

と！　急に、彼女はぴたりと立止った。何ものか、微かな物音に聴き入るような姿になって。

……だが、四辺《あたり》は寂《せき》として、唯、庭園に咲き狂う五月の花の匂がするばかりだ。

然し、彼女の、その両の眼はクワッと見開かれた。四肢を、と共に一瞬縮めると、何の逡巡《ためらい》もなくひらりと、はるか高い通風孔めがけて跳ね上り、そのしなやかな身体は易々とそれを飛び越した。

飛び下りると、……而も、彼女は何の物音をもたてはしなかった。唯、花壇の矢車草の茎が折られたかすかな音を除けば。

「あらッ⁉……」

「おッ⁉……」

寝台に並んで腰掛けて、恋をたのしんで居た二人の男女は、今はるか高い通風孔から眼の前へ飛び来ったものを一目見るや、否や、死ぬ程の驚愕の叫びをあげた。

雌豹は凝然と、驚きの余り失神しそうになっている、あられもない姿をした女を、その野生の瞳で見守っていたが、一瞬の後、

「キャッ⁉」

「バ、馬鹿！」

豹は、女の咽喉を喰わえた儘、こう叫んだ男を一寸見やったが、直ぐ、軽々とそれを一振りすると、床の上に叩きつけた。

喰い切られた咽喉笛からは、真赤な血潮が、後から後からと……やがて、それは、絨毯の上に怪しい模様を描いた。女は、断末魔のあえぎに喘いだ。

「き、貴様ア……」

矢庭に、男は在り合う胸像を摑むと、それを投げつけようとしたが、それより早く、白い逞しい尾が男の頭上に加えられた。

「ラウ！」

……豹は、暫く、倒れ伏している男の姿を見つめて居た。

それから、のそりのそり、女の死骸に近づくと、そのざらざらな舌を出して、血をなめた。

綺麗に舐め了わると、今度は男の傍に物倦《ものう》そうに坐って、前へ突き出した両脚の上へ、金線のような真直ぐな髭が、疎らに生えている頭を乗せると眼を閉じた。何時もの様に、男が愛撫

して呉れるのを待つ為に。そしてゴロゴロ咽喉を鳴らした。

――彼女の愛する男爵はもう死んで了ったのに……

五月のある夜。

文目も分ぬさつき闇。……だが、空気は晩春の悩ましく濃い香に籠り、とろんと何か婬りがましい迄に澱んで、苛だたしく、人肌の恋しい生暖かい夜だ。

たぶれっと

日暮れて、太陽の残照が全く消えて、それから二刻の後、真夜、南と西との間、地平線に近く、低く夜空に懸って、一抹《いちまつ》、赤銅色の雲が、いや光芒が、——それは、まるで、汚れ切った罪を、自らも怖《おび》え乍《なが》ら懺悔し了《おわ》った時、その罪人が、と共に、がばと咯《は》いた、腐《あざ》れた血汐のような赤黒い色をした、噫《ああ》、見るからに凶相な、雲が、光が漂う。

勿論、日光ではない。月でもない。又、反射でもない。それは殷紅《あか》いものだった！

人民は等しく、不安に、——不測の災禍に畏れた。或は、神々の敬示であろうか？ 乃至《ないし》は、遠つ祖先《みおや》達が、地下の者が激しい憤怒でもあろうか？ そして次第に、人民の胸裏に巣食った恐怖は苛立たしい苦悶と変って、昂奮の極、遂に彼等は、己がこの世で最も愛する者を、——その妻を、その恋人を、その子を、争って殺戮し初めた。我が脳髄の奥深く蠢《うごめ》く、分析せられざる、ある逞ましい感情に指示されるままに……。

——妖光は春分点に至って憩《やす》んだ。

その年、宝算八十七を数え上げます王は、その年、取って齢《よわい》八十七になる、国中、第一等の賢者として名声ある一《いち》の宰相の頭《こうべ》を刎《は》ねた。

以っての他《ほか》の振舞いがあったと云うのである。


又、曾って覚えなかった程、烈しく雷の鳴りどよめいた翌日のことからであった。

三人の人が、全然、同じ衣服を身に纏い、きちんと同じ歩調で、町を、西から東へ向いて歩み去った。何処へ赴くのであるか？と擦れ違う程の者は全て質問した。然し、その三人は一言も答えなかった。だが、その瞳は、見た者が、思わず知らず、身体が漂い出す迄に澄み切っていた。

尾《つ》いて行ってみよう。此の好奇心は最初一人の者が起した。

そして聴《やが》て、十人の者が、百人の者が、千人の者が、――国中の老若男女が三人の人に従って町を西から東へ、津波のように、国の果さして大行進を初めた。

民を多数《あまた》失うを恐れて、この大行進を阻まんと軍隊が馳り催され、為に、殺傷された無辜《むこ》の人民が万を以って数うるに至った。

その時十《とお》になる子供が河の辺《べ》で糸を垂れて居た。すると、素晴しい大魚が掛った。大いさは、一寸、子供の二倍もあろうかと云う、頭部が図抜けて大きい、未だ誰も見たことのない不可解な珍魚だった。

十歳の子供を二倍にした魚、と云う名がその魚に与えられた。

節会《せちえ》の夜、北の方から、白馬に騎《の》った見知らぬ裸形の行者が王宮に伺候して、王と次のような問答の後に去った。

「王よ、此の世界は今、空劫の時代に入ろうとしております。全ては精《せい》を失なって老衰し果て、軈て此の世の終りが来るでありましょう。神々は他界へ移行されて居ります」

「見知らぬ行者よ。世界の終りを告げに来た者は、余の代になって既に、そなたで千人目じゃ。我が父の代、祖父の代、何時の代でも、見知らぬ行者よ、そなたの如く、世界の終りを告げに来たものは寔《まこと》に数知れぬ。又、それに関しての古《いにしえ》からの文書《もんじょ》は余の紀録所に山をなして居る。而《し》かも、世界は未だ亡《ほろ》びぬではないか、余はこうして花を愛し、女《め》を賞でて居《お》るではないか？」

行者は、矢庭に己の髪の毛を掻きむしり、玉座の前へその身を投げ伏すと、まるで梟《ふくろう》のような声で叫んだ。

「おう、我が神！　呪われた人の子を許し給え！　おう！　世界は亡びねばならぬ最後の軌《みち》を急ぎ、日を重ねて居ります！」

「それは何時じゃ、見知らぬ行者よ？」

「天に大いなる鳥の翔ける時、地に極まる果の見出される時、野に炎の花咲く時、人の子に七人の龍頭《たつがしら》持つ者生誕する時！」

王は、昨夜、十年の余に亘る戦から帰った凱旋将軍が納め奉った遠い国の生れ、黄色の肌と狡《ずる》そうな瞳と、無智と婬らな心を持った女の、丸々とした乳房を弄玩されつつ、うつらうつら、その眼を細うされていた。

罷《まか》り出ずるに及んで、行者は、見事な引出物を拝領した。

国中、第一の大伽藍、世々の王が帰依厚い大寺院が、突然、音もなく崩壊した。九十九本の壮麗な大円柱が、何と云う理由もなく、忽ちにして罅《え》み裂《わ》れ、倒れ、黄金《こがね》を葺《ふ》いた屋根は頽え、——一瞬にしてそれは空しい空墟と化した。まるで、童子等が遊びの、積木細工を、一寸指で突いた時のように、もろく。

しかも、どう云うはずみか、その時、寺院内に人ッ子一人居なかった。五十年この方、必らず、毎日、正面の円柱の本に、陽なたぼっこするいざり乞食さえ、その時に限って、庭前の槐《えんじゅ》の樹影で尿《いばり》を垂れていたので。

静かな、静かな、蕾《つぼみ》か葩《はな》咲く音さえ聴かれようと云う、それは静かな、麗《うら》かに、飽く迄晴れ渡った日の午下《ひるさが》りだった。

娼婦と云うものが初めて此の国に現れた。賢い一人がそれを初めると、直ぐ、次から次へと真似する女が出て来て、国中、全ての女が娼婦となった。そして、女達は以前とは似もつかぬ程、美しくなり、男達は、卑屈に膝を抱えて吐息をついた。

その初まりは今明瞭ではない。

然し、とも角、そうであると主張するものと、そうでないと主張するものとの二派が、人民の中に対立した。

そして次第に、全ての人民が、――上は王宮の高官から下は癩を病む乞食に至る迄、その各々の好むままに、そのどちらかの徒党に加盟して、まるで病気か食慾かのように狂し、主張し、怒号した。

果ては、一人と一人、群《むれ》と群、街の随所で喧嘩に及んで、命を墜すものが相次いだ。

そうして、その内、何時の間にか、そうである方の人々が、そうでない方の連中になり、そうでない方の人々がそうである方の連中となり、逆に入れ変って、それから又、事《こと》新しく夢中になって争った末、止んだ。

この騒動は、凡《およそ》、五十日程続いた。

――命というものは何だ？　と悲し気に訊ねた。答えに、――ふん、人真似をするもんじゃない。若し、そう云う疑問がお前の本心から出たものなら、お前は身体が何処か悪いに違いない。元来そう云うことは一人が考えればよい。それで沢山だ。……さ、人真似をする暇があったら、今度は飛ぶ真似をしろ！

一言、云い返そうと口を開けば、
「カア、カア、……」と云った。
黒々と、烏に転生していた。
烏は、こっちの樹から、あっちの梢へ飛ぶのに専心していた。

――一九三一・三三、――

解説

長山靖生

怪奇と幻想に彩られた短編の名手である城昌幸の、探偵作家としての、さらには『若さま侍捕物手帖』が人気を博した大衆小説家としての側面は、本書に再録されている江戸川乱歩の桃源社版『みすてりい』跋文に十分に解説されているので、ここでは若干の補足を加えると共に、幻想詩人としての側面をまじえて述べていきたい。

牧神社版『城左門全詩集』の別刷解説に城本人による行き届いた「自傳」が載っているので、まずはそれを引いておきたい。

明治三十七年（1904――）六月十日、東京神田駿河台東紅梅町に生る。本名稲並昌幸。父幸吉は理學士。母文子は幕臣柴田女。京華中學四年修業の頃、輕微の胸部疾患を理由に通學の事を廢す。元來、團體統制的規矩を嫌厭する性癖あり。雜書を亂讀して詩作に專念、父の激怒をかふ。

大正十二年の交、詩集『猛夏飛霜』の作者平井功と相識り、彼に從つて日夏耿之介、西條八十兩先生の門を潛り、後、堀口大學先生の知遇を得（引用者注：平井功は兄正岡容の紹介で大正一〇年にまず西條八十の門を敲き、同年冬に八十を介して日夏耿之介に入門していた。なお平井は明治四十年生まれで城とは歳も近く、中学教師の理不尽な姿勢に反発して学校を廃しており、境遇にも似たところがあった）。

大正十三年、同人雑誌「東邦藝術」を興し三号より日夏先生監修のもとに「奢灞都《サバト》」と改題す。石川道雄、岩佐東一郎、内藤吐天、燕石猷、矢野目源一、前記平井功ら此れが同人たり。「サバト」は昭和二年三月に畢る。

昭和三年五月より、岩佐東一郎、西山文雄らと同人雑誌「ドノゴ・トンカ」を創刊す。並行して第一書房發行の雑誌「パンテオン」に詩を發表せり。西山文雄と共譯のアロイジウス・ベルトランが『夜のガスパァル』は、多く此の間に成る。佐藤春夫先生の謦咳に接したるは此の頃と記憶す。「ドノゴ・トンカ」は、昭和五年六月まで繼續せり。

昭和五年十二月、「今日の詩人叢書」の一巻として、処女詩集『近世無頼』を第一書房より發行す。

昭和六年九月、岩佐東一郎と兩名にて雑誌「文藝汎論」を創む。詩を中心とせる文藝雑誌にて広く江湖に寄稿を仰ぐ。飯塚書店版『現代詩辭典』に、「新人育成に顯著な功績を示す。戰爭期に直面せる日本の詩人たちにとつて唯一の自由な詩的精神の解放場でもあった」とあり。猶、明治書院版『現代日本文學大事典』の「文藝汎論」の項に、事は更に精し。終刊は昭和十九年五月号也。實に十四年の久しきに渉れり。廢刊の事由は偏へに當時の新聞雑誌統制法に係る。

此の間、昭和七年に『夜のガスパァル』を第一書房より、八年、矢野目源一共譯の『ヴィヨン詩抄』を椎の木社より、九年、『槿花戯書』を三笠書房より、十年、『二なき生命』を版畫莊より、それぞれ出版す。

この前後、齋藤昌三氏の書物展望社、平井博氏の版畫莊の準社員たりしことあり。『終の栖』は十七年、臼井書房刊。十九年に『月光菩薩』を私家版にて發賣す。戰時中なれば閑文字の出版を許さず。故に私家版たり。所謂闇と云ひつべきか。

戰後、昭和廿一年、岩谷書店の招聘に依り編輯の衝に當る。詩誌「ゆうとぴあ」を創刊なし、後「詩學」と改題、昭和五十一年現在に及ぶ。通巻三〇七号を數ふ。廿一年、『日日の願ひ』を臼井書房より刊行。

同じく戰後、木下杢太郎先生の訃を聞きて憮然たり。先生とは書翰の往復のみ。遂に面晤の機を失ふ。

詩集『月光菩薩』以降、詩に佛教的措辞漸増す。佛法に薫習の様を觀るなるべし。三十年、第七詩集『恩寵』を昭林社より、五十一年春、『城左門全詩集』を牧神社より發行。

以上、詩的經歴を述べ來つて私かに思ふ、我が生涯は、雑誌、詩集の刊行歳次を示す以外、記す可き何等の傳なきを。内面の葛籐、相剋を陳ずるは他事也。傳するに足る波瀾の一の有る無く、顧望すれば淡々、又坦々、寧ろ傳するものなきを喜ぶべき歟。妻あり子なし、安住して酒を愛す。

少し補足すると、城左門名義では詩のほかに、詩誌やモダニズム系文芸誌に散文詩や短編小説を書いたほか、俳誌「風流陣」に参加し俳論も書いている。同誌は多くの詩人・文学者らが集った俳句雑誌で、はじめは文藝汎論社を版元として岩佐東一郎《いわさとういちろう》により発行され（五号まで）、六号からは風流陣発行所刊となり、八十島稔《やそじまみのる》主宰として昭和十九年まで続き、六十六号で終刊した。同誌には城や岩佐のほか、北園克衛《きたぞのかつえ》、衣巻省三《きぬまきせいぞう》、村野四郎《むらのしろう》、天野隆一《あまのりゅういち》、一戸務《いちのへつとむ》、田中冬二《たなかふゆじ》、永田助太郎《ながたすけたろう》、乾直恵《いぬいなおえ》、近藤東《こんどうあずま》、室生《むろう》とみ子《こ》、井上多喜三郎《いのうえたきさぶろう》、佐藤惣之助《さとうそうのすけ》、山中散生《やまなかちるう》、正岡容《まさおかいるる》、高橋鏡太郎《たかはしきょうたろう》らが参加していた。

城昌幸名義での探偵小説も、詩誌での活動開始とさして措かず、「探偵文藝」大正一四年七月号に「秘密結社脱走人に絡る話」を発表してデビューした。本作は後に「脱走人に絡る話」と改題されており、本書補遺には後者の名で収録されている。続けて「新青年」九月号に「その暴風雨《あらし》」「怪奇の創造」を載せて以降、幻想味豊かな独自の掌編小説で人気を博した。城昌幸名義での小説集には次のようなものがある。

『殺人婬楽』（版画荘、昭和一〇年九月）
『ひと夜の情熱』（昭森社、昭和一一年四月）
『死人に口なし』（春陽堂〈日本小説文庫〉、昭和一二年一月）
『怪奇探偵小説集』（金鈴社、昭和一六年八月）

『猟奇商人』（岩谷書店〈岩谷文庫〉、昭和二一年八月）
『夢と秘密』（日正書房、昭和二二年十一月）
『美貌術師』（立誠社、昭和二二年十一月）
『怪奇製造人』（岩谷書店、昭和二六年十一月）
『みすてりい』（桃源社、昭和三八年十二月）
『のすたるじあ』（牧神社、昭和五一年九月）
『怪奇の創造』（有楽出版、昭和五七年四月）
『怪奇製造人』（国書刊行会〈探偵クラブ〉、平成五年十二月）
『城昌幸集　みすてりい』（ちくま文庫〈怪奇探偵小説傑作集〉、平成一三年五月）

他に各種探偵小説全集、傑作選類への作品収録は数多く、他作家と二人で一冊を成しての全集収録もある。たとえば『殺人婬楽』に先立って、昭和五年二月には改造社〈日本探偵小説全集〉に『城昌幸・牧逸馬集』（第十九巻）として収録されており、昭和二九年五月には春陽堂書店より〈日本探偵小説全集〉十三巻として、小酒井《こさかい》不木《ふぼく》と一冊で『猟銃・恋愛曲線他』が出ている。後者には城昌幸作品部分だけを収めて一冊とした異本があり、あるいはこれも単著単行本に加えるべきかもしれない。ハードカバー装で背には「短編集城昌幸」、表紙にも同様の文字が入っており、本文冒頭には「日本探偵小説全集　短編集　城昌幸　春陽堂」とレイアウトされた扉があるものの、奥付に発行年月日はない。私が持っているのは岩佐東一郎宛署名本で奥付相当ページには、ただ「私家版（非売品）」とのみ印字されている。著者献呈用に小部数が作られただけで、市販はされなかったのかもしれない。

また詩誌「ゆうとぴあ」（六号、以降は「詩學」と改題）の発行元である岩谷書店から、探偵小説専門誌発行の相談を受け、「宝石」（昭和二一年四月〜三九年五月、通巻二五一冊）は編輯発行人稲並昌幸で創刊し、戦後探偵小説界をリードした。また昭和二四年に野村胡堂《のむらこどう》らと捕物作家クラブを結成、初代会長を胡堂、副会長を城が務めた。

ところで城昌幸は、単行本収録時に原稿を直すだけでなく、時には以前雑誌に発表した作品を、わずかに手を入れて別の雑誌に発表し直す癖があった。例えば「幻想唐艸」（一　劫、二曠野）は「宝石」昭和二二年一月号に発表されたが、「時劫（一・二）」（「ドノゴトンカ」昭和三年五月号）に手を入れたものであり、「その夜」（「宝石」昭和二五年一月号）は「エリシアの思想」（「文藝汎論」昭和七年八月号）を改稿したヴァリアントだった。詩の場合、自作や翻訳詩を折にふれて遂行し直しては、再度詩誌に発表するということがわりとあり、あるいはそうした詩人の習慣を短編でも自然に行っていたのかもしれない。

城昌幸は自身の生活も、どこか物語を生きているようなところがあった。筆名にある「城」は、中学時代の友人に旧犬山城主の子孫・成瀬《なるせ》正勝《まさかつ》がおり、学校にも御付が詰めて毎昼の弁当も小重箱のような豪華なものだったのを見ていて、自分も世が世なら一国一城の主になりたかったと夢想したのが由来だという。城左門の「左門」はアルベール・サマンに由来している。サマンは優美な修辞と奇抜な着想で知られる詩人で、人形たちが生命を持つ綺譚「クサンチス」を森鷗外《もりおうがい》が訳出していた。

乱歩が指摘しているように、城はポオやオスカー・ワイルド、リラダンを好んだ。おそらく城昌幸はポオやリラダンの残酷や奇想、そして華麗な文体とエスプリから、多くを摂取しただろう。

またベルトランも好んだ。ベルトランの『夜のガスパァル』は近代散文詩の嚆矢《こうし》とされる作品で、城左門は西山文雄《にしやまふみお》と共訳で『夜のガスパァル』中の諸作を、「ドノゴトンカ」「PANTHÉON」「文藝汎論」などの文芸系雑誌に断続的に訳出していた。

城昌幸には、リラダンやベルトラン流の奇想短編や物語的散文詩から直接学び直すことで、小説であれ詩であれ、矮小化されつつあった日本近代文学を再活性化しようとする意思があっただろう。

城作品は残酷な筋であっても詩趣のある文体のおかげか静謐な印象を受ける。作品に漂う都市風景、都会人のエトランゼめいた心理は、同時代のモダニストに共通するものだったろう。永井《ながい》荷《か》風《ふう》、鏑木清方《かぶらききよかた》、木下杢太《きのしたもくた》郎《ろう》といった人々は長く慣れ親しんだ江戸情緒への愛惜から、変わりゆく都市への違和感を表明することも多かったが、城左門は端正な江戸人のひとりでありながら同時に最先端の東京人でもあった。

そんな城の住まいは『若さま侍捕物手帖』の印税をつぎ込んだ純和風の建築で、床柱など吟味して設《しつら》えられたが、古風なために近代建築と比べると寒かったが、それも含めて気に入っていた。粋と痩せ我慢は不可分なのである。その家は其蜩庵《きちょうあん》と名付けられたが、「其の蜩（そのひぐらし)」の洒落でもあった。また閑静な地で陽気に過ごすの意で「寂陽居」とも称した。
乱歩が述べているように和服党で、煙草もキセルで吸っていたが、粋で高踏なダンディぶりだったという。戦後も歌舞伎座に毎月のように出かけ、折にふれて乱歩や山田《やまだ》風太郎《ふうたろう》、香山滋《かやましげる》などを誘うこともあった。

都市空間や人間心理を幻想的手法によって探究するという基本的姿勢は、探偵小説も詩歌も一貫しており、城自身には両者を区別する意識はなかったのかもしれない。さらにいえば、城のなかでは武家風の江戸趣味の粋とフランス幻想文学の高踏趣味は、深いところで通底して矛盾なく両立していた感がある。視覚的な表現が豊かで、怜悧な洞察と詩情とが分ち難く結びついた城の短編小説は、言葉による壮麗な構築物であり、明晰でありながら神秘的で、時を経てなお鮮烈である。

初出一覧・編集後記

収録作品初出一覧（ABC……は収録短篇集。後出リスト参照）

I　みすてりい

艶隠者　「苦楽別冊」1948年7月号　※「ドノゴトンカ」1929年1月号「Q——氏の房《へや》」を改作　I・J

その夜　「宝石」1950年1月号　※「文藝汎論」1932年8月号「エリシアの思想」（城左門名義）を改題改稿　I・J

ママゴト　「宝石」1958年4月号　J

古い長持　「宝石」1959年9月号　J

根の無い話　「宝石」1961年1月号　※全3話のうち1話のみ収録　J

波の音　「宝石」1955年5月号　J

猟　銃　「宝石」1952年4月号　I・J

その家　「宝石」1951年8月号　I・J

道化役　「宝石」1949年12月号　I・J

スタイリスト　「宝石」1948年12月合併号　I・J

幻想唐艸　「宝石」1947年1月号　I・J　※全3話のうち2話のみ収録
第一　劫　「ドノゴトンカ」1928年5月号「時劫　一」（城左門名義）を改稿
第二　曠野　同右「時劫　二」（城左門名義）を改稿
絶　壁　「宝石」1952年1月号　I・J
花結び　「宝石」1950年12月号　I・J
猟奇商人　「新青年」1938年1月号　E・J
白い糸杉　「ドノゴトンカ」1928年10月（城左門名義）を改稿　J
殺人婬楽　「新青年」1927年10月号　※初出は「殺人淫楽」　A・B・D・J
その暴風雨《あらし》　「新青年」1925年9月号　A・D・H・J
怪奇製造人　「新青年」1925年9月号「怪奇の創造」を改題　A・D・H・J
都会の神秘　「新青年」1926年5月号　A・D・H・J
夜の街　「新青年」1928年1月号　A・D・F・H・J
死人の手紙　「文学時代」1931年6月号　B・H・J
模　型　「新青年」1935年6月号　B・H・J
老　衰　「文学時代」1932年1月号　B・H・J
人　花　「セルパン」1932年1月号　B・D・H・J
不思議　「苦楽」1926年12月号　B・H・J
ヂャマイカ氏の実験　「新青年」1928年3月号　A・B・D・H・J

不可知論　J　※全3話
一　ものの影　「宝石」1957年1月号
二　死者と生者　「宝石」1958年7月号
三　あなたは誰なの？「週刊朝日別冊　探偵小説特集号」（1959年5月）
中有の世界「別冊宝石」1954年11月号　J

Ⅱ　補遺・その他の短篇

根の無い話　B・C「宝石」1961年1月号
幻想唐艸　三　思い出「宝石」1947年1月号　I
脱走人に絡る話「探偵文藝」1925年7月号「秘密結社脱走人に絡る話」を改題　C
仮面舞踏会「探偵趣味」1926年7月号
譚《ものがたり》「探偵趣味」1927年8月号
五月闇「文学時代」1932年5月号　B・H
たぶれっと「文藝汎論」1933年2月号（城左門名義）

城昌幸短篇集

A『城昌幸・牧逸馬集』改造社　日本探偵小説全集19　1930　※牧逸馬集を同時収録
B『殺人婬楽』版画荘　1935

改題再刊『都会の怪異』文海堂書店　1940／『怪奇探偵小説集』金鈴社　1941
C『ひと夜の情熱』昭森社　1936
D『死人に口なし』春陽堂書店　日本小説文庫　1936／春陽文庫（改版）1995
E『猟奇商人』岩谷書店　岩谷文庫　1946
F『夢と秘密』日正書房　1947
G『美貌術師』立誠社　1947
H『怪奇製造人』岩谷書店　1951
I『猟銃・恋愛曲線他』春陽堂書店　日本探偵小説全集13　1954　※小酒井不木集を同時収録
J『みすてりい』桃源社　1963
K『のすたるじあ』牧神社　1976
〈没後出版〉
『怪奇の創造』星新一編　有楽出版社　1982
『怪奇製造人』国書刊行会　探偵クラブ　1993
『城昌幸集　みすてりい』日下三蔵編　ちくま文庫　怪奇探偵小説傑作選4　2001
『架空都市ドノゴトンカ　城左門短篇集』盛林堂ミステリアス文庫　2014　※同人出版

第I部は1963年12月刊行の自選集『みすてりい』（桃源社）を完全収録した。このうち「根の無い話」「幻想唐艸」は雑誌掲載時の各全三話から一部を抜き出したもの（著者の意向による選択と思われる)。第Ⅱ部では、割愛された挿話を補遺として収録。あわせて城昌幸名義の商業誌デビュー作「脱走人に絡る話」とその続篇「仮面舞踏会」等の初期作品、城左門名義の短篇を収録した。「仮面舞踏会」「譚《ものがたり》」は初出以来、初の再録となる。

底本について。第Ⅰ部は『みすてりい』(桃源社、1963)、第Ⅱ部「脱走人に絡る話」は『ひと夜の情熱』(昭森社、1936)、「五月闇」は『怪奇製造人』(岩谷書店、1951)を底本とし、それぞれ適宜初出誌、他の刊本を参照した。その他の作品は初出誌を底本としている。

旧字旧仮名(第Ⅱ部)は表記を新字新仮名にあらため、促音、拗音は小書きに統一した。また、読みやすさに配慮し、初出誌等も参照してルビを適宜追加、整理し、明らかな誤字・脱字はこれを正した。「々」以外の踊り字(ゝ、〱)は原則として廃した。

なお、本文中には癩(ハンセン病)に関する表現など、現在からすれば穏当を欠く語句・表現も見られるが、発表時の時代的背景と、著者がすでに他界し、古典として評価すべき作品であることに鑑み、原文のまま掲載した。

収録作について補足的な情報をいくつか記しておく。

長山靖生氏の解説にあるように、城昌幸は自作の改作をしばしば行なっている。『みすてりい』巻頭の「艶隠者」は戦後「苦楽別冊」(1948年7月号)に発表されたが、四階建てのビルディングの最上階に住まう都会の隠者Z・Z氏の部屋へたどり着くまでの入り組んだ経路は、その二十年近く前に同人誌「ドノゴトンカ」(1929年1月号)に書いた「Q——氏の房《へや》」の描写をほぼそのまま使っている。隠れ家的な住居に迎え入れられたところで終わっている同作に、城はアプレゲール的な不良少女と殺人事件を組み込み、戦後の小説に仕立て直した。

戦後、城昌幸は探偵作家クラブ賞の候補に七回選ばれているが、一度も受賞していない。特に第六回（1953）では江戸川乱歩が「絶壁」を強く推し（選評「私を最も深くうったものは城君の散文詩であった。単なるアレゴリー以上に私を神の迷路にいざない、恐怖せしめるものがあった」）、大坪砂男も「城氏が次々と発表しておられる独自な作風の、ほとんど頂点を示す逸作と信じて推薦」したが、水谷準、高木彬光は優れた作だが探偵小説ではないと異を唱え、木々高太郎は四、五枚の小品という長さを問題にした（当時は長篇・短篇を分けずに選考していた）。結局、乱歩の跋にある通り反対多数で受賞作なしとなった。なお、山田風太郎は選評で近年の城作品に触れ、「『その夜』は瓦礫中の珠玉のごとくにひかっており、さらに四五年前の『幻想唐草』に至っては、終戦直後の探偵文壇の作品中、屈指の名篇である」と述べている。

江戸川乱歩は跋で「人花」とジョン・コリア「緑の心」の類似に言及しているが、「古い長持」についてもウォルター・デ・ラ・メア「なぞ」との類似が指摘されている。ただし、「なぞ」で長持の中へ消えていくのは幼い子供たちで、その味わいも異なる。

「中有の世界」はラジオ東京の依頼でオペラ・ドラマとして書き下ろしたもの。「やっぱり人間」の題で1954年9月23日放送。出演は伊藤武雄、杉村春子、洋声会。音楽挿入のため約三分の一の台詞が削られたという。

「脱走人に絡る話」（「秘密結社脱走人に絡る話」を改題）は城昌幸の探偵雑誌デビュー作だが、192

5年（大正14）春、城昌幸は本作の原稿を「探偵文藝」を主宰する松本泰に、「その暴風雨《あらし》」を「新青年」編集長の森下雨村に同時に送った。当時二十歳。後に「この、すこし前に、新青年に江戸川乱歩氏の『二銭銅貨』などが現れその頃、エドガア・ポオに心酔して、怪奇と幻想の世界に遊んでいた僕は、この雑誌なら自分の小説を認めてくれるかも知れないと思って投稿した」と回想している（「私の処女作と自信作」、「出版ニュース」1953年5月上旬号）。先に松本泰から採用の連絡があり、一方「新青年」の森下雨村は「その暴風雨」を激賞、面会時に持参した「怪奇の創造」（改題「怪奇製造人」）の原稿を差し出すとこれも採用となり、二作同時掲載となった。

なお、「仮面舞踏会」は「脱走人に絡る話」（全三話）の続篇となる第四挿話で、今回が書籍初収録となる。

（編集＝藤原編集室）

著者紹介 1904年東京生まれ。本姓稲並。詩人城左門として出発した後、1925年「秘密結社脱走人に絡る話」を〈探偵文藝〉、「その暴風雨《あらし》」を〈新青年〉に発表、幻想掌篇の名手として活躍。戦後は宝石社社長を務め、「若さま侍捕物手帖」シリーズも人気を博した。79年没。

検印
廃止

みすてりい

2024年10月18日　初版

著者 城《じょう》　昌《まさ》　幸《ゆき》

発行所（株）東京創元社
代表者 渋谷健太郎

162-0814/東京都新宿区新小川町1-5
電話 03・3268・8231-営業部
03・3268・8204-編集部
URL http://www.tsogen.co.jp
DTP フォレスト
晩印刷・本間製本

乱丁・落丁本は、ご面倒ですが小社までご送付ください。送料小社負担にてお取替えいたします。

2024 Printed in Japan

ISBN978-4-488-49912-9 C0193